普通高等教育"十一五"国家级规划教材

丛书主编 谭浩强

高等院校计算机应用技术规划教材

应用型教材系列

网页制作技术

（第2版）

赵丰年 吕宜宏 编著

清华大学出版社

北京

内 容 简 介

本书以网站开发的流程为主线,以 Dreamweaver 为主要制作工具,通过一个完整的网站建设实例介绍了网页制作技术的基础知识和实际应用,使读者能够从实用的角度快速掌握网页设计与开发的技能和技巧。

本书的主要内容包括网页制作常识、建立网站与编辑网页、文本的修饰与超链接、使用 CSS、使用图像、使用媒体、表格与页面布局、使用表单、使用行为、使用模板和库等。

本书内容丰富、重点突出、实用性强,既适合于各类院校和培训班作为教材使用,也适合于具有一定计算机操作基础的读者作为自学用书。

图书在版编目(CIP)数据

网页制作技术/赵丰年,吕宜宏编著. —2 版. —北京:清华大学出版社,2009.2
(高等院校计算机应用技术规划教材)
ISBN 978-7-302-19354-8

Ⅰ. 网… Ⅱ. ①赵… ②吕… Ⅲ. 主页制作－高等学校－教材 Ⅳ. TP393.092

中国版本图书馆 CIP 数据核字(2009)第 010847 号

责任编辑:谢 琛 李 晔
责任校对:白 蕾
责任印制:何 芊

出版发行:清华大学出版社   地   址:北京清华大学学研大厦 A 座
　　　　　http://www.tup.com.cn   邮   编:100084
　　　　　社   总   机:010-62770175   邮   购:010-62786544
　　　　　投稿与读者服务:010-62776969,c-service@tup.tsinghua.edu.cn
　　　　　质 量 反 馈:010-62772015,zhiliang@tup.tsinghua.edu.cn
印 装 者:北京鑫海金澳胶印有限公司
经   销:全国新华书店
开   本:185×260   印   张:15.5   字   数:348 千字
版   次:2009 年 2 月第 2 版   印   次:2009 年 2 月第 1 次印刷
印   数:1~5000
定   价:24.00 元

编辑委员会

《高等院校计算机应用技术规划教材》

《高等院校计算机应用技术规划教材》

进入 21 世纪,计算机成为人类常用的现代工具,每一个有文化的人都应当了解计算机,学会使用计算机来处理各种的事务。

学习计算机知识有两种不同的方法:一种是侧重理论知识的学习,从原理入手,注重理论和概念;另一种是侧重于应用的学习,从实际入手,注重掌握其应用的方法和技能。不同的人应根据其具体情况选择不同的学习方法。对多数人来说,计算机是作为一种工具来使用的,应当以应用为目的、以应用为出发点。对于应用性人才来说,显然应当采用后一种学习方法,根据当前和今后的需要,选择学习的内容,围绕应用进行学习。

学习计算机应用知识,并不排斥学习必要的基础理论知识,要处理好这二者的关系。在学习过程中,有两种不同的学习模式:一种是金字塔模型,亦称为建筑模型,强调基础宽厚,先系统学习理论知识,打好基础以后再联系实际应用;另一种是生物模型,植物并不是先长好树根再长树干,长好树干才长树冠,而是树根、树干和树冠同步生长的。对计算机应用性人才教育来说,应该采用生物模型,随着应用的发展,不断学习和扩展有关的理论知识,而不是孤立地、无目的地学习理论知识。

传统的理论课程采用以下的三部曲:提出概念—解释概念—举例说明,这适合前面第一种侧重知识的学习方法。对于侧重应用的学习者,我们提倡新的三部曲:提出问题—解决问题—归纳分析。传统的方法是:先理论后实际,先抽象后具体,先一般后个别。我们采用的方法是:从实际到理论,从具体到抽象,从个别到一般,从零散到系统。实践证明这种方法是行之有效的,减少了初学者在学习上的困难。这种教学方法更适合于应用型人才。

检查学习好坏的标准,不是"知道不知道",而是"会用不会用",学习的目的主要在于应用。因此希望读者一定要重视实践环节,多上机练习,千万不要满足于"上课能听懂、教材能看懂"。有些问题,别人讲半天也不明白,自己一上机就清楚了。教材中有些实践性比较强的内容,不一定在课堂上由老师讲授,而可以指定学生通过上机掌握这些内容。这样做可以培养学生的自学能力,启发学生的求知欲望。

全国高等院校计算机基础教育研究会历来倡导计算机基础教育必须坚持面向应用的正确方向，要求构建以应用为中心的课程体系，大力推广新的教学三部曲，这是十分重要的指导思想，这些思想在《中国高等院校计算机基础课程》中作了充分的说明。本丛书完全符合并积极贯彻全国高等院校计算机基础教育研究会的指导思想，按照《中国高等院校计算机基础教育课程体系》组织编写。

这套《高等院校计算机应用技术规划教材》是根据广大应用型本科和高职高专院校的迫切需要而精心组织的，其中包括4个系列：

（1）基础教材系列。该系列主要涵盖了计算机公共基础课程的教材。

（2）应用型教材系列。适合作为培养应用性人才的本科院校和基础较好、要求较高的高职高专学校的主干教材。

（3）实用技术教材系列。针对应用型院校和高职高专院校所需掌握的技能技术编写的教材。

（4）实训教材系列。应用型本科院校和高职高专院校都可以选用这类实训教材。其特点是侧重实践环节，通过实践（而不是通过理论讲授）去获取知识，掌握应用。这是教学改革的一个重要方面。

本套教材是从1999年开始出版的，根据教学的需要和读者的意见，几年来多次修改完善，选题不断扩展，内容日益丰富，先后出版了60多种教材和参考书，范围包括计算机专业和非计算机专业的教材和参考书；必修课教材、选修课教材和自学参考的教材。不同专业可以从中选择所需要的部分。

为了保证教材的质量，我们遴选了有丰富教学经验的高校优秀教师分别作为本丛书各教材的作者，这些老师长期从事计算机的教学工作，对应用型的教学特点有较多的研究和实践经验。由于指导思想明确、作者水平较高，教材针对性强，质量较高，本丛书问世7年来，愈来愈得到各校师生的欢迎和好评，至今已发行了240多万册，是国内应用型高校的主流教材之一。2006年被教育部评为普通高等教育"十一五"国家级规划教材，向全国推荐。

由于我国的计算机应用技术教育正在蓬勃发展，许多问题有待深入讨论，新的经验也会层出不穷，我们会根据需要不断丰富本丛书的内容，扩充丛书的选题，以满足各校教学的需要。

本丛书肯定会有不足之处，请专家和读者不吝指正。

全国高等院校计算机基础教育研究会会长　**谭浩强**
《高等院校计算机应用技术规划教材》主编

2008年5月1日于北京清华园

第 2 版前言

本书自 2002 年出版以来,受到了广大读者的欢迎,现进行以下修订,以期更加符合读者的需要。

(1) 在介绍软件工具的同时也讲解技术基础(包括 HTML、CSS 和 JavaScript 等),但仍然以 Dreamweaver 为主线,并且通过使用 Dreamweaver 来介绍各项技术。

(2) 随着技术发展,CSS 技术已经成为主流,因此在第 2 版中将重点突出该技术。第 4 章介绍如何使用 CSS,目的是为了使读者较早接触该技术,以便在之后的学习中不断强化。

(3) 所有的操作讲解都以实例带动,增强了可模仿性。

(4) 每章的上机实验部分更加系统化,有利于安排教学。

(5) 软件版本更新为 Dreamweaver CS3 和 Fireworks CS3。

(6) 考虑到 Flash 动画往往由其他课程单独覆盖,因此减少了该部分内容,仅仅作为第 6 章中的一部分介绍。

本书完全从应用的角度出发,有针对性地介绍了网页制作过程中涉及的多种实用技术,具有很强的可读性和可操作性。本书以网站开发流程为主线,穿插讲解各种概念与基本原理,同时辅以丰富的实例,使读者既能从宏观角度对网页制作技术有一定的把握,又能在细节上掌握相关的技能和技巧。

本书共分 11 章。第 1 章介绍了与网页制作相关的一些基本概念、原理和技术;第 2 章介绍了如何在 Dreamweaver 中建立站点和编辑网页;第 3 章介绍了文本的修饰和超链接;第 4 章介绍了 CSS 技术及其应用;第 5 章介绍了如何在网页中使用图像,并以 Fireworks 为例介绍了图像处理的操作;第 6 章介绍了如何在网页中使用多媒体对象;第 7 章介绍了如何用表格、CSS 和框架对网页进行布局设计;第 8 章介绍了表单的概念和如何创建表单;第 9 章介绍了行为的概念和应用;第 10 章介绍了模板和库这两种自动化功能在网页制作过程中的应用;第 11 章是一个综合实例,使读者能系统复习和巩固前面所学的内容。

网页制作是一门实践性非常强的计算机技术,只有通过实际动手制作网页才能掌握,因此建议读者加强上机操作,在实际动手的过程中学习。另外,网页制作不仅仅涉及计算机技术,还有很重要的一方面就是设计。对于缺乏设计基础的读者来说,提高审美能力和设计水平的最基本、最有效的方式就是学习其他成功的作品,因此建议读者加强上网实践,多分析比较优秀的网页,通过模仿和综合,逐步发展出具有自己特色的设计风格。

本书由赵丰年、吕宜宏编写,参加相关工作的还有赵承志、赵念东、白锋、石艳、孙志勇等。本书涉及的实例以及相关教学资源(包括 PPT 讲稿、教学计划、教学大纲、模拟试题、附加案例等)可以到 http://www.zhaofengnian.com 上下载,同时欢迎读者与作者联系: zhaofengnian@263.net 或 zhaofn@bit.edu.cn。

作　者

2008 年 12 月

▶ **第1章 网页制作基础** ······················· 1

1.1 什么是网页 ··························· 1
    1.1.1 Internet 与 WWW ············· 1
    1.1.2 网站与网页 ··················· 2
1.2 网页制作技术 ······················· 4
    1.2.1 网页的本质——HTML ········· 4
    1.2.2 网页修饰技术——CSS ········· 8
    1.2.3 其他网页制作相关技术 ········· 11
1.3 网页制作工具 ······················· 13
    1.3.1 网页编辑工具 ················· 14
    1.3.2 素材处理工具 ················· 14
1.4 网站开发流程 ······················· 15
    1.4.1 网站规划 ····················· 15
    1.4.2 网站设计 ····················· 17
    1.4.3 网页制作 ····················· 19
    1.4.4 测试与发布 ··················· 20
    1.4.5 网站维护 ····················· 20
习题 ·································· 20
上机实验 ······························ 21

▶ **第2章 建站与编辑网页** ····················· 22

2.1 Dreamweaver 的工作界面 ············· 22
    2.1.1 Dreamweaver 界面一览 ········· 22
    2.1.2 插入栏 ······················· 24
    2.1.3 工具栏 ······················· 25
    2.1.4 状态栏 ······················· 29

2.2　创建 Dreamweaver 站点 …………………………………………… 30
　　2.2.1　新建站点 ……………………………………………………… 30
　　2.2.2　站点操作 ……………………………………………………… 32
　　2.2.3　文件操作 ……………………………………………………… 33
2.3　编辑网页 ………………………………………………………………… 36
　　2.3.1　新建网页 ……………………………………………………… 36
　　2.3.2　添加内容 ……………………………………………………… 38
　　2.3.3　设置页面属性 ………………………………………………… 41
2.4　上传网站 ………………………………………………………………… 47
　　2.4.1　申请网站空间 ………………………………………………… 47
　　2.4.2　设置远程站点 ………………………………………………… 47
　　2.4.3　上传站点 ……………………………………………………… 48
习题 …………………………………………………………………………… 49
上机实验 ……………………………………………………………………… 49

第 3 章　文本修饰与超链接 …………………………………………………… 50

3.1　设置文本格式 …………………………………………………………… 50
　　3.1.1　段落格式的设置 ……………………………………………… 50
　　3.1.2　字符格式的设置 ……………………………………………… 53
3.2　设置列表格式 …………………………………………………………… 55
　　3.2.1　项目列表 ……………………………………………………… 55
　　3.2.2　编号列表 ……………………………………………………… 56
　　3.2.3　嵌套列表 ……………………………………………………… 57
3.3　设置超链接 ……………………………………………………………… 58
　　3.3.1　超链接基础 …………………………………………………… 58
　　3.3.2　页面链接 ……………………………………………………… 60
　　3.3.3　锚记链接 ……………………………………………………… 63
　　3.3.4　电子邮件链接 ………………………………………………… 65
　　3.3.5　管理超链接 …………………………………………………… 65
习题 …………………………………………………………………………… 67
上机实验 ……………………………………………………………………… 68

第 4 章　使用 CSS …………………………………………………………… 69

4.1　CSS 技术基础 …………………………………………………………… 69
　　4.1.1　CSS 的优势 …………………………………………………… 69
　　4.1.2　内部样式与外部样式表 ……………………………………… 70

4.1.3　常用 CSS 样式类型　………………………………… 73

4.1.4　常用 CSS 样式属性　………………………………… 75

4.2　创建与应用 CSS 样式　………………………………………… 79

4.2.1　使用内部样式　………………………………………… 79

4.2.2　使用外部样式表　……………………………………… 82

4.3　管理 CSS 样式　…………………………………………………… 87

4.3.1　全部模式　……………………………………………… 87

4.3.2　正在模式　……………………………………………… 88

习题　………………………………………………………………………… 88

上机实验　…………………………………………………………………… 89

第 5 章　使用图像　………………………………………………………… 90

5.1　使用图像　………………………………………………………… 90

5.1.1　常用 Web 图像格式　…………………………………… 90

5.1.2　插入图像　……………………………………………… 91

5.1.3　设置图像属性　………………………………………… 92

5.1.4　使用 CSS 修饰图像　…………………………………… 93

5.2　制作图像效果　…………………………………………………… 95

5.2.1　制作鼠标经过图像　…………………………………… 95

5.2.2　制作网站相册　………………………………………… 97

5.2.3　制作图像映射　………………………………………… 98

5.3　常用的图像操作　………………………………………………… 100

5.3.1　修改图像的大小　……………………………………… 101

5.3.2　图像的优化与导出　…………………………………… 101

5.3.3　简单的图像效果制作　………………………………… 105

习题　………………………………………………………………………… 111

上机实验　…………………………………………………………………… 111

第 6 章　使用媒体　………………………………………………………… 112

6.1　使用声音和视频　………………………………………………… 112

6.1.1　声音与视频概述　……………………………………… 112

6.1.2　添加背景音乐　………………………………………… 1.13

6.1.3　链接声音与视频　……………………………………… 114

6.1.4　嵌入声音与视频　……………………………………… 115

6.2　使用 Flash　……………………………………………………… 116

6.2.1　插入 Flash 动画　……………………………………… 116

6.2.2　插入 Flash 按钮 ……………………………………………… 118

6.2.3　插入 Flash 文本 ……………………………………………… 119

习题 ………………………………………………………………………… 119

上机实验 …………………………………………………………………… 120

▶ **第 7 章　表格与页面布局** …………………………………………… 121

7.1　使用表格显示内容 ………………………………………………… 121

7.1.1　制作简单表格 …………………………………………………… 121

7.1.2　制作嵌套表格 …………………………………………………… 123

7.1.3　制作复杂表格 …………………………………………………… 127

7.2　使用布局模式布局 ………………………………………………… 128

7.2.1　表格在页面布局中的作用 …………………………………… 128

7.2.2　表格网页布局示例 …………………………………………… 130

7.3　使用 CSS 布局 …………………………………………………… 136

7.3.1　CSS 布局概述 ………………………………………………… 136

7.3.2　使用内置 CSS 布局 …………………………………………… 137

7.3.3　使用 AP 元素进行布局 ……………………………………… 140

7.4　使用框架布局 ……………………………………………………… 146

7.4.1　什么是框架 …………………………………………………… 146

7.4.2　框架布局示例 ………………………………………………… 147

习题 ………………………………………………………………………… 151

上机实验 …………………………………………………………………… 152

▶ **第 8 章　使用表单** …………………………………………………… 154

8.1　什么是表单 ………………………………………………………… 154

8.1.1　表单的组成 …………………………………………………… 154

8.1.2　表单的工作原理 ……………………………………………… 156

8.2　创建表单 …………………………………………………………… 156

8.2.1　插入表单 ……………………………………………………… 156

8.2.2　插入表单对象 ………………………………………………… 157

8.3　表单的修饰 ………………………………………………………… 169

8.3.1　使用字段集 …………………………………………………… 169

8.3.2　使用 CSS …………………………………………………… 171

习题 ………………………………………………………………………… 173

上机实验 …………………………………………………………………… 173

第9章 使用行为 …………………………………………… 174

9.1 什么是行为 ………………………………………… 174
    9.1.1 行为的概念 ……………………………… 174
    9.1.2 行为的操作 ……………………………… 174
9.2 使用内置 Dreamweaver 行为 …………………… 175
    9.2.1 打开浏览器窗口 ………………………… 175
    9.2.2 弹出信息 ………………………………… 177
    9.2.3 弹出式菜单 ……………………………… 178
    9.2.4 跳转菜单 ………………………………… 181
    9.2.5 显示-隐藏元素 ………………………… 183
    9.2.6 改变属性 ………………………………… 185
    9.2.7 添加动态效果 …………………………… 186
    9.2.8 检查表单 ………………………………… 188
习题 …………………………………………………… 190
上机实验 ……………………………………………… 190

第10章 使用模板和库 ………………………………… 191

10.1 使用模板 ………………………………………… 191
    10.1.1 什么是模板 …………………………… 191
    10.1.2 创建模板 ……………………………… 192
    10.1.3 使用模板新建网页 …………………… 195
    10.1.4 对现有网页应用模板 ………………… 195
    10.1.5 更新模板 ……………………………… 198
    10.1.6 重复区域与可选区域 ………………… 198
10.2 使用库 …………………………………………… 201
    10.2.1 什么是库 ……………………………… 201
    10.2.2 创建库项目 …………………………… 202
    10.2.3 修改库项目 …………………………… 202
习题 …………………………………………………… 203
上机实验 ……………………………………………… 203

第11章 网站开发实例 ………………………………… 204

11.1 网站规划 ………………………………………… 204
11.2 网站设计 ………………………………………… 204

11.2.1　内容结构 ……………………………………………… 204

11.2.2　页面设计 ……………………………………………… 205

11.3　网页制作 …………………………………………………… 209

11.3.1　创建站点 ……………………………………………… 209

11.3.2　制作 CSS 样式 ………………………………………… 210

11.3.3　制作首页 ……………………………………………… 215

11.3.4　制作二级页面 ………………………………………… 218

11.4　网站测试与发布 …………………………………………… 223

11.4.1　网站测试 ……………………………………………… 223

11.4.2　网站发布 ……………………………………………… 225

习题 …………………………………………………………… 226

上机实验 ……………………………………………………… 226

参考文献 ………………………………………………………… 227

第1章

网页制作基础

本章将介绍有关网页制作的基础知识,主要内容包括网页制作相关的概念和技术、网页制作的常用工具和网站开发的流程等。

1.1 什么是网页

本节主要介绍一些与网页制作有关的基本概念,包括 Internet、WWW、网站与网页等。

1.1.1 Internet 与 WWW

通俗地讲,网络是指多台计算机通过特定的连接方式构成的计算机集合体,而网络协议则可以理解为网络中的设备"打交道"时共同遵循的一套规则,即以何种方法获得所需的信息。

Internet 就是将许多不同功能的计算机通过线路连接起来组成的一个世界范围内的网络。从网络通信技术的角度看,Internet 是一个以 TCP/IP 网络协议连接各个国家、各个地区、各个机构的计算机网络的数据通信网。从信息资源的角度看,Internet 是一个集各个部门、各个领域的各种信息资源为一体,供网上用户共享的信息资源网。Internet 能提供的服务包括 WWW 服务(也就是网页浏览服务)、电子邮件服务、即时消息传送(如QQ、MSN 等)、文件传输(也就是 FTP 服务)、在线聊天、网上购物、网络炒股、在线游戏等。

由上可知,WWW(World Wide Web,译为"万维网")是 Internet 提供的服务之一,用户可以利用 WWW 服务获得信息并进行网上交流(我们常将这个过程称为"网上冲浪")。那么到底什么是 WWW 呢? 从术语的角度讲,WWW 是由遍布在 Internet 上的称为 Web服务器的计算机组成,它将不同的信息资源有机地组织在一起,通过一种叫做"浏览器"的软件进行浏览。就像我们收发电子邮件时,一般要用到 Outlook 或 Foxmail 之类的电子邮件客户端程序一样,如果要上网浏览,就要使用"浏览器"作为客户端程序。

上网浏览时,它的基本工作过程如下:首先用户要连接到 Internet 上,然后在浏览器上输入一个 Internet 地址(该地址通常对应于一个网页)并按回车键后,相当于要求显示

Internet 上的某个特定网页。这个"请求"被浏览器通过电话线等网络介质传送到页面所在的服务器端,然后服务器进行"响应",再通过网络介质把用户请求的特定网页传送到用户所在的计算机,最后由浏览器进行显示。当用户在页面中操作时,如单击其中的超链接,则这种"请求"又会通过网络介质传送到提供相应页面的服务器,然后还是由服务器作出响应。这个过程可以用图 1.1 简要地表示。

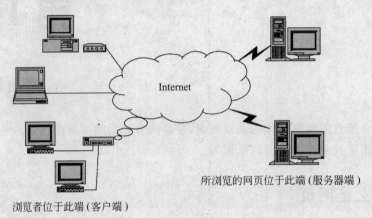

图　1.1

通过这个过程,浏览器和服务器之间建立了一种交互关系,使浏览者可以访问到世界各地计算机(服务器)上的网页。浏览器是获取 WWW 服务的基础,它的基本功能就是对网页进行显示。目前使用最广泛的浏览器是 Internet Explorer(本书在说明时将以IE 6.0作为默认浏览器),另外一种常用的浏览器是 Firefox(火狐)。

1.1.2　网站与网页

1. 网站的概念

如前所述,WWW 是由遍布世界各地的 Web 服务器组成,那么,这些 Web 服务器又是如何构成一个庞大的信息网络呢? 答案就是网页。由于网页中包含所谓的"超链接",这些超链接可以将一个网页链接到其他网页,从而构成了万维网纵横交织的结构。通过超链接连接起来的一系列逻辑上可以视为一个整体的页面,则叫做网站。

网站的概念是相对的,大可以到像新浪、搜狐这样的门户网站,页面多得无法计数,而且位于多台服务器上;小可以是一些个人网站,可能只有零星的几个页面,仅在某台服务器上占据很小的空间。

2. 网页的概念

"主页"是网站中的一个特殊页面,它是作为一个组织或个人在 WWW 上开始点的页面,通常也称为首页,主页中通常包括指向其他相关页面或其他主页的超链接。主页是进入一个网站的门户,是整个网站的第一页。通常主页的名称是固定的,一般叫做 index.

htm 或 index. html 等(后缀. htm 或. html 表示 HTML 文档)。

3. 网站中的各种文件

任何一个网站都是由若干个文件组成的,包括网页文件、图像文件、媒体文件等多种类型。这些文件通过一定的方式以文件夹的形式组织起来,构成了网站的根文件夹(有关网站的根文件夹的概念将在第 2 章中详细论述)。例如,图 1.2 就是 Dreamweaver 的“文件”面板中显示的一个典型网站中包含的各种文件,表 1-1 则列出了网站中各种常用文件类型的扩展名。

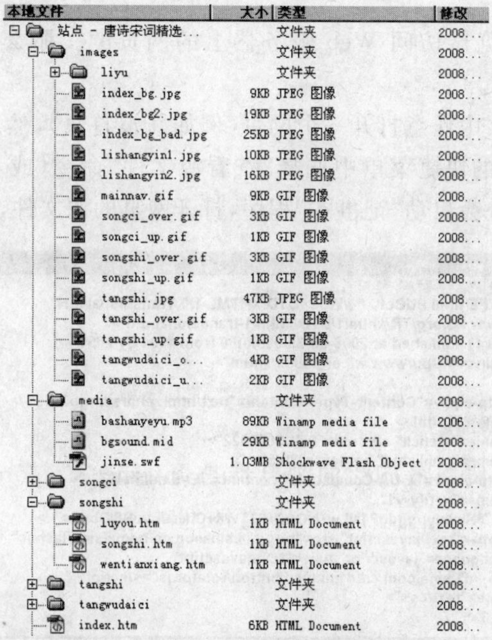

图 1.2

表 1-1　网站中常用文件的扩展名

文件扩展名	说　　明
. htm、. html	HTML 文件,即网页文件
. css	CSS 文件,即层叠样式表文件,用于设置网页内容的显示格式
. js	JavaScript 文件,通过程序的方式实现特定的功能
. gif、. jpg、. png	图像文件
. swf	Flash 文件
. wav、. mp3	音频文件
. mpeg、. mov、. avi	视频文件

1.2 网页制作技术

本节介绍网页制作相关的各种技术，包括 HTML、CSS、JavaScript、DHTML 和 XML 等。

1.2.1 网页的本质——HTML

1. HTML 简介

浏览者是通过浏览器访问 Web 服务器上的网页的。那么，网页的本质到底是什么呢？

当浏览者在浏览器中任意打开一个网页（例如新浪首页），然后在窗口中任意不是图像的位置右击，在弹出的快捷菜单中选择"查看源文件"命令（或者选择"查看"菜单中的"源文件"命令），则系统会启动"记事本"程序，打开网页的源文件，如图 1.3 所示。

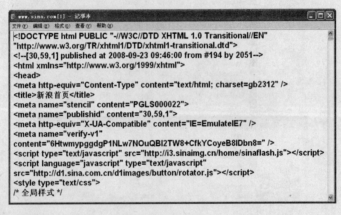

图　1.3

这些文本其实就是网页的本质——HTML 源代码。HTML（HyperText Markup Language，超文本标记语言）是表示网页的一种标准，它通过标记符来标记要显示的网页的各个部分。通过在网页中添加标记符，可以告诉浏览器如何显示网页，即确定网页内容的格式。浏览器按顺序阅读网页文件（HTML 文件），然后根据内容周围的 HTML 标记符解释和显示各种内容。

例如，如果在网页中将一段文字用 h1 标记符括起来，则在浏览器中这段文字将以比较大的黑体字显示，如图 1.4 所示。

把 HTML 代码输入到"记事本"中，然后选择"文件"菜单中的"保存"命令，将其保存为后缀名为".htm"或者是".html"文件——这就是手工编写网页的步骤。打开"资源管理器"，找到所保存的文件，会发现该文件前面自动添加了浏览器图标，表示这是一个网页文档。双击该文档，则系统启动浏览器显示该网页。

因此，网页的本质就是 HTML 源代码，通过结合使用其他 Web 技术（如 CSS 样式

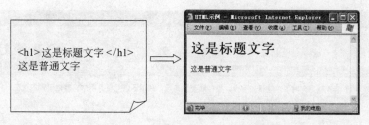

图 1.4

表、JavaScript 脚本程序等），就可以创建出功能更加强大的网页。如果需要了解 HTML 语言的详细信息，请参阅其他参考书或访问 http://www.w3.org。

说明：HTML 的最新版本是 HTML4.01，但目前应用更广泛的是 XHTML1.0 (eXtensible HyperText Markup Language，扩展超文本标记语言）。XHTML 可以认为是规定更为严格的 HTML，二者并无本质区别，在本书中不做区分。

2. HTML 实例

以下通过一个具体的 HTML 实例来说明如何使用 HTML 编写网页。

说明：虽然本书将重点讲述如何使用 Dreamweaver 来制作网页，但 HTML 语言是任何一个网页制作者都必须熟悉的技术。

（1）在"记事本"中输入文本，如图 1.5 所示。

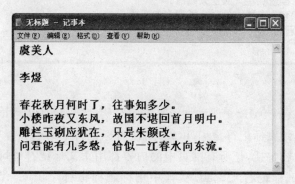

图 1.5

（2）选择"文件"→"保存"命令，将该文件保存为"虞美人 1.htm"，此时该文件将显示 IE 图标，表示可以用 IE 打开。

说明：选择"文件"→"保存"表示选择"文件"菜单中的"保存"命令，本书将使用此方式说明多级菜单命令。

（3）双击"虞美人 1.htm"，此时浏览器的显示如图 1.6 所示。

显然，在"记事本"中输入的换行符没有生效，所有的内容都放在了一行中显示（显示不下的内容自动换行）。这是因为在 HTML 中所有的格式设置都必须使用 HTML 标记符（以及 CSS）的方式来设置，文本中包含的格式不会生效。通常换行符和多个空格等格式修饰都会被解释成一个空格。

（4）重新在"记事本"中打开"虞美人 1.htm"（可以在 IE 窗口中右击，在弹出的快捷菜单

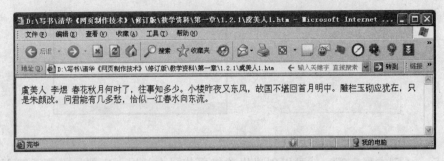

图 1.6

中选择"源文件"),按照如图1.7所示的内容进行编辑,并将其另存为"虞美人2.htm"。

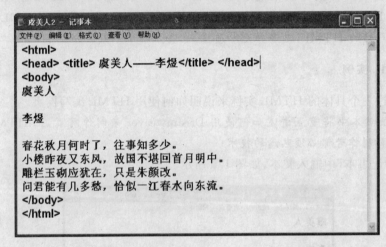

图 1.7

在此步骤中给该 HTML 文件添加了基本的结构信息,包括用<html>标记符(开始标记符是<html>,结束标记符是</html>,注意标记符中的<和>等字符均是英文半角字符)将所有的内容包括,把所有网页中的内容都用正文标记符<body>包括,而在页面开始处添加了头部标记符<head>,其中用标题标记符<title>设置了网页的标题(<title>标记符中包含的内容将在浏览器的标题栏中显示)。

(5)双击"虞美人2.htm",浏览器中的显示如图1.8所示。

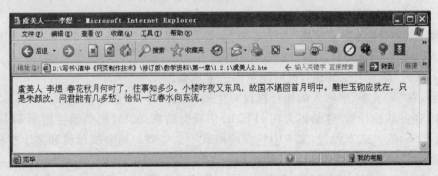

图 1.8

可以看出，除了标题栏以外，图 1.8 与图 1.6 的显示效果一样，这是因为在<body>标记符中仍然没有使用标记符的方式设置格式。

（6）重新在"记事本"中打开"虞美人 2.htm"，按照如图 1.9 所示的内容进行编辑，并将其另存为"虞美人 3.htm"。

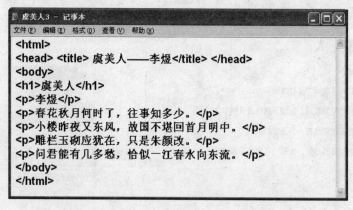

图 1.9

（7）双击"虞美人 3.htm"，浏览器中的显示如图 1.10 所示。

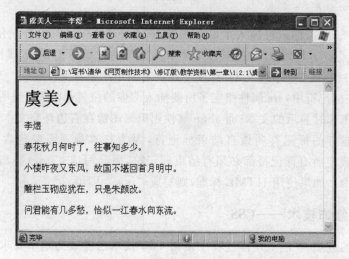

图 1.10

此时可以看出，诗歌的标题、作者、内容都有了分段效果，这是因为标题用标题 1 标记符<h1>进行了修饰，而其他内容用段落标记符<p>进行了修饰。

（8）重新在"记事本"中打开"虞美人 2.htm"，在<h1>虞美人</h1>和<p>李煜</p>之间添加：<img src="yumeiren.jpg" alt="虞美人图片" align="right"/>，如下所示：

```
<h1>虞美人</h1>
<img src="yumeiren.jpg" alt="虞美人图片" align="right"/>
<p>李煜</p>
```

将其另存为"虞美人 4.htm"。

(9) 双击"虞美人 4.htm",浏览器中的显示如图 1.11 所示。

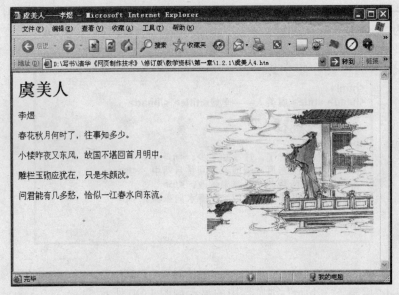

图　1.11

此处使用<img>标记符插入了一个图像,在<img>标记符中分别使用了 3 个属性:src、alt 和 align。HTML 中的属性是位于标记符的开始标记符中,属性的使用方式是:属性＝属性值,属性值用引号包含,多个属性之间用空格分隔。

在<img>标记符中,src 属性指定了所要插入图像的位置;alt 属性说明了替换文本,也就是不显示图像时显示的文本;而 align 属性则确保图像在右边环绕文本。

<img/>这样的标记符叫做自结束标记符,因为它本身不需要包含其他内容,但 XHTML 标准规定所有标记符都必须有结束标记符,因此写成<img/>,表示开始和结束都在该符号中。如果使用 HTML 标准,则写成<img>即可。

1.2.2　网页修饰技术——CSS

随着技术的进步,在网页制作过程中使用 CSS 技术已经成为基本要求。实际上,较新版本的 Dreamweaver 已经将 CSS 技术作为默认的网页修饰技术。

CSS(Cascading Style Sheet,层叠样式表)技术是一种格式化网页的标准方式,它扩展了 HTML 的功能,使网页设计者能够以更有效的方式设置网页格式。

以下通过一个具体实例(继续上一节中的实例)说明如何使用 CSS 修饰网页格式。

(1) 在"记事本"中打开上一节中制作的"虞美人 4.htm",将<body>标记符中的前 3 行编辑为如下所示:

```
<h1 style="font-family:楷体_gb2312">虞美人</h1>
<img src="yumeiren.jpg" alt="虞美人图片" align="right"/>
<p style="font-family:黑体;font-size:14px">李煜</p>
```

将其另存为"虞美人 css1. htm"。

（2）双击"虞美人 css1. htm"，浏览器中的显示如图1.12所示。

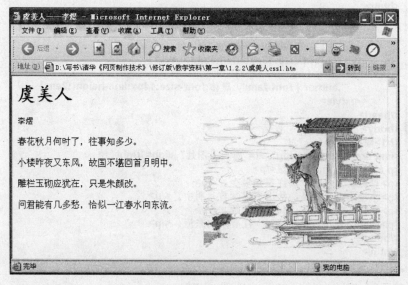

图 1.12

可以看出，在图1.12中的标题显示为楷体，而作者名显示为黑体，并且字体为14px。这是因为在＜h1＞标记符和包括作者名的＜p＞标记符中使用了 style 属性进行 CSS 设置。

使用 style 属性进行 CSS 设置时，只需在该属性的取值中使用"CSS 属性：CSS 属性值；CSS 属性：CSS 属性值"这样的形式即可。也就是说，CSS 属性和值之间用冒号分隔，多个属性之间用分号分隔。使用这种方式对网页格式进行修饰，类似于 HTML 方式，因此适用于对网页中个别部分进行修饰的情况。

CSS 属性 font-family 表示所采用的字体，而 font-size 属性表示字号。

（3）在"记事本"中打开"虞美人 css1. htm"，按照如图1.13所示的内容进行修改。

将其另存为"虞美人 css2. htm"。

（4）双击"虞美人 css2. htm"，浏览器中的显示如图1.14所示。

图1.14与图1.12主要的不同之处在于整个页面的四周多了一些空白（给＜body＞标记符添加了 margin CSS 属性），诗句的行间距变小了（给＜p＞标记符添加了 line-height CSS 属性），诗句的字号变为18px。

在图1.12中，＜head＞标记符的＜title＞标记符之下新添加了＜style＞标记符，表示此处添加 CSS 样式，＜style＞标记符中的内容格式如下：

选择器{CSS 属性:CSS 属性值;CSS 属性:CSS 属性值;...}

其中，选择器表示相应的 CSS 属性对哪个或哪些元素起作用。最常用的选择器包括：HTML 标记符和类选择器。HTML 标记符选择器就是 HTML 标记符，表示对所有使用该标记符的内容起作用，如图1.13中的 h1、p 和 body。类选择器表示设置一种类别

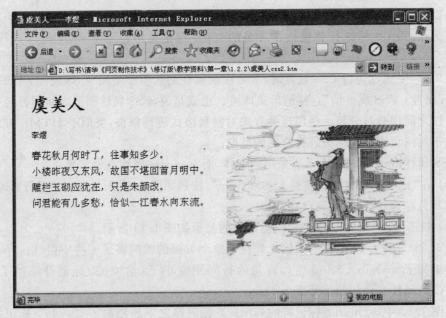

图　1.13

```
<html>
<head> <title> 虞美人——李煜</title>
        <style>
              h1 { font-family:楷体_gb2312 }
              p { font-size:18px;line-height:0.5em }
              body { margin:28px}
              .author { font-family:黑体;font-size:14px;line-height:2em }
        </style>
</head>
<body>
<h1>虞美人</h1>
<img src="yumeiren.jpg" alt="虞美人图片" align="right" />
<p class="author">李煜</p>
<p>春花秋月何时了，往事知多少。</p>
<p>小楼昨夜又东风，故国不堪回首月明中。</p>
<p>雕栏玉砌应犹在，只是朱颜改。</p>
<p>问君能有几多愁，恰似一江春水向东流。</p>
</body>
</html>
```

图　1.14

的样式，所有 class 属性取值等于该类别的标记符采用相应 CSS 样式，如图 1.13 中的
.author(注意类别名之前的"."表示该选择器是类样式)。

很显然，使用这种方式对整个网页进行修饰非常方便。因为如果要修改网页的显示
效果，只需要修改＜style＞中的样式定义即可。读者可以试着把样式定义修改一下（比
如把字体变大，或者行间距变小等），然后看网页的显示效果如何变化。

(5) 在"记事本"中打开"虞美人 css2. htm"，把＜style＞标记符中的内容剪切到剪贴板，把网页另存为"虞美人 css3. htm"。

(6) 在"记事本"中新建一个文本文件，将剪贴板中的内容复制到文档窗口中，将其保存为"诗词. css"，如图 1.15 所示。

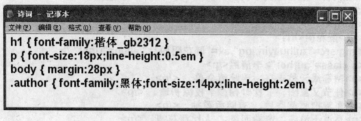

图　1.15

(7) 在"记事本"中打开"虞美人 css3. htm"，将其＜head＞部分编辑为如下所示：

```
<head>
<title> 虞美人——李煜</title>
<link rel="stylesheet"type="text/css" href="诗词.css"/>
</head>
```

将其保存。

(8) 在"记事本"中打开"虞美人 css3. htm"，显示效果如图 1.14 所示，与"虞美人 css2. htm"的显示效果一样。

此时是使用了外部样式表文件的方式对网页进行格式修饰，具体方法是通过＜link＞标记符。＜link＞标记符中的 href 属性指定了具体链接到的样式表文件，其他两个属性表示当前链接的是 CSS 样式表。

这种使用外部样式表的方式是网页制作过程中应用最广泛的一种方法，可以大大降低格式修饰的工作量，因为格式修饰是在另外一个单独的文件中进行，如果要修改网页格式，只需要修改该文件即可。而多个网页都可以链接到同一个文件，从而使得一个文件控制多个网页的显示效果。在实际网页制作过程中，往往是把风格类似的网页用同一个 CSS 文件修饰。如果修改该 CSS 文件的内容，所有链接到该 CSS 文件的网页都会自动更新，从而大大简化了格式化的工作。

例如，按照图 1.16 所示编辑的 HTML 文件"醉花阴 css. htm"，显示效果如图 1.17 所示，风格与图 1.14 完全一致。读者可以尝试修改"诗词. css"文件中的内容，然后重新打开"醉花阴 css. htm"和"虞美人 css3. htm"，看看单个的 CSS 文件是如何控制多个网页的效果的。

1.2.3　其他网页制作相关技术

除了 HTML 和 CSS 以外，网页制作过程中还常常用到以下技术：JavaScript、DHTML 和 XML 等。

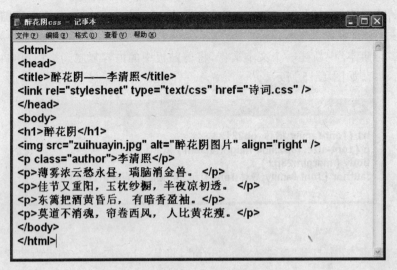

图 1.16

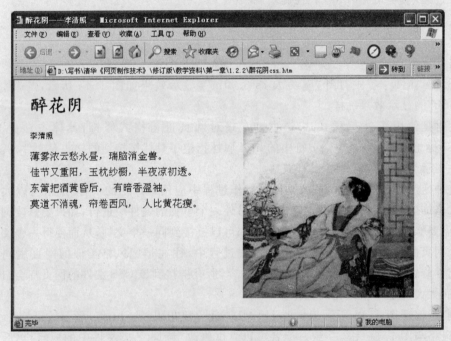

图 1.17

1. JavaScript

JavaScript 是一种脚本程序语言，一般用于在网页中添加特定效果或功能。例如，JavaScript 可以用来检测浏览器、响应用户动作、验证表单数据以及显示各种自定义内容，如特殊动画、对话框等。

更为常见的情况是，JavaScript 语言用于在网页中实现 DHTML 或其他高级功能。

2. DHTML

DHTML(Dynamic HTML,即动态 HTML)是 HTML、CSS 和客户端脚本(例如 JavaScript)的一种集成。它建立在原有技术的基础上,可分为三个方面:一是 HTML,也就是页面中的各种页面元素对象,它们是被动态操纵的内容;二是 CSS,CSS 属性也是动态操纵的内容,从而获得动态的格式效果;三是客户端脚本,它实际操纵 Web 页上的 HTML 和 CSS。

使用 DHTML 技术,可使网页设计者创建出能够与用户交互并包含动态内容的页面。实际上,DHTML 使网页设计者可以动态操纵网页上的所有元素——甚至是在这些页面被装载以后。利用 DHTML,网页设计者可以动态地隐藏或显示内容、修改样式定义、激活元素以及为元素定位等。

DHTML 技术是一种非常实用的网页设计技术,目前早已广泛地应用到了各类大大小小的网站中,成为高水平网页必不可少的组成部分。很多著名网站的导航系统都采用了 DHTML 技术,例如微软中国站点(www. microsoft. com/china/)、耶鲁大学网站(www. yale. edu)、斯坦福大学网站(www. stanford. edu)等。

3. XML

XML 是 Extensible Markup Language(可扩展标记语言)的缩写,它是针对网络应用的一项关键技术。

XML 是 World Wide Web Consortium(W3C)的一个标准,它允许用户定制自己的标记。按照 W3C 在其标准规范 Extensible Markup Language (XML)1.0(Second Edition)中的说法:XML 是标准通用标记语言(Standard Generic Markup Language,SGML)的一个子集。其目的是使得在 Web 上以现有超文本标记语言(Hypertext Markup Language,HTML)的使用方式提供、接收和处理通用的 SGML 成为可能。XML 的设计既考虑了实现的方便性,同时也顾及了与 SGML 和 HTML 的互操作性。

XML 与 HTML 的区别在于:HTML 只是 Web 显示数据的通用方法,而 XML 提供了一个直接处理 Web 数据的通用方法。HTML 着重描述网页的显示格式,而 XML 着重描述的是网页的内容。从另外一方面讲,XML 既不是 HTML 的升级技术(实际上,HTML 的升级技术是 XHTML,可以认为 XHTML 是符合 XML 规范的 HTML),也不是 HTML 的替代技术,它们有各自的应用领域。

XML 技术在未来的网页制作中将有越来越多的应用。例如,在 Dreamweaver CS3 中包含的 Spry 技术就是结合使用 HTML、CSS、JavaScript 和 XML 的一种高级应用。

1.3 网页制作工具

虽然网页的本质是 HTML 源代码,但直接使用 HTML 语言编辑网页则相对效率较低。现在绝大多数的网页制作工作都是通过所见即所得的编辑工具完成的,另外在网页制作过程中,还需要使用素材处理工具创作一些素材或进行素材加工。

1.3.1 网页编辑工具

网页编辑工具可以分为两类：HTML 编辑器和所见即所得（WYSIWYG，What You See Is What You Get）的编辑器。

1. HTML 编辑器

在"记事本"中编写 HTML 代码显然是低效和烦琐的，使用 HTML 编辑器可以简化 HTML 代码的编辑过程。HTML 编辑器一般都提供诸如自动完成、代码提示等方便 HTML 代码编写的功能。

常见的 HTML 编辑器包括 HomeSite（已经集成在 Dreamweaver 中）和 BBEdit 等。在 Google 或百度中以"HTML 编辑器"为关键字可以搜索到更多的 HTML 编辑器软件。

2. 所见即所得的编辑器

所见即所得的编辑器的作用就是用直观可视的方式将网页制作的过程实现，也就是说，所见即所得的编辑器将 HTML 代码的生成自动化了。"所见即所得"就是指用户操作的结果就是最终生成的网页（HTML 文档）的效果。当然，由于浏览器等方面的因素，真正的"所见即所得"很难做到，编辑器中的显示效果一般只能是与浏览器中的显示效果大致相同，这一点在编辑网页时必须注意。

目前应用最广泛的两种网页编辑工具是 Dreamweaver 和 Frontpage。

1.3.2 素材处理工具

要制作一个完整的网页，单靠网页编辑工具是远远不够的，还需要一些其他的软件制作出相关的文件来完善网页，例如制作图像效果、Flash 动画等。

1. 图像处理

最常用的图像处理软件是 Photoshop 和 Fireworks。

Photoshop 是由 Adobe 公司出品的最著名的图形图像处理软件。Photoshop 的功能非常强大，它是专业图像创作的首选软件，能够实现各种专业化的图像处理，例如进行色彩校正、添加特殊效果等。随着 Adobe 公司收购 Macromedia 公司，Photoshop 与 Dreamweaver 等软件的集成也越来越紧密。

Fireworks 是完全针对 Web 应用的一款图像处理软件。由于它与 Dreamweaver、Flash 的紧密集成，在网页制作领域有广泛的应用。本书在第 5 章将介绍 Fireworks 在网页制作中的常见应用。

2. 媒体处理

媒体处理软件主要有 Flash、音频处理软件和视频处理软件等。

Flash 是目前最流行的一种 Web 矢量动画软件，它建立了 Web 上交互式矢量图形和动画的工业标准。Flash 图形是压缩的矢量图形，而且采用了网络流式媒体技术，所以突破了网络带宽的限制,可以在网上迅速传输;同时由于矢量图形不会因为缩放而导致影像失真,因此在 Web 上有广泛的应用。

常用的音频处理软件有 Audition、GoldWave 等,常用的视频处理软件有 Premiere、AfterEffect 等。

1.4 网站开发流程

要开发一个优秀的网站,通常应该遵循以下工作流程:首先定义开发网站的目的;其次对网站的外观进行设计;再次进行实际页面的制作;然后对所制作的网站进行测试,以确保它符合最初设定的目标;最后是将网站发布。在将网站发布后还需要有维护工作,以便及时更新网站内容。

图 1.18

上述的网站建设流程如图 1.18 所示,以下将通过本书将要制作的"唐诗宋词精选"网站来说明该开发流程。

1.4.1 网站规划

良好的规划是进一步工作的基础,在网站建设开始时对站点进行详细规划和组织会大大方便以后的工作。网站的规划通常包括以下内容。

1. 确定目标

建立网站之前,首先应回答这样一个问题:建立网站的目的是什么? 尽管建设网站的目标不尽相同,但是在建站之初必须明确。因为站点目标越详细,就越容易发现问题,在具体工作时也越有章可循。

例如,建设"唐诗宋词精选"网站的目标是弘扬中国传统文化,所以在建设该网站时就要围绕这个目标确定网站的结构、风格等方面因素。

2. 用户分析与需求分析

在这一阶段,用户需要掌握一些典型目标用户的基本信息。例如,用户共同的兴趣是什么? 他们希望从站点中获得什么? 要获得这些信息,既可以做一些问卷调查,也可以从亲友、同学那里得到一些建议;或者干脆先将网站发布推出,在站点中设立反馈信息页,从浏览者那里得到实际的信息,然后再对网站进行改进。

对于"唐诗宋词精选"网站而言,用户的需求主要是能够以轻松简便的方式访问到想要欣赏的诗词。因此,一方面需要精选用户可能感兴趣的诗词(本网站的选取原则是诗词中包含大家耳熟能详的佳句),另一方面需要以容易访问的方式展示给访问者。

3. 确定网站风格

确定出站点的整体风格,也就决定了网站内容的表现形式,包括网页所采用的布局结构、颜色、字体、标志图形、图像等方面。

不管采用什么样的风格,只要能够找到文字与图像和其他媒体信息的平衡点,给访问者想得到的信息或是感受,最终吸引住访问者,那么网站就成功了。

需要特别强调的是,随着 Web 可用性技术的发展,简约的风格已经成为当今网站设计的主流。KISS(Keep It Simple and Stupid,保持简单易懂)原则已经成为绝大多数网站设计者共同遵守的原则。只要有可能,要尽量避免复杂的页面效果。

对于"唐诗宋词精选"网站而言,风格当然是尽量简明,同时使用中国传统美术效果增加古典和传统的韵味。

4. 考虑技术因素

在设计网页时,要充分考虑各种技术因素,包括网页下载速度、浏览器、分辨率、插件等。

1) 网页下载速度

有关下载时间有一个经典的"8 秒钟规则",即绝大多数浏览者不会等待 8 秒钟来完整下载一个网页。实际上,随着宽带网的普及,多数浏览者已经把 8 秒钟变成了 3 秒钟、2 秒钟甚至 1 秒钟。

如果页面的下载速度太慢,访问者多半会很快地单击浏览器中的"停止"或"后退"等按钮,甚至直接关掉当前浏览器窗口。

影响网页显示速度的最主要因素就是图像的数量和大小。加快页面下载时间最有效的方法,就是减少页面中的图像大小和数量,有关图像优化处理的信息请参见第 5 章。

2) 浏览器

不同浏览器显示网页时的效果是有一定差异的。不幸的是,并非所有浏览者都使用相同的浏览器。实际上,常用的浏览器就有 10 多种。不过,根据 2007 年底的统计数据,IE6、IE7 和 Firefox 这 3 种浏览器占据了绝大多数的市场份额,因此在网页制作过程中,只要能兼顾这 3 种主流浏览器即可。

3) 分辨率

显示器屏幕分辨率是指计算机屏幕水平与垂直方向的像素值(即屏幕的宽度与高度),它是影响网页显示效果的主要因素之一。随着硬件技术的发展,显示器的分辨率也越来越大。根据 2007 年底的统计数据,最常用的分辨率依次是 1024×768、800×600 和 1280×1024。因此在设计网页时至少要兼顾这 3 种分辨率。

4) 插件

插件是指浏览器中安装的能够用来播放特定对象的程序。例如,如果要播放 Flash 动画,则要求浏览器安装相应的 Flash 插件;如果要在页面中嵌入音频或视频,则需要浏览器有媒体播放插件。对于大多数浏览者而言,Flash 插件和媒体播放插件通常已经安装。

对于"唐诗宋词精选"网站而言,因为页面内容相对比较单一,可以考虑使网页较小,从而保证较快的下载速度。浏览器以 IE6 为目标,兼顾 IE7 和 Firefox。页面设计时针对的分辨率为 1024×768,兼顾 800×600 和 1280×1024。可能用到的插件是 Flash 插件和媒体播放插件,通常浏览器中都已安装了这两种插件。

1.4.2 网站设计

对网站进行了详细的规划之后,就进入了设计阶段。利用规划阶段搜集的信息,在设计阶段需要对内容、导航系统(一组使用了超链接技术的网页对象,如文字、按钮等,它们将网站中的内容有机地连接在一起)等进行具体的设计。

1. 设计网站的内容结构

网站的内容结构是指通过什么样的逻辑方式将网站中的内容组织起来,或者说如何对内容进行分门别类。比如说,对于历史类的网站可以按照历史时间进行内容组织,而旅游类网站可以按照地理位置进行组织,而商务类网站可以根据商品类别进行组织。实际上,由于网站主题的千差万别,内容组织的形式也有很多种类,关键的原则就是要符合普通人的思维习惯。较好的做法是在 Internet 上查看与自己网站类似的网站,看其他人是如何对内容进行分类的,然后选择并设计一种适当的方式。

对于"唐诗宋词精选"网站,按照历史时代和诗词类别进行分类比较适合,而之下可以按照作者进行分类,作者也按照时间排序,如图 1.19 所示。

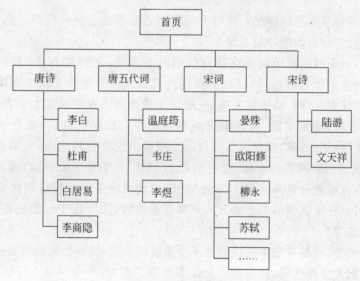

图 1.19

2. 设计页面的布局

在设计页面布局前,最好首先确定页面中要放置什么内容,包括导航栏、文本、图像或其他多媒体信息的详细数目,然后在纸上或是图像处理软件(例如 Photoshop、Fireworks等)中绘制出页面的布局效果,最后就可以选择使用什么排版技术,例如表格、层或是框架,对内容进行排版。

3. 设计首页

首页是网站的门户，是网站的脸面，是网站中最重要的一个页面。设计首页时有一些基本的原则需要遵循。

首页最主要的作用是传达网站的关键蓝图信息（Big Picture），也就是回答以下几个基本问题：这是个什么网站？这个网站中有什么？我能在这个网站做什么？为什么我要在这个网站，而不是别的网站？在设计首页时要始终牢记这几个问题。

在设计首页时需要注意，首页上往往包括以下部分：网站徽标和网站使命、网站的层次结构（即导航系统）、搜索功能、吸引注意力的东西（例如主题图片）、实时的内容（例如"新闻"、"最近更新"等）、商业信息（例如广告）、快捷方式（提供访问某些页面或功能的快速链接）、注册登录功能等。

4. 设计导航系统

导航系统也就是页面的超链接系统，是实现网站功能最核心的元素。设计良好的导航系统是保证良好用户体验的前提，而设计不力的导航系统往往是使访问者离开网站的主要原因之一。

导航设计的最基本原则就是：使用户每次的点击都是合情合理的。也就是说，要按照人之常情设计符合逻辑的导航系统。

按照惯例，一个网站的导航系统往往包括以下部分：站点徽标（一般位于站点左上角，告诉浏览者这是什么网站，同时在主页以外的页面作为返回主页的链接）、主要栏目（一般位于顶部或者左部）、功能性工具（一般位于横排的主要栏目之上或者之下，可以包括返回首页的链接、搜索功能、其他语言版本网站等）、次要栏目（一般位于右边或者左边）、"您在这里"标记（俗称"面包屑"，一般位于横排的主要栏目之下，文字通常较小）、网页名称（一般就是当前网页的标题，注意不是 HTML 文件的 title 标题，而是网页的逻辑标题，但其内容有可能与 title 一样）、本地导航（也就是除了主要栏目和次要栏目以外的其他超链接，可以位于页面的多个地方）、页脚导航或"脚注"（位于页面最底部，提供辅助导航和版权信息等）。

需要注意的是，导航系统中往往包含不少重复的信息，这种信息的重复是为了强调关键信息和给访问者多种选项，而不能认为是多余的。例如，一个网页上往往在站点徽标、"您在这里"标记和页脚导航中都提供了返回首页的链接，为访问者返回首页提供了多种途径。

在设计网站的导航系统时，要注意保持风格的一致。如果确定了使用文本或是图像作为网站的导航系统，那么就应该将这种风格保持下去。例如，如果在网页的顶部放置了一组基于文本的导航栏，在其他页面中也应该使用这种风格，否则浏览者会因为导航系统的差异而怀疑是否已经离开站点而进入其他网站，而这种疑惑会大大降低对网站的信任。

5. 网页中的颜色

显示器通过 3 种基本颜色（红、绿、蓝）来调配显示颜色，但是不同的显示器对颜色的支持程度不同,所以颜色显示出来就可能会有相当的差异。

在网页制作过程中,通常可以使用6位数字的十六进制数值来构造出颜色值。前面两位定义红色,中间两位定义绿色,最后两位定义蓝色,其中红、绿、蓝三原色的数值相同则称为安全色。由"00、33、66、99、CC、FF"组成的颜色值,是设置256色显示器绝对支持的颜色,称为标准安全色。例如,"♯CCDDFF"是一般网络安全色,而"♯0EFFE0"则不是安全色。不过随着硬件技术的发展,绝大多数访问者的显示器都已经能够显示真彩色,因此在设计网页时通常也不必局限于安全色。

在网页制作过程中通过设置文本颜色、背景颜色、链接颜色以及图像中的颜色,可以构造出很多布局效果。设计颜色方案时应注意以下两点:

(1)保持一致性。如果选择了一种颜色作为网站的主色调,那么最好在页面中保持这种风格,另外页面中的图像或其他多媒体信息的颜色也应该与之匹配。

(2)注意可读性。获取信息是绝大多数访问者浏览的目的,所以页面的可读性是设计颜色方案时需要考虑的重要因素。例如,白底黑字显然比黑底白字的可读性好,而在黑色背景下的紫色超链接,可能就不会被访问者发现。

6. 文字、图像、动画以及多媒体的使用

网页中的字体设计也是体现站点风格的一种方式。为确保网页中的所有的字体能够被访问者的浏览器正确显示,中文网站中的字体最好使用默认的"宋体",以及"楷体"、"黑体"等基本字体。另外,为了确保整个网站字体风格的一致,网页设计者往往使用CSS样式表对站点的文本进行统一管理,详细信息请参见第4章。

如果需要使用某些特殊字体来表现特定内容,例如"方正舒体"等,那么应该使用图像处理软件将文字制作成图片,然后将它们放置在网页中。这样就能确保访问者浏览的网页与设计时相同,不过代价是加长了网页下载的时间,因此建议只用这种方式制作站点的徽标或是标题等重要信息。

在网页中,不论是基于什么目的使用图像和其他多媒体,始终应该记住的是:它们的数量和质量是限制页面快速下载的主要因素。因此,在将它们放入网页之前,应该充分考虑这样做是否有利于达到站点目标。

对于"唐诗宋词精选"网站,其相关设计请参见本书11.2.2节。

1.4.3 网页制作

设计阶段完成后,就进入了具体的网页制作阶段。此阶段需要根据设计结果制作出若干示范网页,然后通过Dreamweaver等软件制作具体页面,在网页中添加实际内容,包括文本、图像、声音、Flash电影以及其他多媒体信息等。

例如,在制作"唐诗宋词精选"网站中的诗词页面时,既需要在Dreamweaver中使用CSS技术和模板技术获得一致的风格,也需要用Fireworks将所需要的图片进行处理并将其优化导出为适用于网页的格式。

1.4.4　测试与发布

在将所有的网页制作完毕后，就可以将网站发布到 Internet 上，但是在发布之前必须对网站进行测试。

1. 测试网站

测试网站需要考虑两个问题：一是考虑影响页面显示细节的技术因素（包括浏览器、分辨率、操作系统平台等），二是测试网站是否具有正确完整的相应功能。

对于前者，需要在多个常用的操作系统平台、浏览器、分辨率和连接速度的情况下对网站进行测试，确保在不同条件下显示效果基本一致。

对于后者，主要是测试页面中的超链接是否能正确跳转和其他通过链接文件方式显示的内容（例如图片、媒体信息等）能否正确显示。必须细致地测试网站中的每一个页面和每一处超链接，保证整个站点中不出现"断链接"或者"图片不能显示"这种令用户无法容忍的错误。Dreamweaver 中提供了相应的功能，能大大简化此过程，具体请参见 3.3.5 节。

在测试超链接时，将本地站点文件夹在计算机硬盘中移动位置，是测试超链接能否正确工作的一种简便方法。例如，如果本地站点原来位于 C 盘某文件夹中，可将其移动到 D 盘某文件夹后再测试，看超链接是否能正确工作。

2. 发布网站

如果网站在测试中没有什么问题，那么就可以着手进行发布网站的工作了，也就将其发布到 Internet 上，以便让全世界的浏览者能够进行访问。发布网站时一般需要两步工作：申请网页空间和上传网页，详细信息请参见第 2 章。

1.4.5　网站维护

随着网站的发布，应根据访问者的建议，不断修改或是更新网站中的信息，并从浏览者的角度出发，进一步完善网站。这时网站建设工作又返回到了流程中的第一步，这样周而复始，就构成了网站的维护过程。

习题

1. 简要说明网页的本质及 HTML 的基本原理。
2. 简要说明在网页制作过程中涉及的各种常用技术。
3. 举例说明素材处理工具在网页制作过程中的作用。
4. 简要说明网站建设的流程。
5. 网站设计时需要考虑哪些方面的因素？
6. 网站测试时需要考虑哪些方面的因素？

上机实验

1. 按照1.2.1节中的介绍，制作相应的 HTML 实例。

2. 按照1.2.2节中的介绍，制作相应的 HTML 实例和 CSS 实例。

3. 上网浏览，观察不同网站内容的组织和导航的设置。选择其中一个网站作为目标，撰写一篇报告，回答以下问题：

(1) 此网站的 URL 是什么？

(2) 此网站的目标是什么？ 网站的设计者是怎么实现（或者没有实现）这个目标的？

(3) 此网站的首页是如何设计的？ 如果让你来改进，你会怎么做？

(4) 此网站的导航系统是如何设计的？ 如果让你来改进，你会怎么做？

4. 选择一个自己感兴趣的话题内容，上网或去图书馆进行资料搜集，作为以后上机作业的主题。撰写一个报告，回答以下问题：

(1) 此网站的目标是什么？

(2) 此网站的观众是谁？ 请列举几个具体观众的情况。

(3) 此网站要包括哪些内容？

(4) 此网站的内容将如何组织？

需要注意的是，在选择主题时要尽量具体，避免过于宽泛。例如，"姚明网"就比"NBA 网"更具体，因此也就更容易实现。

第2章
建站与编辑网页

本章主要内容包括 Dreamweaver 的工作界面、如何创建本地站点、编辑网页的基本知识以及如何上传制作好的网页。

2.1　Dreamweaver 的工作界面

熟悉 Dreamweaver 的工作界面是深入学习使用该软件制作网页的基础。本节先整体介绍 Dreamweaver 的工作界面,然后重点介绍工具栏、文档窗口、对象面板以及浮动面板等重要界面元素。

2.1.1　Dreamweaver 界面一览

启动 Dreamweaver CS3 并新建一个页面时,其界面如图 2.1 所示。

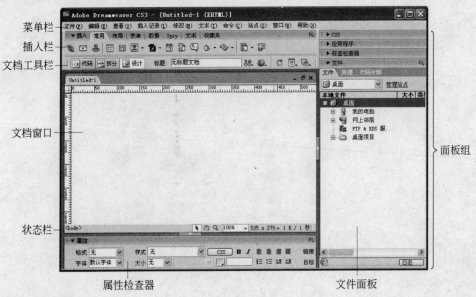

图　2.1

1. 菜单栏

菜单栏提供了程序功能的选项命令,可以通过菜单栏中的命令完成某项特定操作。

2. 插入栏

插入栏中包含了用于创建各种不同类型网页对象的按钮,例如插入图像、表格、AP元素(层)、动画等。相应功能也可以通过"插入记录"菜单实现。要显示或隐藏插入栏,应选择"窗口"→"插入"命令。详细信息请参见 2.1.2 节。

3. 文档工具栏

文档工具栏包含一些按钮,它们提供各种"文档"窗口视图(如"设计"视图和"代码"视图)的选项、各种查看选项和一些常用操作(如在浏览器中预览)。详细信息请参见 2.1.3 节。

4. 文档窗口

文档窗口用来显示、创建和编辑当前文档。在这里用户可以通过菜单命令、插入栏、属性检查器以及面板组等工具来制作网页,文档显示结果与在浏览器中的显示结果基本相同。

当文档窗口有标题栏时(也就是说文档窗口不是以最大化方式显示),标题栏中显示文件的路径和文件名。

当文档窗口在工作区中处于最大化状态时,它没有标题栏。在这种情况下,文件的路径和文件名显示在主工作区窗口的标题栏中。此时,如果有多个文件同时打开,文档窗口顶部会显示选项卡,上面显示了所有已打开文档的文件名。若要切换到某个文档,单击相应选项卡即可。

不论是否在最大化方式下显示,如果对文档做了更改但尚未保存,则 Dreamweaver会在文件名后显示一个星号(在标题栏或者选项卡)。

5. 状态栏

状态栏中包括标签选择器、选取工具、手形工具、缩放工具、设置缩放比率、窗口大小、文档大小和估计的下载时间等工具。详细信息请参见 2.1.4 节。

6. 属性检查器

属性检查器也叫属性面板,其中显示的是当前被选取对象的各种属性,用户可以随时进行修改。设置对象属性时,只要在相应属性选项中输入数值或者进行选择即可。如果对象属性没有完全显示,可单击属性面板右下角的 ▼ 按钮使其显示所有属性。

用户对属性进行的修改多数会立即在文档窗口中应用,但有些属性在修改完之后可能需要在属性编辑文本框之外的地方单击一下,或者按回车键确认才能应用。

7. 面板组

Dreamweaver 面板提供了重要功能的快捷访问方式。例如,使用"CSS 样式"面板可以方便快捷地进行 CSS 样式的创建管理等工作。

面板组是组合在一个标题下面的相关面板的集合。若要展开一个面板组,可单击组名称或组名称左侧的展开箭头;若要将面板组从当前停靠位置移开,可拖动该面板组的标题条左边缘的手柄。

如果需要使用的面板不在工作区中,可以选择"窗口"菜单中的相应命令将其显示。如果想隐藏所有的面板(包括插入栏和属性检查器),以获得更大的工作区域,可以按 F4 快捷键(对应于"窗口"→"隐藏面板"命令)。

如果工作区中的面板摆放凌乱,想恢复到初始的工作区状态,可以选择"窗口"→"工作区布局"中的"编码器"或"设计器"命令。"编码器"布局适用于以 HTML 方式编辑网页,而"设计器"布局适用于以所见即所得的方式编辑网页。

如果想将当前状态保存为一种工作区布局,以便以后能够快速恢复到该状态,可以选择"窗口"→"工作区布局"→"保存当前"命令。保存了工作区之后,该工作区选项将出现在"窗口"→"工作区布局"菜单中,以后选择该选项即可恢复。

8. 文件面板

文件面板用于管理文件和文件夹,是最常用的面板之一。文件面板既可以用于管理 Dreamweaver 站点,也可以用于管理远程服务器上的站点。文件面板还可用于访问本地磁盘上的全部文件,这与 Windows 资源管理器很类似。

2.1.2 插入栏

如果将插入栏从原来的停靠位置移开,可以看到其显示如图 2.2 所示。

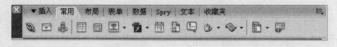

图　2.2

插入栏包含用于创建和插入对象的按钮。当鼠标指针移动到按钮上时,会出现一个工具提示显示该按钮的名称。

这些按钮被组织到若干类别中,可以单击插入栏顶部的选项卡进行切换。当启动 Dreamweaver 时,系统会打开上次使用的类别。

某些类别具有带弹出菜单的按钮。从弹出菜单中选择一个选项时,该选项将成为按钮的默认操作。例如,如果从"图像"按钮的弹出菜单中选择"图像占位符"选项,那么在下次单击"图像"按钮时,Dreamweaver 就会插入一个图像占位符。每次从弹出菜单中选择一个新选项时,该按钮的默认操作都会改变。

插入栏一般按以下 7 个类别进行组织:

• 常用。用于创建和插入最常用的对象,例如图像和表格。

- 布局。用于插入表格、div 标签、框架和 Spry 构件等。还可以在此处选择表格的两种视图：标准（默认）表格和扩展表格。
- 表单。用于创建表单和插入表单元素（包括 Spry 验证构件）。
- 数据。用于插入 Spry 数据对象和其他动态元素，例如记录集、重复区域以及插入记录表单和更新记录表单。此功能用于制作动态网页，本书不做论述。
- Spry。包含用于构建 Spry 页面的按钮，包括 Spry 数据对象和构件。Spry 技术是综合应用 HTML、CSS、JavaScript 和 XML 的一种高级技术，适用于专业或高级的非专业网站设计人员。
- 文本。插入各种文本格式和列表格式的标签（"标签"与第 1 章中介绍的"标记符"或"标记"含义相同），如 b、em、p、h1 和 ul。
- 收藏夹。用于将插入栏中最常用的按钮组织到此处。在插入栏任意类别的按钮上单击右键，选择"自定义收藏夹"命令，可以将自己常用的插入栏按钮组织到收藏夹中。

2.1.3 工具栏

Dreamweaver 中包括文档工具栏、标准工具栏和样式呈现工具栏，在代码视图还包括一个编码工具栏。

在插入栏或任意一个工具栏上右击，可以从弹出的快捷菜单中选择显示或隐藏某种工具栏（包括插入栏）。编码工具栏选项只有在代码或者拆分视图时才出现。

1. 文档工具栏

文档工具栏如图 2.3 所示。

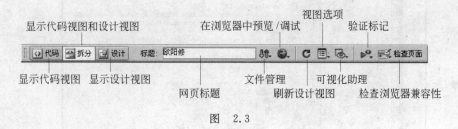

图 2.3

以下是各选项的说明：
- 显示代码视图。只在文档窗口中显示代码视图。Dreamweaver 代码视图实际是一个非常优秀的 HTML 编辑器，用户可以利用代码提示、自动完成等功能方便地完成 HTML 代码的编辑，如图 2.4 所示。
- 显示代码视图和设计视图。将文档窗口拆分为代码视图和设计视图。当选择了这种组合视图时，"视图选项"菜单中的"在顶部查看设计视图"选项变为可用。这种视图适用于综合使用 HTML 代码和所见即所得方式进行网页编辑。
- 显示设计视图。只在文档窗口中显示设计视图。如果处理的是 CSS、JavaScript 或 XML 这种基于代码的文件类型，则不能在"设计"视图中查看文件，此时"设

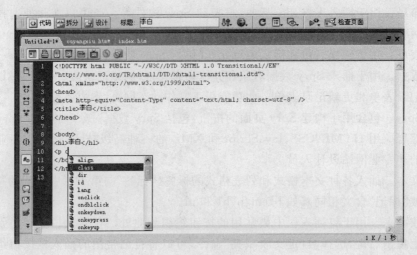

图 2.4

计"和"拆分"按钮将会变暗,表示无法使用。设计视图适用于以所见即所得方式编辑网页。选择"窗口"→"代码检查器"命令可以在一个单独的窗口中查看HTML代码,如图2.5所示。

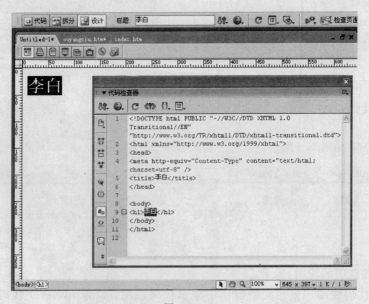

图 2.5

- 网页标题。用于设置文档标题。文档标题将显示在浏览器的标题栏中。
- 文件管理。显示"文件管理"菜单,实现本地和远程服务器的文件管理功能。
- 在浏览器中预览/调试。用于在浏览器中预览或调试网页。单击该按钮,从菜单中选择一个浏览器即可。如果在菜单中选择"编辑浏览器列表"命令,则将打开如图2.6所示的"首选参数"对话框,在其中的"在浏览器中预览"选项区域中可以设置浏览器预览选项。

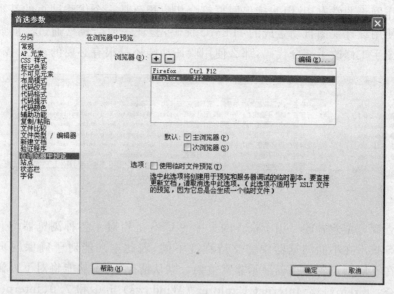

图 2.6

- 刷新设计视图。如果在代码视图中对网页文档进行了编辑,单击此按钮可以刷新文档的设计视图。
- 视图选项。根据当前是设计视图还是代码视图,此菜单中的选项不同。如果是拆分视图,则显示所有选项,如图 2.7 所示。这些选项用于控制文档窗口中的一些辅助信息的显示,例如设计视图中的标尺和网格、代码视图中的行数和自动缩进等。
- 可视化助理。可视化助理是在设计视图制作网页时为方便用户操作而显示的一些辅助信息,如图 2.8 所示。例如,显示表格边框(如果表格边框设置为 0,则仍然用虚线显示,以便用户操作)或 AP 元素轮廓线等。

图 2.7

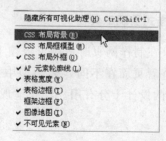

图 2.8

- 验证标记。用于验证当前文档、本地站点或站点中选定的文件。验证是指按照文档所指定的规范(例如 XHTML1.0Transitional、HTML4.0Strict 等)对网页中的 HTML 代码进行验证,看是否符合相应规范。验证的结果将显示在"结果"面板的"验证"选项卡中,如图 2.9 所示。此项功能对于用手工编写 HTML 代码方式制作网页非常有用,因为确保网页符合相应规范是一个优秀网页的基本条件。如果使用设计视图自动生成的 HTML 代码,验证一般会轻松通过。但如果在代码视图手工修改了部分代码,那么使用验证功能还是很有必要的。

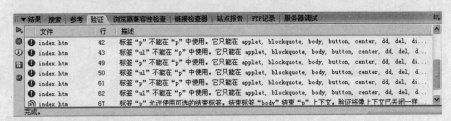

图 2.9

- 检查浏览器兼容性。用于检查网页中的 CSS 是否对于各种浏览器均兼容。由于 CSS 技术在不同浏览器中的支持程度不同,因此本功能对于确保网页中的 CSS 能在不同浏览器中正确显示非常重要。默认情况下,本功能将对下列浏览器进行检查:Firefox1.5、Internet Explorer(Windows)6.0 和 7.0、Internet Explorer (Macintosh)5.2、Netscape Navigator 8.0、Opera 8.0 和 9.0 以及 Safari 2.0。如果要更改检查选项,可以选择此菜单中的“设置”命令进行修改。同样,检查结果会在“结果”面板的“浏览器兼容性检查”选项卡(一般位于“验证”选项卡右边,参见图 2.9)中显示。

2. 标准工具栏

标准工具栏包含一些按钮,可执行“文件”和“编辑”菜单中的常用操作,例如“新建”、“打开”、“保存”、“全部保存”、“剪切”、“复制”、“粘贴”、“撤销”和“重做”等,如图 2.10 所示。

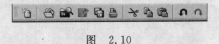

图 2.10

3. 样式呈现工具栏

如果在制作网页时使用了依赖于媒体的样式表,那么就可以用样式呈现工具栏中的按钮查看页面在不同媒体类型中的呈现方式。此功能对于面向多种媒体(如电视、手机等)的设计十分有用。样式呈现工具栏中还包含一个允许启用或禁用 CSS 样式的按钮。

4. 编码工具栏

编码工具栏包含可用于执行多种标准编码操作的按钮,例如折叠和展开所选代码、高亮显示无效代码、应用和删除注释、缩进代码、插入最近使用过的代码片断等。编码工具栏仅在代码视图(包括拆分视图中的代码视图)中才是可见的,它垂直显示在文档窗口的左侧。

2.1.4 状态栏

状态栏位于文档窗口底部,如图 2.11 所示。

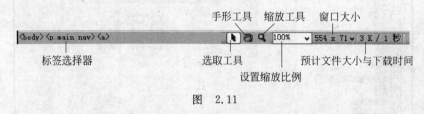

图 2.11

1. 标签选择器

状态栏左边是标签选择器,其中显示环绕当前选定内容的标签的层次结构。单击该层次结构中的标签就可以选择该标签及其全部内容。例如,单击<body>可以选择整个文档(因为在 HTML 中<body>标签是包含所有正文内容的标签)。标签选择器适用于在网页中精确选择特定部分,当然前提是掌握 HTML 语言。

若要在标签选择器中设置某个标签的 class 或 id 属性,可右击该标签,然后从弹出的快捷菜单中选择一个类或 ID。

2. 选取工具、手形工具和缩放工具

默认状态下,选取工具是处于选中状态的。也就是说,此时可以用鼠标选取网页中的内容。

如果选择手形工具,则可以在文档中拖动以查看文档。此时不能选择网页中的内容进行编辑。

如果选择缩放工具,鼠标指针变为放大镜形状(其中有一个加号),在文档窗口中单击可以放大显示。如果按住 Alt 键,鼠标指针变为其中显示减号的放大镜形状,单击文档窗口则可以缩小显示。

选择"设置缩放比例"按钮,则可以在下拉列表中选择网页的显示比例。

3. 窗口大小

当文档窗口中的网页不是以最大化方式显示时,单击状态栏中的"窗口大小"按钮,可以将文档窗口的大小设为预设值或自定义值,如图 2.12 所示。

例如,如果将窗口大小设置为"760×420(800×600,最大值)",这样就能看出正在制作的网页在 800×600 分辨率下显示的效果。

如果要自定义窗口大小,选择"编辑大小"命令,打开如图 2.13 所示的"首选参数"对话框,在其中的"状态栏"选项区域可以进行设置。

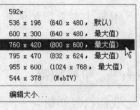

图 2.12

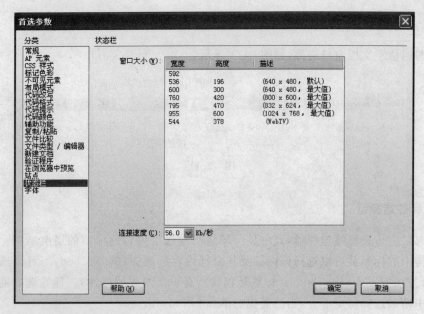

图　2.13

4. 预计文件大小与下载时间

在状态栏最右边显示的是当前正在编辑的文件的预计大小与下载时间,此信息有助于网页设计者控制文件大小。

预计大小是 Dreamweaver 根据网页中的所有内容(包括所有相关文件,如图像和其他媒体文件)计算出来的,而下载时间是根据当前设置的 Internet 连接速度计算的(实际的下载时间取决于具体的 Internet 连接)。

如果要设置连接速度,可选择"编辑"→"首选参数"命令,然后选择"状态栏"选项,参见图 2.13。当然也可以直接单击"窗口大小"按钮,然后选择"编辑大小"命令。默认的连接速度是 56Kb/s,如果能明确知道目标用户的连接速度(例如网站用于企业内部网),则可以将速度设置得高一些。

2.2　创建 Dreamweaver 站点

本节主要介绍如何使用 Dreamweaver 创建本地站点、站点的基本操作、站点窗口操作等。

2.2.1　新建站点

我们已经知道,一个站点就是一系列文件的组合,而这些文件通常位于一个特定的文件夹中,称为站点文件夹。通过在 Dreamweaver 中建立站点,可以方便有效地管理站点中的各种资源。因此,使用 Dreamweaver 制作网站的首要操作就是建立站点。

可以使用 Windows 资源管理器或 Dreamweaver 的文件面板在计算机中创建站点文件夹,然后在 Dreamweaver 中将其指定。

下面以将要制作的"唐诗宋词精选"网站为例,说明在 Dreamweaver 中定义本地站点的步骤:

(1) 启动 Dreamweaver,选择"站点"→"新建站点"命令,此时打开站点定义对话框,如图 2.14 所示。

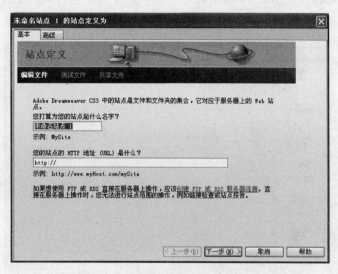

图　2.14

在"基本"选项卡中,可以按照 Dreamweaver 提供的向导方式一步一步完成站点的建立。读者第一次使用时可以使用该功能,以便了解各选项的功能。为方便起见,以下直接使用"高级"选项卡。

(2) 选择"高级"选项卡,如图 2.15 所示。

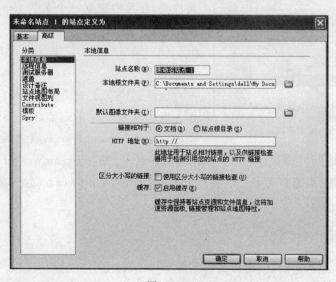

图　2.15

（3）在"站点名称"框中输入站点名称。此站点名称是 Dreamweaver 用来识别不同站点的，因此可以是任意字符。此处输入"唐诗宋词精选 2.2.1"作为站点名称（2.2.1 对应的是本节的节号）。

（4）单击"本地根文件夹"右边的文件夹按钮▢，然后定位到将要作为站点文件夹的位置（执行此步骤之前应在 Windows 资源管理器或 Dreamweaver 文件面板中建立相应的空文件夹，也可以在如图 2.16 所示的对话框中定位到站点目录的父目录，然后使用右上角的"创建新文件夹"按钮▢创建），然后单击"选择"按钮，如图 2.16 所示。

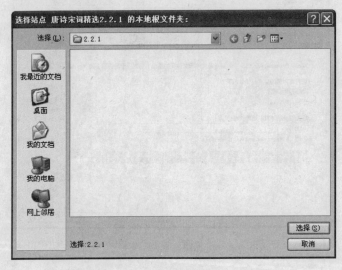

图　2.16

（5）对于"默认图像文件夹"选项，可以设置用于保存站点中所用图像的文件夹，以方便以后对图像文件的操作。单击该选项右边的▢按钮，此时自动定位到刚才选中的站点

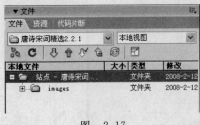

图　2.17

文件夹，在其中建立一个名为 images 的文件夹作为默认图像文件夹。

（6）单击"确定"按钮，此时文件面板如图 2.17 所示。

这样就建立了一个 Dreamweaver 站点，它将作为以后所有工作的起点。需要特别强调的是，在建立了 Dreamweaver 站点之后，最好所有的文件操作（比如创建网页、删除网页、更改网页文件名等）都在 Dreamweaver 中进行（而不是使用 Windows 的"资源管理器"或"我的电脑"），以便 Dreamweaver 能有效地对站点进行管理。

2.2.2　站点操作

创建好了本地站点后，就可以进行相应操作了，比如打开、复制、删除等。

1. 打开站点

建立了站点之后,Dreamweaver下次启动时会自动打开该站点。

如果 Dreamweaver 中建立了多个站点(例如,同一个站点的多个版本),可以从文件面板的站点列表中选择打开某个站点,如图 2.18 所示。

当然也可以使用该列表定位本地计算机上的文件,就像 Windows 资源管理器一样。之后再使用该列表定位到需要操作的站点即可。

2. 管理站点

选择"站点"→"管理站点"命令,可以打开如图 2.19 所示的"管理站点"对话框,可以使用其中的选项进行相应操作。

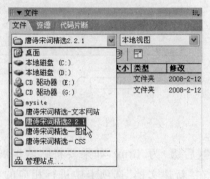

图　2.18

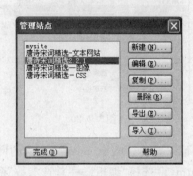

图　2.19

以下是各功能按钮的说明:

- 新建。创建新站点。
- 编辑。打开所选站点的站点定义对话框,以便编辑站点选项。
- 复制。创建所选站点的副本。副本将出现在站点列表窗口中。
- 删除。删除所选站点。注意,此操作无法撤销。不过删除站点只是在 Dreamweaver 中删除了站点信息,而站点对应的文件夹和文件仍然存在。如果需要恢复,可以重新用新建站点的方式将其指定为 Dreamweaver 站点。
- 导出。将站点设置导出为 XML 文件(＊.ste),以便在各计算机或产品版本之间移动站点,或者与其他用户共享设置。
- 导入。选择要导入的站点设置文件(＊.ste)。

2.2.3　文件操作

如前所述,在建立了 Dreamweaver 站点之后,所有的文件操作(比如创建网页、删除网页、更改网页文件名等)一般都在 Dreamweaver 中进行。

1. 建立站点文件夹结构

以下继续用"唐诗宋词精选"网站为例进行说明(该网站的内容组织参见图 1.19):

（1）在 Windows 资源管理器中建立 2.2.1 节中的站点文件夹的副本（在该文件夹上单击右键,选择"复制",然后在空白处右击,选择"粘贴"）,将其重命名为"2.2.3"。

（2）使用 2.2.1 节中介绍的方法将其指定为"唐诗宋词精选 2.2.3"网站。

（3）在文件面板站点根文件夹上右击,在弹出的快捷菜单中选择"新建文件"命令,如图 2.20 所示。

（4）在站点根目录下会出现一个名为 untitled.html 的文件,且为选中状态,直接将其更改为 index.htm 即可,如图 2.21 所示。一般情况下,index.htm 或 index.html 是网站的首页。

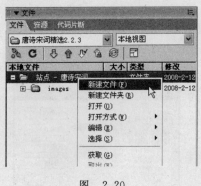

图　2.20

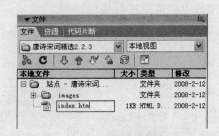

图　2.21

可以看出,Dreamweaver 默认的网页扩展名（后缀）为.html,如果要将默认扩展名改为.htm,可选择"编辑"→"首选参数"命令,然后在"新建文档"选项卡中进行相应的更改,如图 2.22 所示。

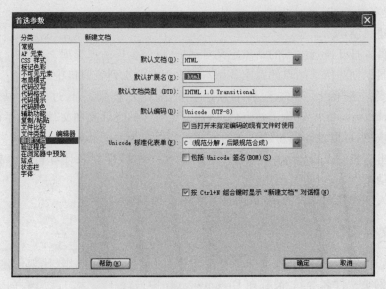

图　2.22

（5）在文件面板站点根文件夹上右击,在弹出的快捷菜单中选择"新建文件夹"命令,建立名为 tangshi 的文件夹,作为保存各个唐诗网页的目录。

（6）重复步骤（5），在根目录下建立 tangwudaici、songci 和 songshi 共 3 个目录，分别用来存放唐五代词、宋词和宋诗网页。

（7）在文件面板的 tangshi 目录上右击，在弹出的快捷菜单中选择"新建文件"命令，建立名为 tangshi.htm 的文件，作为"唐诗"部分的首页。

（8）重复步骤（7），在 tangshi 目录下建立 libai.htm、dufu.htm、baijuyi.htm 和 lishangyin.htm文件，分别对应于李白、杜甫、白居易和李商隐诗歌的相应网页。

（9）重复步骤（7）和（8），在 tangwudaici、songci 和 songshi 目录下分别建立相应的文件。站点文件夹结构和文件创建完成后的文件面板如图 2.23 所示（目录左边显示加号表示该目录未展开）。

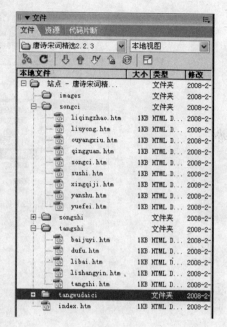

图 2.23

2. 文件命名惯例

在网站开发过程中，各种文件（包括文件夹）的命名是一个需要注意的事项。符合惯例的命名既能保证网站的正确工作，也能简化维护工作。相反，如果采用不适当甚至不正确的命名，则一方面加大网站的维护工作量，另一方面甚至可能导致网站无法正确工作。

网站中的文件命名惯例如下：

（1）最好使用小写英文名称（或汉语拼音）。例如：index.htm、liqingzhao.jpg 等。

（2）尽量不要大小写混写，因为某些系统区分大小写，而另一些则不区分，大小写混写容易引起混乱。

（3）不要使用中文文件名，因为部分系统无法显示具有中文文件名的网页或文件。

（4）可以使用数字、下划线或连字符。例如：baijuyi1.htm、baijuyi_shi.htm、baiyuji-pipaxing1.jpg 等。

（5）不允许使用特殊字符，例如""，!? /\~*&％$#@()等，尤其不能使用空格。也就是说，名称中应该只包括字母、数字、连字符或者下划线。

（6）网页的扩展名既可以是.htm，也可以是.html，但一定要选定其中一种，而不要两种交叉使用，否则很容易造成混乱。

需要特别强调的是，文件的命名和其他需要命名的地方一样，一定要让名称具有清楚明确的含义，而不要用一些无法理解其含义的字符序列。例如，文件名 xinqiji.htm 很容易理解为与"辛弃疾"相关的网页，而 file1.htm 则是个抽象的名称，无法判断该文件的内容。又例如，yumeiren_liyu.jpg 是个有含义的文件名，而 1952007154940_1.jpg 则是个无法判断其内容的文件名。

3. 其他文件操作

在文件面板中还可以方便地使用右键快捷菜单进行其他一些文件操作,例如,剪切、拷贝、删除、重命名等,如图 2.24 所示。

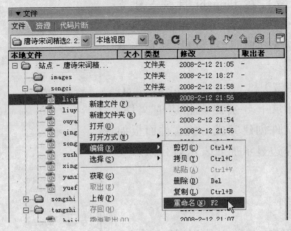

图 2.24

2.3 编辑网页

本节介绍有关网页的各项基本操作,包括新建网页、网页属性设置和添加网页内容等。

2.3.1 新建网页

除了上一节介绍的在文件面板中通过右键快捷菜单创建网页,然后双击打开进行编辑以外,在 Dreamweaver 中还有多种新建文件的方式。

1. 使用欢迎屏幕

每次启动 Dreamweaver 时,会自动打开一个欢迎屏幕,如图 2.25 所示。

使用该屏幕可以快速执行一些常用操作,例如,"打开最近的项目"、"新建"文件或站点、"从模板创建"文件等。

选择中间一栏"新建"下的 HTML 选项,则可以创建一个空白的网页。如果选择"新建"下的"更多"选项,则可以打开"新建文档"对话框。

如果选中左下角的"不再显示"选项,则弹出如图 2.26 所示的对话框,提示如何重新显示欢迎屏幕(选择"编辑"→"首选参数"命令打开"首选参数"对话框,选择"常规"类别)。

2. 使用"新建文档"对话框

选择"文件"→"新建"命令,将打开如图 2.27 所示的"新建文档"对话框。

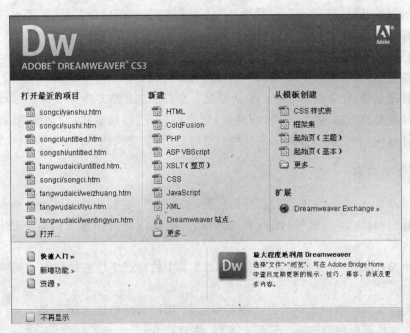

图 2.25

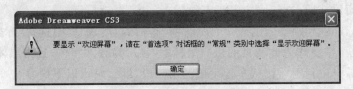

图 2.26

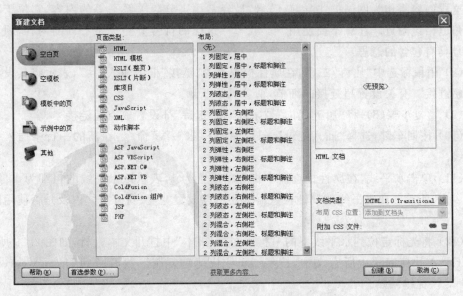

图 2.27

如果选择默认的"空白页"→"页面类型：HTML"→"布局：＜无＞"选项，然后单击"创建"按钮，则可以创建一个空白网页。

该对话框中还提供了很多其他实用的功能，例如创建 CSS 页、用 Dreamweaver 内置的网页模板进行布局等，本书将在适当的时候详细介绍。

如果按下快捷键 Ctrl＋N，那么默认情况下会打开"新建文档"对话框。如果想通过按 Ctrl＋N 快捷键直接新建一个空白网页，则可以打开"首选参数"对话框，在如图 2.22 所示的对话框中取消选中"按 Ctrl＋N 组合键时显示'新建文档'对话框"复选框即可。

2.3.2 添加内容

一些基本的内容，如文本、空格、特殊字符、水平线等，它们是构成网页最基本的元素。以下继续用"唐诗宋词精选"网站为例，说明如何向空白网页中添加内容并进行简单的修饰：

（1）在 Windows 资源管理器中建立 2.2.3 节中的站点文件夹的副本，将其重命名为"2.3"。

（2）使用 2.2.1 节中介绍的方法将其指定为"唐诗宋词精选 2.3"网站。

（3）在文件面板中双击 index.htm 文件，将其打开。

（4）在工具栏的"标题"框中输入"唐诗宋词精选—主页"，作为本网页的标题。

（5）在页面顶部插入点录入"唐诗宋词精选"，然后按回车键。

（6）将鼠标定位到刚录入的段落，在属性检查器的"格式"框中选择"标题 1"，此时"唐诗宋词精选"几个字将作为此网页的最高级标题，显示为较大字体，且为黑体显示。

（7）将鼠标定位到刚才按回车键生成的第二段，继续录入以下内容：

"唐诗|唐五代词|宋词|宋诗"

这段内容将作为网站的主导航（符号"|"经常用来分隔关系平等的内容，它位于键盘右上角退格键附近。注意不要使用"＜"或"＞"这样的符号分隔关系平等的内容，因为这些符号具有包含的意思）。

（8）用鼠标选中"唐诗"二字，在属性检查器的"链接"框中输入"#"，表示将其设置为空的超链接。有关设置超链接的细节，请参见第 3 章。

（9）重复步骤（8），将"唐五代词"、"宋词"和"宋诗"都设置成空超链接。

（10）按回车键，选择"插入记录"→HTML→"水平线"命令，在新的一行中插入一条水平线。

（11）单击水平线，在属性检查器中将"高"设置为 1，表示该水平线的粗细为 1 像素，如图 2.28 所示。在水平线的属性检查器中还可以设置宽度、对齐方式以及是否使用阴影效果。

（12）将光标定位到水平线下的一行。在"记事本"中打开文本素材，如图 2.29 所示。按 Ctrl＋A 快捷键选中所有文本，按 Ctrl＋C 快捷键复制。然后回到 Dreamweaver，按 Ctrl＋V 快捷键粘贴。

需要注意的是，当从其他程序中复制文本内容时，Dreamweaver 默认会将按照"带结

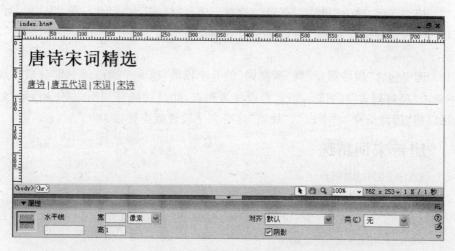

图 2.28

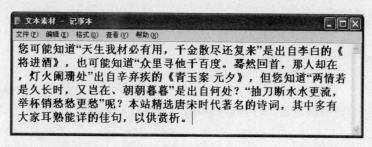

图 2.29

构的文本"的形式粘贴。也就是说,文本中的分段等结构性的格式都会被复制,而诸如字体字号等格式则不被复制。

如果想采用其他方式粘贴,应选择"编辑"→"选择性粘贴"命令,此时打开如图 2.30 所示的"选择性粘贴"对话框,可以在其中选择其他选项。如果要改变默认的粘贴选项,可以单击"粘贴首选参数"按钮,在"首选参数"的"复制/粘贴"类别中进行设置。

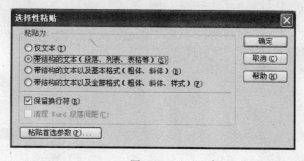

图 2.30

不过在网页制作过程中,一般建议仅复制文本内容和其结构,不要复制文本的格式,最好在 Dreamweaver 中设置文本格式。

(13) 按回车键，输入“唐诗”，在属性检查器中将“格式”设置为“标题 2”。

(14) 按回车键换行，输入“唐诗简介”；分别换行输入“李白”、“杜甫”、“白居易”和“李商隐”。

(15) 选中包含“唐诗简介”到“李商隐”的 5 个段落(或 5 个段落的一部分)，在属性检查器中单击“项目列表”按钮，将它们设置为列表，此时的网页如图 2.31 所示。如果愿意，也可以将“唐诗简介”、“李白”、“杜甫”这些文字设置成空链接。

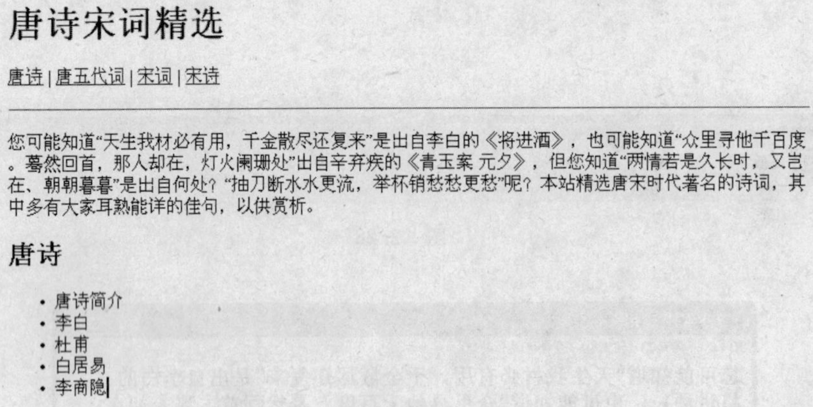

唐诗宋词精选
唐诗 | 唐五代词 | 宋词 | 宋诗
您可能知道“天生我材必有用，千金散尽还复来”是出自李白的《将进酒》，也可能知道“众里寻他千百度。蓦然回首，那人却在，灯火阑珊处”出自辛弃疾的《青玉案 元夕》，但您知道“两情若是久长时，又岂在、朝朝暮暮”是出自何处？“抽刀断水水更流，举杯销愁愁更愁”呢？本站精选唐宋时代著名的诗词，其中多有大家耳熟能详的佳句，以供赏析。
唐诗
唐诗简介
李白
杜甫
白居易
李商隐

图 2.31

(16) 按回车键两次新建一行。重复步骤(13)～(15)，完成“唐五代词”、“宋词”和“宋诗”部分。

(17) 重复步骤(10)～(11)，在“宋诗”部分下创建一条 1 像素粗细的水平线。

(18) 选中页面顶部的“唐诗|唐五代词|宋词|宋诗”，按 Ctrl＋C 快捷键复制，然后回到页面底部的水平线下，按 Ctrl＋V 快捷键粘贴。这样在底部也包含了一个文字的导航条。可以看出，在复制网页内容时，其中的超链接信息也被直接复制了。

(19) 按回车键新建一行。单击插入栏中的“文本”标签，单击最后一个“字符”按钮右边的下拉菜单，选择“©版权”，如图 2.32 所示。

插入
常用
布局
表单
数据
Spry
文本
收藏夹
代码
拆分
设计
标题:
唐诗宋词精选 － 主页
index.htm*
宋词
宋词简介
晏殊
欧阳修
柳永
苏轼
秦观
李清照
换行符 (Shift + Enter)
不换行空格
左引号
右引号
破折线
英镑符号
欧元符号
日元符号
版权
注册商标
商标
其他字符

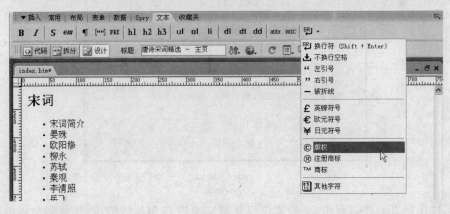

图 2.32

使用该菜单还可以插入其他常用的特殊字符,包括换行符(也可以按 Shift+Enter 组合键,这在希望换行,但又不想新起一个段落时很常用)、不换行空格(如果想在段落中插入多于一个空格时需要使用此字符,因为多次按空格键只能输入一个空格。例如,如果要制作图 2.33 所示的效果,就需在文字间插入不换行空格)、注册商标等。

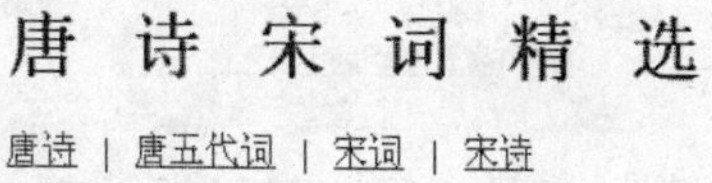

唐 诗 宋 词 精 选

唐诗 | 唐五代词 | 宋词 | 宋诗

图 2.33

如果所要插入的字符不在该列表中,可以单击最后一个"其他字符"按钮,打开如图 2.34 所示的"插入其他字符"对话框,可在其中选择。

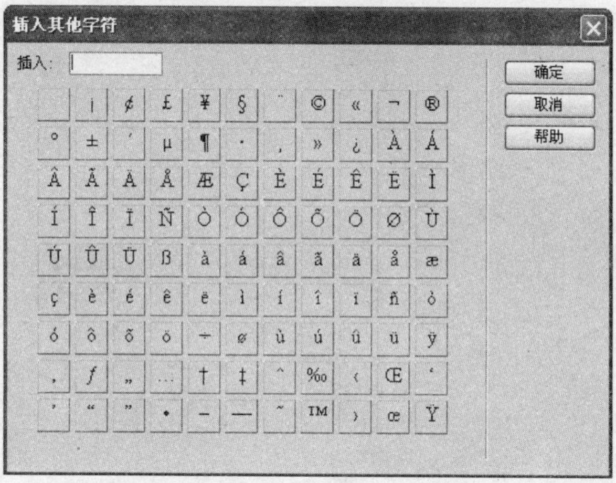

图 2.34

如果在该对话框中也没有包含需要插入的字符,则需要查看 HTML 字符实体表,然后在"插入其他字符"对话框的"插入"栏中输入相应的字符实体。例如,可以用 ♥ 输入♥,用 π输入 π。

(20) 在版权符号后输入空格,然后输入"版权所有 2008"。

(21) 按 F12 键在浏览器中预览,可以看到最后完成的网页如图 2.35 所示。本书后面的章节将继续修改该网页和制作其他网页。

2.3.3 设置页面属性

网页的基本属性包括页面标题、页面中的默认字体、网页的背景颜色和图像、超链接显示效果等。

以下继续用"唐诗宋词精选"网站为例进行说明:

(1) 打开 2.3.2 节中制作的 index.htm 文件。

(2) 选择"修改"→"页面属性"命令;或者按 Ctrl+J 快捷键;或者在文档窗口空白处右击,然后在弹出的快捷菜单中选择"页面属性"命令。打开"页面属性"对话框,如图 2.36 所示。

(3) 在"外观"类别中,可以设置以下选项:

• 页面字体。指定在网页中使用的默认字体,例如"宋体"或"黑体"等。一般可以不用设置此选项。

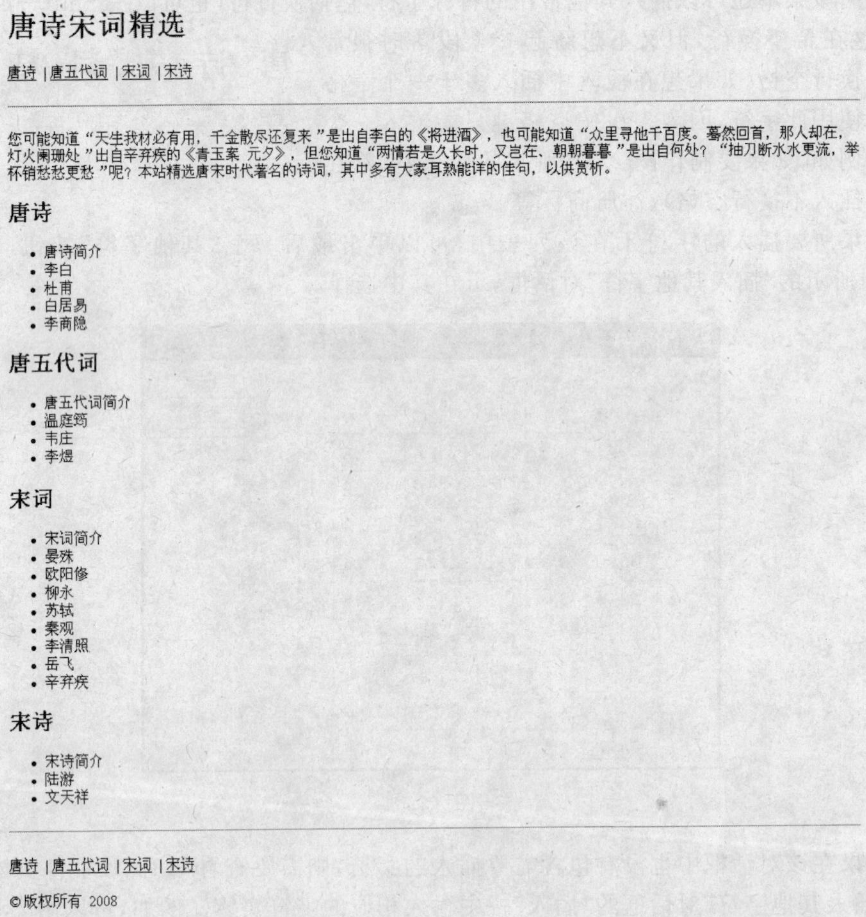
唐诗宋词精选
唐诗 | 唐五代词 | 宋词 | 宋诗
您可能知道“天生我材必有用，千金散尽还复来”是出自李白的《将进酒》，也可能知道“众里寻他千百度。蓦然回首，那人却在，灯火阑珊处”出自辛弃疾的《青玉案 元夕》，但您知道“两情若是久长时，又岂在、朝朝暮暮”是出自何处？“抽刀断水水更流，举杯销愁愁更愁”呢？本站精选唐宋时代著名的诗词，其中多有大家耳熟能详的佳句，以供赏析。
唐诗
唐诗简介
李白
杜甫
白居易
李商隐
唐五代词
唐五代词简介
温庭筠
韦庄
李煜
宋词
宋词简介
晏殊
欧阳修
柳永
苏轼
秦观
李清照
岳飞
辛弃疾
宋诗
宋诗简介
陆游
文天祥
唐诗 | 唐五代词 | 宋词 | 宋诗
©版权所有 2008

图 2.35

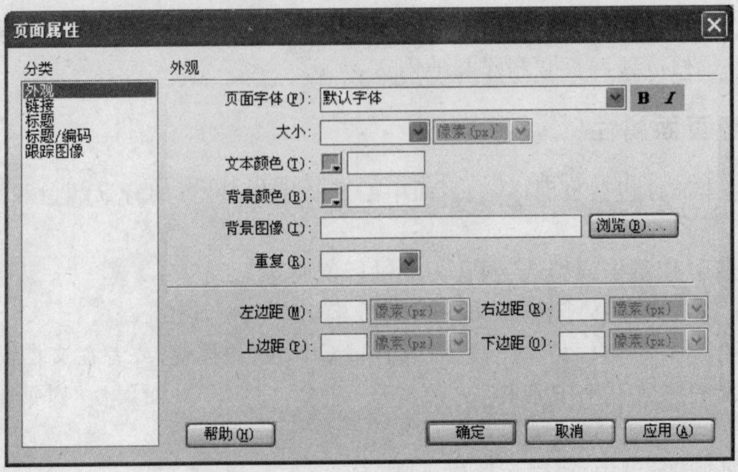
页面属性
分类
外观
链接
标题
标题/编码
跟踪图像
外观
页面字体(F):
默认字体
B I
大小:
像素(px)
文本颜色(T):
背景颜色(B):
背景图像(I):
浏览(B)...
重复(R):
左边距(M):
像素(px)
右边距(R):
像素(px)
上边距(P):
像素(px)
下边距(O):
像素(px)
帮助(H)
确定
取消
应用(A)

图 2.36

- 大小。指定网页中使用的默认字体大小。在左边的框中输入或选择数字，也可以选择文字指定的大小值。如果输入或选择了数字，那么可以在右边的框中选择单位，一般常用的单位是"像素（px）"或"字体高（em）"。前者是使用像素多少的绝对单位；后者是相对单位，表示与当前字体大小的比例，例如，2em 常用于中文段落的首行缩进，正好是两个汉字宽，而不管当前字体大小是多少。此处我们将其设置为 14px（请读者尝试 0.9em）。
- 文本颜色。指定默认的字体颜色。既可以在颜色选择器中选择一个颜色，也可以直接输入"♯RRGGBB"这样格式的颜色值。此处可以不进行设置，采用默认的黑色，也可以输入一个类似黑色的颜色，如"♯343434"。
- 背景颜色。设置页面的背景颜色。同样可以不设置，或者设置一个类似白色的颜色，如"♯F0F0F0"。设置网页背景颜色和默认文本颜色时，需要特别注意可读性的原则，千万不要让设置的颜色影响了基本信息的显示。
- 背景图像。设置背景图像。单击"浏览"按钮，然后在站点中找到需要作为背景的图像即可。与设置背景颜色一样，设置背景图像时也要非常注意确保网页的可读性。一般情况下，使用类似图 2.37 所示的背景较多，而要特别避免类似图 2.38 所示的背景（很明显网页中的文字已经几乎不能阅读了。虽然该例子有些极端，但初学者很容易犯类似错误）。默认时背景图像会平铺，也可以在下面的"重复"选项中设置，或者使用 CSS 的方式进一步控制背景图像的显示。此处不指定背景图像。

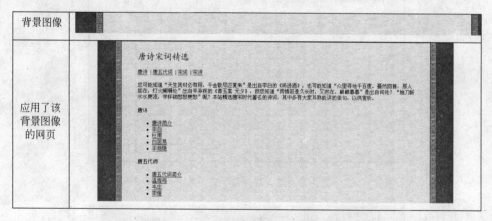

图　2.37

- 重复。指定背景图像在页面上的显示方式。
- 左、右、上、下边距。指定页面左边距、右边距、上边距和下边距的大小。浏览器会有默认的边距设置，设计者也可以在此处修改。把左右边距设置为"8 字体高（em）"，上下边距设置为"3 字体高（em）"。

"外观"选项设置完时的对话框如图 2.39 所示。

（4）单击"页面属性"对话框左边"分类"中的"链接"类别，如图 2.40 所示，在其中可以设置以下选项：

背景图像	
应用了该背景图像的网页	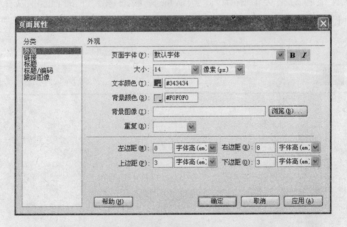 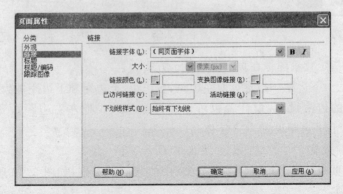

图 2.38

图 2.39

图 2.40

- 链接字体。指定超链接文本使用的字体。如果不指定，则使用"外观"类别中指定的默认页面字体。此处不指定。
- 大小。指定超链接文本使用的默认字体大小。如果不指定，则使用"外观"类别中指定的默认页面字体大小。此处不指定。
- 链接颜色。指定应用于未被访问过的超链接文本的颜色。默认颜色为蓝色。这是浏览者熟悉的超链接颜色，一般不要修改。除非修改了页面的背景颜色，以至于蓝色的超链接在背景上显示不清楚，才需要修改。此处不指定。
- 已访问链接。指定应用于已访问过的超链接文本的颜色。默认颜色为紫色。同样，由于浏览者已经熟悉这种默认颜色的含义，轻易也不要修改。此处不指定。
- 变换图像链接。指定当鼠标指针位于超链接上（这也叫做悬停状态）时超链接文本应用的颜色。此选项的默认值就是蓝色，也就是说不变化颜色。此处将其设置为比较醒目的红色"♯FF0000"，以便浏览者将鼠标移动到链接上时能清楚看到鼠标所在位置的链接。
- 活动链接。指定当前活动的超链接文本的颜色。当前活动链接就是指鼠标在超链接上按下但未在链接上释放鼠标时的状态。如果在超链接以外的区域释放鼠标，则该超链接仍然处于活动状态。活动链接的默认颜色是红色，一般也不用更改。但由于刚才我们将悬停链接的颜色改为红色，因此此处可以将活动链接颜色改为绿色"♯00CC00"，以示区别。
- 下划线样式。指定应用于超链接的下划线样式。其中有 4 个选项，默认选中"始终有下划线"，一般也可以不用更改。但也可以将其更改为其他选项，以使页面中的超链接有一定的效果。例如，此处选中"仅在变换图像时显示下划线"选项（此选项是超链接效果中常用的一种）。

（5）单击"页面属性"对话框左边"分类"中的"标题"类别，如图 2.41 所示，在其中可以设置标题 1 至标题 6 共 6 个级别的标题标签所使用的字体大小和颜色。

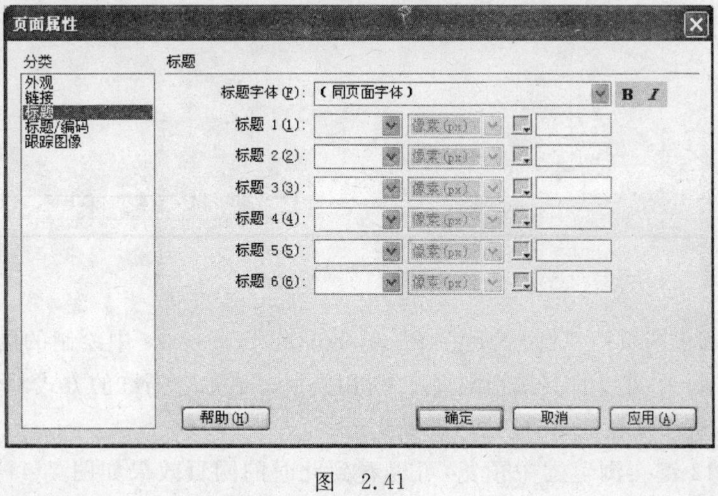

图 2.41

将"标题 1"的字号设置为 36px，颜色设置为"♯330000"；将"标题 2"的字号设置为

24px，颜色设置为"#003333"。

（6）单击"页面属性"对话框左边"分类"中的"标题/编码"类别，如图 2.42 所示，在其中可以设置网页的标题（与在工具栏中设置一样）和编码选项。一般保持默认即可。

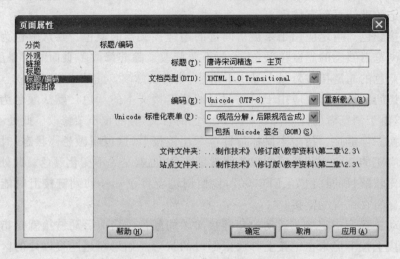

图 2.42

（7）单击"页面属性"对话框左边"分类"中的"跟踪图像"类别，如图 2.43 所示，可以在其中设置跟踪图像选项。

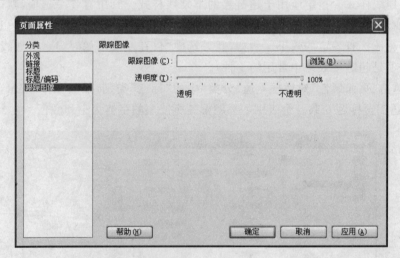

图 2.43

跟踪图像（也叫页面草图）就是在 Photoshop 或 Fireworks 中绘制的网页的效果图，在 Dreamweaver 中可以将其衬到网页之下，用类似写毛笔字描红的方式制作网页。由于目前制作的网页布局较简单，此处不设置此选项。

（8）按 F12 键在浏览器中预览，可以看到此时的网页效果如图 2.44 所示，该图与图 2.35在背景颜色和左右边距上有较大差异。

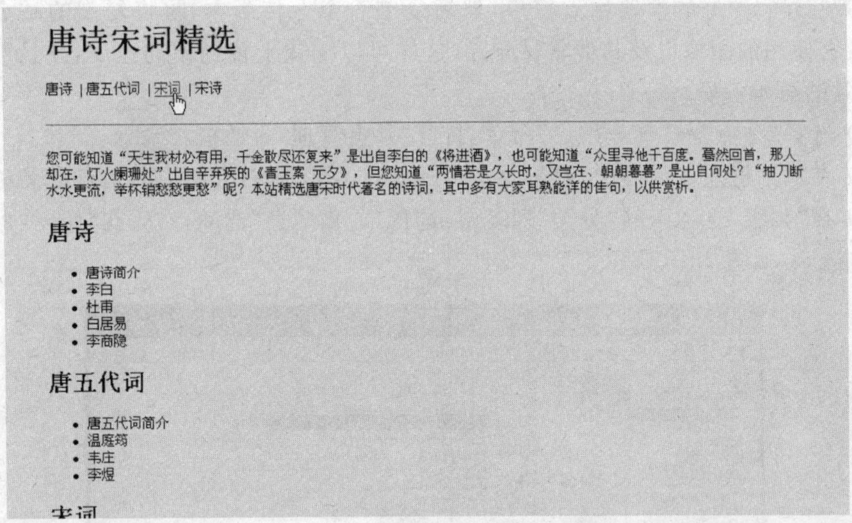

图 2.44

2.4 上传网站

网站建设完毕之后,就需要将站点上传到远程的服务器,以便任何联网的人都能通过浏览器访问到网页。

2.4.1 申请网站空间

上传网站之前需要先在 Internet 上找到存放自己网站的地方,也就是在特定网络服务器上获得的空间,目前主要采用虚拟主机的形式。

虚拟主机服务可分为免费和收费两种,在搜索引擎中以"免费网站空间"或"虚拟主机"等关键字搜索,可以找到相应的服务提供商。免费空间通常有较多的大小限制和流量限制,而且通常要求附加广告;收费空间的服务则全面一些,例如可以提供数据库支持、动态脚本支持等。

确定了虚拟主机服务提供商之后,用户只需要按照站点上的提示进行操作即可。

虚拟主机服务(不论是免费还是收费)都附带了免费域名(即网站地址)服务,也就是说,可以用类似 http://www.xxx.com.cn/yyy 这样的方式进行网站访问。如果用户需要特定的域名(例如像 http://www.xyz.com 这样的顶级域名),则应单独购买域名服务,具体请查询相应服务提供商的网站。

2.4.2 设置远程站点

申请了网站空间后,就可以在 Dreamweaver 中设置远程站点。只有正确地设置了远程站点,才能将网站上传到远程的服务器上。

设置远程站点的步骤如下:

（1）打开制作好的本地站点窗口，然后复制一个上传版本，再将复制的站点窗口打开，将没有使用的图像以及其他素材删除（这样可以加快上传网站的速度，并且可以保留一个网站的原始备份）。

（2）选择"站点"→"管理站点"命令，打开"站点管理"对话框。

（3）在对话框左侧列表中，双击要上传的站点名称，则打开相应的站点定义对话框。

（4）在"高级"选项卡的"分类"列表中，选择"远程信息"选项，然后在"访问"列表中选择 FTP 选项，如图 2.45 所示。

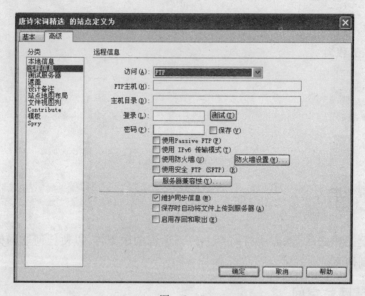

图　2.45

（5）在"FTP 主机"框内输入 FTP 主机地址，在"主机目录"框内输入相应主机目录（有时不需设置此项），在"登录"框内输入用户名称，在"密码"框内输入登录网站时的用户密码。如有必要，可能还需要设置"使用 Passive FTP"等选项。这些选项的具体内容是由相应的虚拟主机服务决定的，具体请参见服务提供商网站上的信息。

（6）单击"确定"按钮，然后返回"管理站点"对话框，单击"完成"按钮。

2.4.3　上传站点

定义了远程站点之后，就可以将本地站点上传，步骤如下：

（1）连接到 Internet。

（2）在文件窗口中，单击"连接到远端主机"按钮，开始连接到远程 FTP 站点。如果设置正确，并且 Internet 连接正常，那么很快就可以连接到远程服务器，此时"连接到远端主机"按钮变为高亮显示的"从远端主机断开"按钮。

（3）单击文件窗口右上角的"展开以显示本地和远端站点"按钮，此时窗口左边将显示出远程站点文件列表，右边显示本地站点文件列表，如图 2.46 所示。

（4）在远端站点框中，定位到需要将网站上传到的位置。

图　2.46

（5）如果需要上传整个站点，可以将右侧本地站点全部选中，然后拖曳到左边的相应目录；如果要上传部分网页，可以先选取若干网页，然后拖曳到远程站点中的相应目录。

注意：管理远程站点上的文件夹与文件的操作与在本地站点上相同。

（6）如果上传完毕，需要断开与远程服务器的连接，单击"从远端主机断开"按钮即可。

（7）在浏览器窗口中输入相应的域名，然后按回车键，就可以通过远程方式访问网站了。

如果以后需要更新网站，只需用同样的方式连接到远端主机，然后重新上传更新后的页面即可。

习题

1. 请说明 Dreamweaver 界面中包含哪些元素。
2. 请说明本地站点与远程站点有什么不同。
3. 总结在 Dreamweaver 中从创建站点到发布站点的全过程。

上机实验

1. 在 Dreamweaver 代码视图中完成第 1 章中的上机实验题目 1 和题目 2。
2. 按照本章 2.2 节和 2.3 节中的步骤，制作"唐诗宋词精选"网站。
3. 继续第 1 章中的上机实验第 4 题，在 Dreamweaver 中规划并设置站点的文件夹结构，仿照本章的介绍制作网站的首页。
4. 上网申请网站空间，将所制作的网页上传。

第3章

文本修饰与超链接

文本是网站内容的集中体现,对文本进行格式修饰是确保网站内容逻辑结构的基本手段。超链接是网站导航的基本方法,是它将形形色色的网页连接为一个整体。本章主要介绍文本修饰与超链接方面的内容,包括设置文本格式、创建列表、设置超链接等。

3.1 设置文本格式

文本格式主要分为段落格式和字符格式。段落就是指具有统一样式的一段文本,当在文档窗口中输入一段文字,按回车键后,就产生了一个段落。字符是组成段落的基本元素,相当于段落的一个局部。

3.1.1 段落格式的设置

实际上,在制作第 2 章的实例(制作网站首页 index. htm)时已经用到了段落格式的设置,包括设置段落、标题 1 和标题 2 格式。

以下用"唐诗宋词精选"网站为例进一步说明:

(1) 在资源管理器中建立 2.3 节中的站点文件夹的副本,将其重命名为"3.1"。

(2) 使用 2.2.1 节中介绍的方法将其指定为"唐诗宋词精选 3.1"网站。

(3) 为节约操作步骤,此处在文件面板中将 2.3 节制作的 index. htm 文件复制,然后粘贴到 tangshi 目录中,然后删除 lishangyin. htm 文件,将刚粘贴过去的 index. htm 重命名为 lishangyin. htm。读者也可以用 2.3 节介绍的方法从头制作该网页。

注意在重命名网页时,弹出如图 3.1 所示的"更新文件"对话框,单击"更新"按钮。这就是在第 2 章强调所有的站点文件操作都应该在 Dreamweaver 文件面板中进行的原因:Dreamweaver 会自动管理文件之间的关系和各种变化。

(4) 双击 lishangyin. htm 文件将其打开,将除了部分内容以外的其他内容全部删除,如图 3.2 所示。并将网页标题更改为"唐诗宋词精选-李商隐"。

(5) 将光标定位到第一条水平线的末尾,按 Delete 键将其下面的一个空行删除。用类似方式将第二条水平线上的一个空行删除。

(6) 在此页面中,第一行的文字从含义上讲已经不再是标题 1,而将是一个返回首页

更新文件
更新以下文件的链接吗?
/tangshi/lishangyin.htm
更新(U)
不更新(D)
帮助

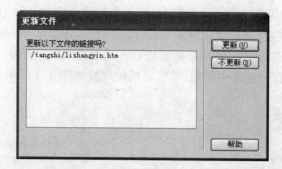

图 3.1

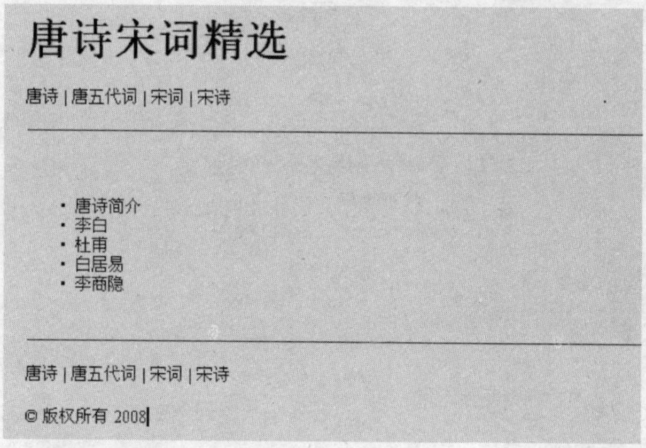
唐诗宋词精选
唐诗 | 唐五代词 | 宋词 | 宋诗
· 唐诗简介
· 李白
· 杜甫
· 白居易
· 李商隐
唐诗 | 唐五代词 | 宋词 | 宋诗
© 版权所有 2008

图 3.2

的链接。因此，将光标定位到第一行，在属性检查器中将格式设置为"段落"。

(7) 将光标定位到"李商隐"3 个字后面，按两次回车键生成一个新行，输入"李商隐"3 个字。在属性检查器中将格式设置为"标题 1"——因为此页面是关于李商隐诗歌的页面，通过将"李商隐"3 个字设置为一级标题，可以一目了然地告诉浏览者，这是个关于李商隐的网页。

(8) 将光标定位到作为标题 1 的"李商隐"所在段落，单击属性检查器上的"居中对齐"按钮☰将整个段落居中。

属性检查器中的几个对齐按钮用于设置段落或标题的对齐方式：可以设置左、居中、右和两端对齐。两端对齐是指段落的文字向两端靠齐，而不是在两端产生锯齿。IE6 不支持两端对齐，但 Firefox 支持。若要取消段落对齐格式，选中段落后单击属性面板中相应对齐按钮即可。

有关段落对齐需要特别强调的一点是：不要滥用居中对齐。虽然居中对齐由于其对称的特性看起来比较美观，但居中对齐的文本当显示为锯齿状时非常不利于快速扫描，而网页浏览者使用网页的方式往往是"快速扫描"，而不是"阅读"。请对比图 3.3 左右的两种效果。

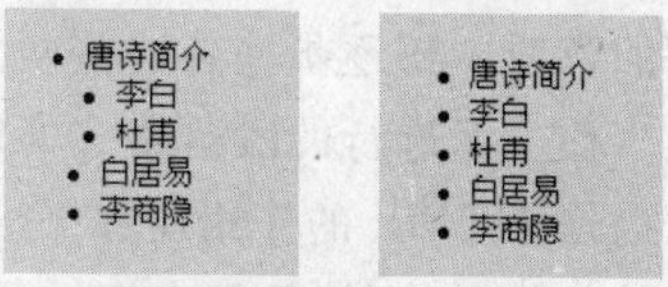
• 唐诗简介
• 李白
• 杜甫
• 白居易
• 李商隐
• 唐诗简介
• 李白
• 杜甫
• 白居易
• 李商隐

图 3.3

（9）分别在新的段落中输入诗歌名称、作者和诗歌内容（大段的文字也可以通过复制粘贴的方式插入网页，有关文字素材请到 http://www.zhaofengnian.com 下载），并将诗歌名称设置为"标题2"格式。将所有新建的段落都设置为居中对齐。

（10）按 F12 键在浏览器中预览，最后完成的网页如图 3.4 所示。

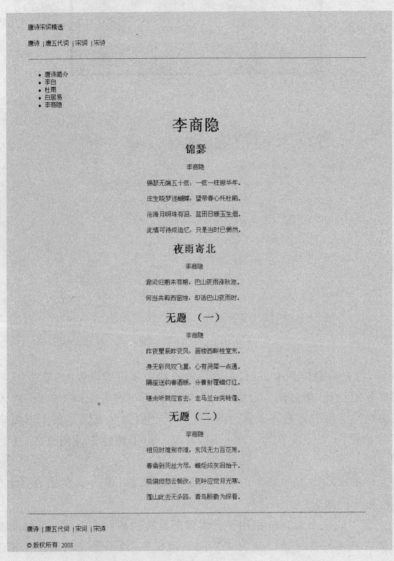

图 3.4

也可以将两条水平线上下的内容都设置成居中对齐，这样看起来更对称一些。在后面的章节中将逐步完善这些网页。

在上面进行的段落格式的设置中，每次的设置都是根据相应内容的逻辑含义进行的，这也是 HTML 的作用所在——用于描述网页的逻辑结构。注意一定要避免为了获得某种显示效果，而将某段内容设置为标题。比如说，由于标题文字比较大而且加黑显示，很多初学者就想把第一条水平线上的主导航条设置为"标题2"或"标题3"，这样就更醒目了。但这样设置的结果往往就是网页的结构混乱，为后继的工作带来麻烦。因为制作网页的规范方式是：用 HTML 描述网页结构，用 CSS 设置网页格式。因此如果想修饰某段落的文本，应保持其为段落，然后用属性检查器或 CSS 进行修饰，而不是将其转换为标题。

3.1.2 字符格式的设置

字符格式包括字符样式、字体、字号、字符颜色等。

以下用"唐诗宋词精选"网站为例说明如何设置各种字符格式：

（1）打开上一节中编辑的 lishangyin.htm 文件。

（2）选中第一条水平线上的主导航条的所有文本，此时属性检查器中显示如图 3.5 所示。这是因为在"页面属性"对话框中设置了默认的文本格式，包括字号和文字颜色。

图 3.5

（3）单击属性检查器中的"粗体"按钮 **B** ，使文字以粗体显示。

粗体、斜体等效果都叫做字符的外观样式。除了可以用属性检查器设置粗体和斜体以外，还可以在选中文本后用"文本"→"样式"菜单中的命令进行设置。需要特别强调的是，在网页中尽量不要对不是超链接的文本使用下划线效果，因为下划线效果一般是超链接专用的，浏览者看到下划线效果就会认为是超链接而想去点击。

（4）将文字大小更改为 24px。这时在属性检查器的"样式"列表中将出现 STYLE1，表示目前应用的样式是 Dreamweaver 自动生成的叫做 STYLE1 的样式。有关 CSS 样式的详细信息，参见本书第 4 章。

（5）单击属性检查器中的"字体"列表，可以看到除了第一项"默认字体"以外，剩余的都是英文字体。这种包含多种字体的列表的含义是：如果浏览器无法显示列表中的第一种字体，那么会依次显示之后的字体。因此，对于英文字体而言，往往在列表的开始是稍微特殊的字体，而越到末尾越是通用字体，以确保所设置的字体能够正常显示。当然，如果列表中的所有字体都不能显示，则浏览器会用默认的字体显示。英文的默认字体一般是 Times New Roman，而中文的默认字体是宋体。

由于该列表中默认没有中文字体，所以需要将中文字体添加到该列表中。选择"字体"列表中的"编辑字体列表"选项，打开"编辑字体列表"对话框，如图 3.6 所示。

在对话框底部右侧的"可用字体"区域选择要添加的字体，然后单击 ≪ 按钮，则在对话框下部左侧的"选择的字体"区域出现了刚才选中的字体，同时在"字体列表"中出现了新添加的字体。

如果继续在"可用字体"列表中选择并添加到"选择的字体"，就可以生成包含多种字体的列表。对于中文而言，这种设置并不多见。如果确实要这样做，也应遵循"先特殊，后一般"的原则，也就是说应确保最后选择的字体是一个常用字体。例如，可以生成一个"华文中宋,新宋体,宋体"这样的列表,以保证即使浏览者无法显示前两种字体,也可以显示最后的宋体。

如果要删除字体列表中的字体,在"选择的字体"框中选中字体,然后单击按钮。

若要添加多个字体列表,可以单击对话框中的添加按钮，然后重复以上步骤。若要删除字体列表,可在对话框中的"字体列表"区域选中要删除的字体列表,然后单击按钮。

此处将添加"黑体"、"幼圆"、"楷体_GB2312"(即楷体)和"隶书"这几种常用字体,如图3.7所示。

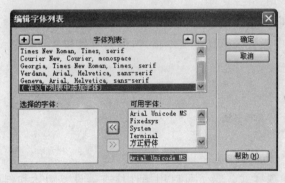 

图　3.6　　　　　　　　　　　　　　　　图　3.7

确保选中主导航条的所有文字,将"字体"设置为"楷体_GB2312",此时的属性检查器如图3.8所示。

图　3.8

(6)选中"锦瑟"下的作者名"李商隐",在属性检查器中将"字体"设置为"幼圆","大小"设置为"12px",颜色设置为"♯003366",如图3.9所示。

图　3.9

(7)分别选中其他诗歌名下的作者名,在属性检查器的"样式"框中选择STYLE2,为它们应用相同的样式。

这是因为图3.9所设置的格式信息已经保存在了STYLE2这个CSS样式中,以后只需要使用该样式就可以应用相应的格式组合。由此可见CSS样式的优越性,本书第4章中将进一步介绍CSS样式表的内容。

(8)按F12键在浏览器中预览,最后完成的网页如图3.10所示。

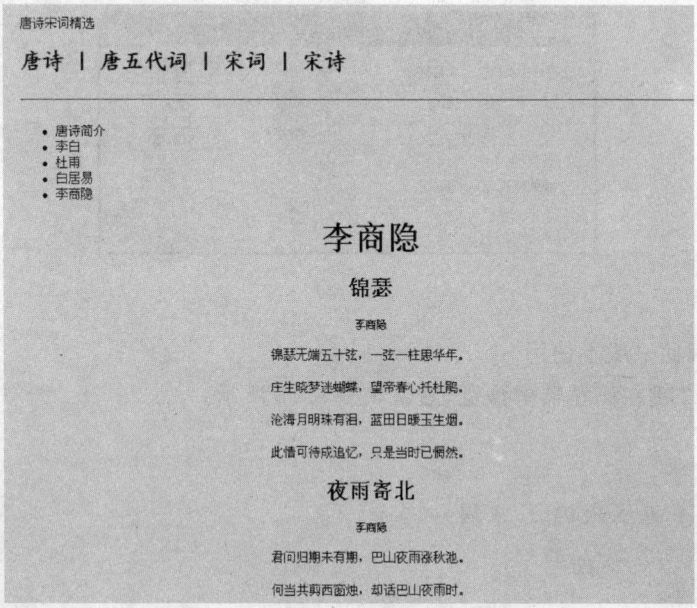

图 3.10

3.2 设置列表格式

列表是非常实用的文本排版格式,它常被用来格式化网页中包含逻辑关系的文本信息。在 Dreamweaver 中,可以使用属性面板上的列表格式按钮方便地将文字设置为列表格式。网页中常用的列表格式分为项目列表、编号列表和嵌套列表。

3.2.1 项目列表

项目列表也称无序列表或强调列表,它是一种在文本段落前显示有特殊项目符号的缩排列表。实际上,在第 2 章中已经为部分内容设置了项目列表格式。

以下继续用"唐诗宋词精选"网站为例进行说明:

(1) 在资源管理器中建立 3.1 节中的站点文件夹的副本,将其重命名为"3.2"。

(2) 使用 2.2.1 节中介绍的方法将其指定为"唐诗宋词精选 3.2"网站。

(3) 打开 tangshi 目录下的 lishangyin.htm 文件。

(4) 将光标定位到第一条水平线下的二级导航列表,可以看到属性检查器中的"项目列表"按钮 处于按下状态,表示当前内容是一个项目列表。如果要取消项目列表,可以在选中相应段落后,再次单击"项目列表"按钮 。

(5) 单击属性检查器右下角的 按钮将其扩展,单击其中的"列表项目"按钮,打开如图 3.11 所示的"列表属性"对话框。

(6) 在"样式"列表中选择"正方形",然后单击"确定"按钮。注意该对话框中的"列表项目"框中的选项是设置项目列表中某个具体项的格式的,但由于同一个项目列表通常要

图　3.11

求显示一致,因此一般不使用。

(7) 按 F12 键在浏览器中预览,效果如图 3.12 所示。

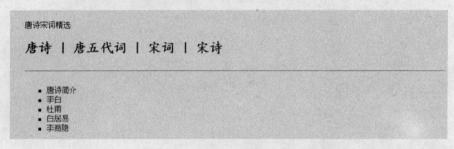

图　3.12

项目列表中的项目符号还可以是其他样式,例如可以用一个小图标作为项目符号,但这需要使用 CSS 技术,具体请参见本书第 4 章。

3.2.2　编号列表

编号列表也称有序列表,它是一种在文本段落前显示有编号的缩排列表。

以下继续用“唐诗宋词精选”网站为例进行说明:

(1) 打开 3.2.1 节中编辑的 lishangyin.htm 文件。

(2) 选中“锦瑟”下的诗句,也可以只选中部分,但要确保每段都有内容选中。

(3) 在属性检查器中单击“编号列表”按钮 ,则将文字转换为了编号列表。此时 Dreamweaver 会自动取消原来设置的居中对齐格式,单击属性检查器上的“居中对齐”按钮 将列表对齐。

(4) 用同样的方式将“夜雨寄北”下的诗句设置为编号列表并居中对齐。在列表中单击,然后单击属性检查器中的“列表项目”按钮,打开如图 3.13 所示的“列表属性”对话框。在“样式”下拉列表框中选择“小写罗马字母”选项,然后单击“确定”按钮。

该对话框中的“开始计数”选项用于设置编号从几开始计,此选项一般不常用。与项目列表类似,编号列表中的“列表项目”选项一般也不常用。

(5) 按 F12 键在浏览器中预览,效果如图 3.14 所示。

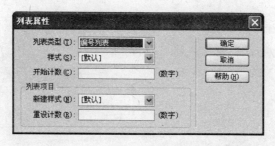

图　3.13

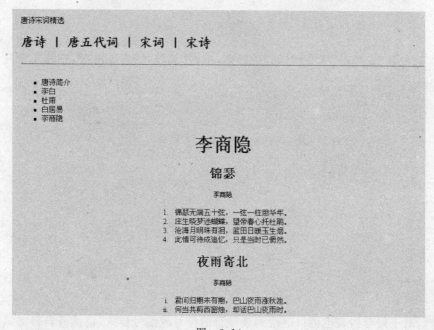

图　3.14

3.2.3　嵌套列表

嵌套列表是指包含多个层次的列表,可以是项目列表的嵌套,也可以是编号列表的嵌套,还可以是混合嵌套。

以下继续用"唐诗宋词精选"网站为例进行说明:

(1) 打开 3.2.2 节中编辑的 lishangyin.htm 文件。

(2) 将光标定位到二级导航条中"李白"的后面,按回车键,此时仍然处于项目列表状态,输入"长干行"。

(3) 按回车键,输入"月下独酌"。

(4) 用同样方式分别输入"行路难"、"梦游天姥吟留别"、"侠客行"和"将进酒"。

(5) 选中从"长干行"到"将进酒"的段落,单击属性检查器中的"文本缩进"按钮,这时自动将选中段落转换为嵌套的编号列表,如图 3.15 所示。如果要取消嵌套,则可以在选中嵌套列表的所有项目时单击属性检查器中的"文本凸出"按钮。

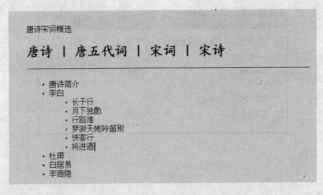

图 3.15

（6）选中从"长干行"到"将进酒"的段落，单击"编号列表"按钮 <img>，则转换为混合嵌套列表，如图 3.16 所示。

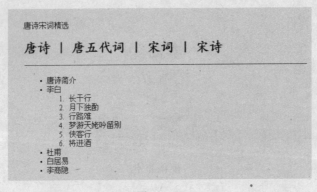

图 3.16

当然，对于嵌套列表也可以更改列表项目的符号或编号样式，请读者自行尝试。

3.3 设置超链接

超链接是组成网站的基本元素，是它将千千万万个网页组织成一个个网站，又是它将千千万万个网站组织成了风靡全球的 WWW，因此可以说超链接就是 Web 的灵魂。

3.3.1 超链接基础

1. 什么是 URL

在网页中，超链接是用 URL（Universal Resource Locator，即统一资源定位器）来定位目标信息的。URL 是表示 Web 上资源的一种方法，通常可以理解为资源的地址。一个 URL 通常包括 3 个部分：一个协议代码、一个装有所需文件的计算机地址（或一个电子邮件地址等）以及具体的文件地址和文件名。

协议表明应使用何种方法获得所需的信息,最常用的协议包括 HTTP(HyperText Transfer Protocol,即超文本传输协议)、FTP(File Transfer Protocol,即文件传输协议)、mailto(电子邮件协议)、news(Usenet 新闻组协议)、telnet(远程登录协议)等。

对于 mailto 协议,应在协议后放置一个冒号,然后跟 E-Mail 地址;而对于常用的 HTTP 和 FTP 等协议,则是在冒号后加两个斜杠,斜杠之后则是相关信息的主机地址。例如,mailto:somebody@263.net、http://www.microsoft.com、ftp://ftp.go.163.com。

当用户在 Internet 上浏览或定位资源时,常常可以省略所要访问信息的详细地址和文件名,因为服务器会按照默认设置为访问者定位资源。例如,如果在浏览器的地址栏输入 http://www.microsoft.com(协议名通常不区分大小写,因此 http 与 HTTP 含义相同),实际上是访问 http://www.microsoft.com/index.htm 或其他某个服务器设置为主页的文件。

2. 绝对 URL 与相对 URL

在指定 Internet 资源时,既可以使用绝对路径,也可以使用相对路径。相应的 URL 称为绝对 URL 和相对 URL。

1) 绝对 URL

绝对 URL 是指 Internet 上资源的完整地址,包括完整的协议种类、计算机域名(域名是指一个能够反映出 Web 服务器实际位置的化名)和包含路径的文档名。其形式为"协议://计算机域名/文档名"。

例如,http://www.nonexist.com/public/HTML/example.htm 就表示一个绝对 URL,其中 http 表示用来访问文档的协议的名称,www.nonexist.com 表示文档所在计算机的域名,/public/HTML/example.htm 表示文档名。

如果在网页中需要指定外部 Internet 资源,应使用绝对 URL。

需要注意的是,省略了最后文件名的 URL 通常也认为是绝对 URL,因为它能够完全定位资源的位置。例如,http://www.sina.com.cn 就是一个绝对 URL。

2) 相对 URL

相对 URL 是指 Internet 上相对于当前页面(即正在访问的页面)的地址,它包含从当前页面指向目的页面位置的路径。例如:public/example.htm 就是一个相对 URL,它表示当前页面所在目录下 public 子目录中的 example.htm 文档。

当使用相对 URL 时,可以使用与 DOS 文件目录类似的两个特殊符号:句点(.)和双重句点(..),分别表示当前目录和上一级目录(父目录)。例如,在图 3.17 中,如果当前正在访问的页面为 public 目录中的 example.htm 文件,那么如果要访问 test.htm 文件,应使用相对 URL 即 test.htm 或 ./test.htm;如果要访问 images 目录下的 image1.gif 文件,也应使用相对 URL 即 ../images/image1.gif;如果要访问

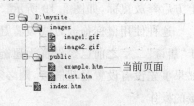

图 3.17

index. htm 文件,那么使用相对 URL 为.. /index. htm。

3. 超链接的分类

根据超链接目标文件的不同,超链接可分为页面超链接、锚记超链接、电子邮件超链接等;根据超链接源对象的不同,超链接可分为文字超链接、图像超链接、图像映射等。

3.3.2 页面链接

页面链接就是指向其他网页或文件的超链接,浏览者单击这样的超链接时将跳转到相应的网页或显示相应文件。如果超链接的目标文件位于同一站点,也就是指向网站内部文件的超链接,则通常采用的都是相对 URL;如果超链接的目标文件位于其他位置,则需要指定绝对 URL。

以下继续用"唐诗宋词精选"网站为例进行说明:

(1) 在资源管理器中建立 3.1 节中的站点文件夹的副本,将其重命名为"3.3"。

(2) 使用 2.2.1 节中介绍的方法将其指定为"唐诗宋词精选 3.3"网站。

(3) 为了能更清楚地说明问题,此处再制作一个名为 tangshi. htm 的文件。在文件面板中双击 tangshi 目录中的 lishangyin. htm 文件,切换到代码视图,按 Ctrl+A 快捷键全选,按 Ctrl+C 快捷键复制。双击 tangshi 目录中的 tangshi. htm 文件,切换到代码视图,按 Ctrl+A 快捷键全选,按 Ctrl+V 快捷键粘贴。这样,就将 lishangyin. htm 文件中的所有内容完全复制到了 tangshi. htm 中。如果在设计视图进行全选、复制和粘贴的操作,则页面属性设置无法被复制,因为在设计视图全选时无法选中位于<head>标记符中的 CSS 设置,而页面属性设置正是由 CSS 完成的。读者可以尝试对比复制源代码和复制页面这两种方式的区别。

(4) 将网页 tangshi. htm 的标题改为"唐诗宋词精选—唐诗简介"。将一级标题"李商隐"更改为"唐诗简介"。删除之下的诗歌内容,一直到第二条水平线,将格式设置为"段落"。从"文本素材. txt"中复制文本内容,粘贴到网页中。此时的 tangshi. htm 效果如图 3.18 所示。

(5) 从文件面板中打开根目录下的 index. htm 文件。将光标定位到主导航中的"唐诗",此时可以看到属性检查器的"链接"框中包含有一个"♯",表示该链接是个空链接。单击"链接"框右边的"指向文件"图标 🌐,按住鼠标不放,把指针拖动到 tangshi. htm 文件上方后释放鼠标,如图 3.19 所示。

这种使用鼠标拖放方式设置超链接是 Dreamweaver 中最方便直观的一种方法。由于"唐诗"二字之前已经设置为超链接,所以只需要定位到这两个字即可以设置链接。但如果事先没有设置过超链接,则必须选中要作为超链接的文字,才可以执行其他设置超链接的操作。

(6) 选中二级导航"唐诗"下的"唐诗简介",单击"链接"框右边的"浏览文件"按钮

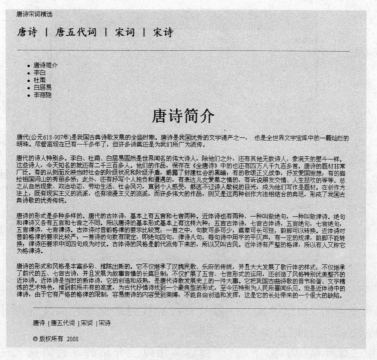

图 3.18

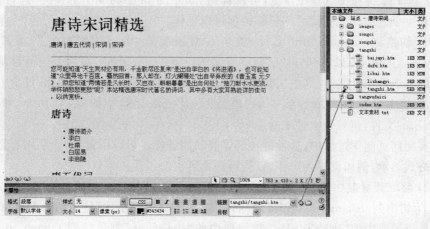

图 3.19

,打开如图 3.20 所示的"选择文件"对话框，在其中自动定位到当前站点的根目录，可以在其中定位到需要链接的文件 tangshi. htm，然后单击"确定"按钮。

这是另外一种在 Dreamweaver 中设置超链接的方法。

（7）将光标移动到页面底部导航条的"唐诗"上，此时属性检查器的"链接"框中包含有一个"＃"，将其替换为 tangshi/tangshi. htm（表示当前目录下 tangshi 文件夹中的 tangshi. htm 文件）。

这是在 Dreamweaver 中设置超链接的第三种方式。使用这种方式时需要特别小心，

图　3.20

一定要确保所指定的 URL 正确。一般只有在链接到站点以外的文件时才使用此种方式,而指定站点内的链接时还是采用上两种方式。

(8) 选中二级导航"唐诗"下的"李商隐",用以上介绍的 3 种方法之一将其链接到 lishangyin.htm 文件。

(9) 按 F12 键在浏览器中预览,可以看到 index.htm 中的 3 个链接到"唐诗简介"的超链接和一个链接到"李商隐"的超链接都可以工作。

(10) 切换到 tangshi.htm 文件,选中页面顶端的"唐诗宋词精选",将其链接到 index.htm 文件中,可以看到"链接"框中显示为"../index.htm",表示是当前目录上一级目录中的 index.htm 文件,这是因为正在编辑的 tangshi.htm 位于 tangshi 目录中。

(11) 将主导航和页脚导航中的"唐诗"以及二级导航中的"唐诗简介"都链接到 tangshi.htm 文件,也就是文件本身。

在实际网页制作过程中,这种链接到本身的超链接也可以不设置,而采用有别于一般文字的格式显示,例如设置为黑体,以告诉浏览者当前正是位于该页面。

(12) 将二级导航中的"李商隐"链接到 lishangyin.htm。

(13) 切换到 lishangyin.htm,将页面顶端的"唐诗宋词精选"链接到 index.htm,将主导航和页脚导航中的"唐诗"以及二级导航中的"唐诗简介"都链接到 tangshi.htm,将二级导航中的"李商隐"链接到 lishangyin.htm。

(14) 按 F12 键在浏览器中预览,可以看到"主页"、"李商隐"页和"唐诗简介"页都互相链接起来了。由于在"页面属性"设置时指定了"仅在变换图像时显示下划线"选项,所有的超链接只有在鼠标悬停时才显示下划线。

需要注意的是,超链接的目标文件既可以是网页,也可以是其他格式。如果超链接的目标文件是浏览器支持的文件格式(例如网页.htm 格式、图像.jpg 格式等),那么单击链接时将直接在浏览器中打开该文件;如果超链接的目标文件是浏览器不能直接显示的文件格式(例如压缩文件.zip 格式或.rar 格式等),单击该超链接时将弹出文件下载对话框,提示浏览者进行下载。例如,如果将一个压缩的 zip 文件作为超链接的目标文件,则可以获得文件下载的效果,如图 3.21 所示。

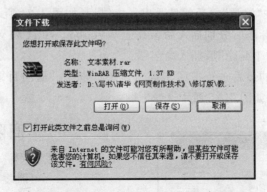

图　3.21

设置了超链接后如果要删除超链接,应将光标定位到超链接的源文本,然后将"链接"框中的内容删除。如果要修改超链接,则应将光标定位到超链接的源文本,然后重新指定超链接。

3.3.3　锚记链接

除了可以对不同网页或文件进行链接以外,对于包含了大量文字的网页来说,还可以对同一网页的不同部分进行链接,这种链接称为锚记链接(或锚点链接)。锚记链接就是在页面的特定区域先指定一个锚记,然后创建一个指向锚记的链接,单击该链接时浏览器自动跳转显示锚记所在的区域。

以下继续用"唐诗宋词精选"网站为例进行说明:

(1) 打开 3.3.2 节中编辑的 lishangyin.htm 文件。

(2) 在一级标题"李商隐"下输入诗歌名并用"|"分隔开,作为页内导航,如图 3.22 所示。

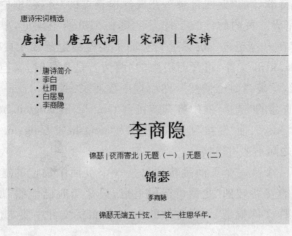

图　3.22

（3）将光标定位到作为诗歌标题的"锦瑟"末尾，单击插入栏"常用"类别中的"命名锚记"按钮，弹出如图3.23所示的"命名锚记"对话框。在"锚记名称"框中输入jinse，然后单击"确定"按钮，在"锦瑟"之后就显示出一个锚记，如图3.24所示。

（4）在其他诗歌标题后分别插入命名锚记yeyujibei、wuti1和wuti2。

（5）在一级标题"李商隐"后插入命名锚记top。

（6）在每首诗歌的最后一行按回车键新建一行，输入"返回目录"。此时网页中间部分在Dreamweaver中如图3.25所示。

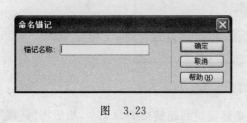

图 3.23

图 3.24

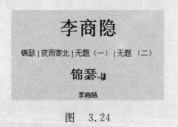

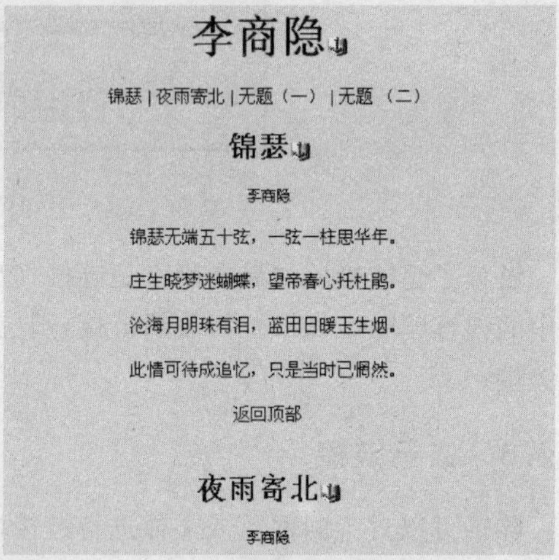

图 3.25

（7）选中页内导航条中的"锦瑟"，在属性检查器的"链接"框中输入"#jinse"。

（8）选中页内导航条中的"夜雨寄北"，在属性检查器的"链接"框中输入"#yeyujibei"。

（9）选中页内导航条中的"无题（一）"，在属性检查器的"链接"框中输入"#wuti1"。

（10）选中页内导航条中的"无题（二）"，在属性检查器的"链接"框中输入"#wuti2"。

（11）选中每首诗歌后的"返回目录"，在属性检查器的"链接"框中输入"#top"。

（12）这样，就完成了页内的导航。按F12键在浏览器中预览，单击刚创建的链接查看效果。当然，只有在内容超过一屏以上的页面中设置锚记链接才具有实际意义。

（13）打开index.htm文件，将开篇语中的"两情若是久长时，又岂在、朝朝暮暮"替换为"此情可待成追忆，只是当时已惘然"，然后选中该段文字。

（14）在属性检查器的"链接"框中将其链接到tangshi/lishangyin.htm，然后定位到框中内容的末尾，输入"#jinse"，使"链接"框中的内容为"tangshi/lishangyin.htm#jinse"（也可以直接输入，注意字符之间不要有空格）。

这样，就建立了一个从一个页面跳转到另外一个页面中锚记的链接。在浏览器中测试，单击该链接时将直接跳转到"此情可待成追忆，只是当时已惘然"所在的"锦瑟"部分。可见，这种链接的目标文件就是"目标文件的URL#目标文件中要定位到的锚记"。

3.3.4　电子邮件链接

电子邮件链接就是指当浏览者单击该超链接时,系统会启动客户端电子邮件程序(例如 Outlook Express 或 Foxmail)并打开新邮件窗口,使访问者能方便地撰写电子邮件。

以下继续用"唐诗宋词精选"网站为例进行说明:

(1) 打开 3.3.3 节中制作的 index.htm 文件。

(2) 将光标定位到文档末尾,按 Shift＋Enter 组合键换行。

(3) 单击插入栏"常用"类别中的"电子邮件链接"按钮🖂,打开如图 3.26 所示的"电子邮件链接"对话框。

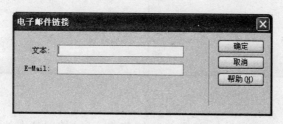

图　3.26

(4) 在"文本"框中输入要作为超链接的文本,一般可以直接输入电子邮件地址"zhaofengnian@263.net";在 E-Mail 文本框中输入要链接到的电子邮件地址"zhaofengnian@263.net",然后单击"确定"按钮。

也可以用以下方法创建电子邮件超链接:选中要创建超链接的文本或图片,在属性检查器的"链接"框中输入"mailto:电子邮件地址"。

(5) 按 F12 键在浏览器中预览,单击该电子邮件链接时会启动系统默认的电子邮件客户端程序(如 Outlook Express 或 Foxmail 等)。

3.3.5　管理超链接

以下介绍如何使用 Dreamweaver 提供的功能进行超链接的管理。

1. 使用站点地图

站点地图是 Dreamweaver 以一种直观的方式显示网站超链接关系的视图,可以用来进行站点结构的创建和超链接的管理。

以下继续用"唐诗宋词精选"网站为例简要说明站点地图的操作:

(1) 打开上一节中制作的"唐诗宋词精选 3.3"网站。

(2) 在文件面板右边的列表中选择"地图视图",然后单击按钮🗺,此时的显示效果如图 3.27 所示,左边列出了站点地图,右边是本地站点文件夹。

通过站点地图,可以查看网站中各个网页的链接情况。

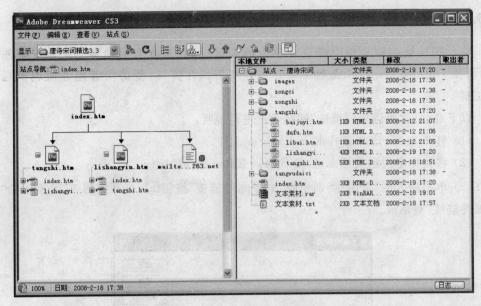

图 3.27

（3）在任意网页图标上右击，将显示快捷菜单，可以使用其中的命令执行某些操作，例如"作为根查看"、"显示/隐藏链接"等。

（4）也可以选择"查看"菜单中的命令进行设置。例如，可以选择"查看"→"站点地图选项"→"显示网页标题"命令来查看各网页的标题。

说明：在建站之初，可以在创建了第一个网页 index.htm 之后，在站点地图中通过添加链接来建立站点的逻辑结构，具体操作请读者自行尝试。

2. 检查超链接

Dreamweaver 中提供了"链接检查器"工具用于超链接的检查，大大方便了开发者。

以下继续用"唐诗宋词精选"网站为例说明如何检查超链接：

（1）打开上一节中制作的"唐诗宋词精选 3.3"网站。

（2）在文件面板的任意文件上右击，在弹出的快捷菜单中选择"检查链接"→"选择文件/文件夹"命令，如图 3.28 所示，可以检查当前选中的文件或文件夹中的超链接的工作情况，结果会显示在"结果"面板"链接检查器"选项卡中，如图 3.29 所示。

在"链接检查器"的列表中会显示出断链接的情况（图 3.29 中不包含断链接），在状态栏中会有该网页链接情况的统计数据。

（3）在图 3.28 中，如果选择"检查链接"→"整个本地站点"命令，则可以对整个网站中的链接进行检查。此操作一般是在网站已经基本开发完毕时进行，具体请参见本书 11.4.1 节。

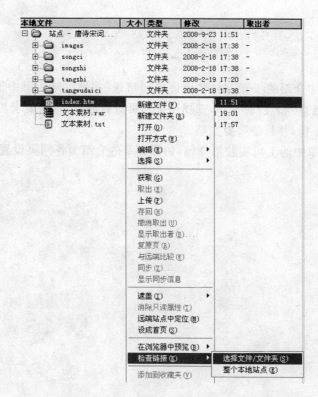

图　3.28

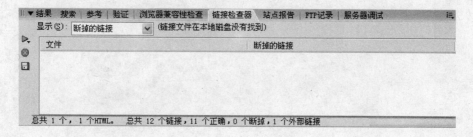

图　3.29

习题

1. 简要说明段落格式和字符格式各包括哪些选项。
2. 简要说明如何创建不同类型的列表。
3. 请解释绝对 URL 与相对 URL 的含义。
4. 超链接可以分为哪几种？在 Dreamweaver 中如何创建？

上机实验

1. 按照本章中介绍的步骤,制作"唐诗宋词精选"网站。除了书中说明的网页以外,至少在"李白"、"杜甫"和"白居易"中选择一个网页进行制作,效果要求与3.3.3节中完成的"李商隐"网页一样,并且链接要完整。

2. 继续第2章中的上机实验第3题,仿照本章的介绍为各网页设置文字格式和添加超链接。

第4章

使用 CSS

CSS 用于进行网站格式设置,是所有网页设计者必须掌握的核心技术。本章主要介绍 CSS 方面的内容,包括 CSS 技术基础、创建和应用 CSS、管理 CSS 等。

4.1　CSS 技术基础

本节介绍 CSS 的优势、CSS 的使用方式、常用的 CSS 样式类型和样式属性。

4.1.1　CSS 的优势

实际上,在前面 3 章中已经多次见到 CSS 在网页中的应用。1.2.2 节中通过一个简单实例展示了 CSS 技术的基本用法,2.3.3 节中设置页面属性的功能实际是由 CSS 实现的(稍后在 4.1.2 节我们将查看对应的源代码),3.1.2 节中字符格式的设置也是通过 CSS 完成的。

通过前面的介绍可以看出,CSS 最主要的优势就是实现了结构(Structure)与形式(Presentation)的分离,而结构与形式的分离是设计一个高效信息系统的关键。

早年的网页制作主要依赖 HTML,网页中充斥着大量的用于表示格式的标记,例如＜font＞、＜b＞、＜i＞等,在早期版本的 Dreamweaver 中甚至有"HTML 样式"的概念。这种结构与形式的混合使得早期的网站很难维护与更新,需要手工完成大量的工作。

随着 CSS 技术的普及与应用,现在的网页制作已经逐步做到结构与形式的分离,也就是说:用 HTML 描述网页结构,用 CSS 设置网页格式。这一点在第 3 章中介绍设置文本格式时已经强调过。用这种方式制作网页,能够大大简化网站的维护和更新工作,因为网页的结构一旦确定就往往不用更改,而对网站表现形式的修改就只需要对相应 CSS 进行修改即可。学习完本章内容后,读者将能体会到这种优势。

著名网站 CSS Zen Garden(http://www.csszengarden.com)最能够体现 CSS 的优势和特点。该网站给广大网页设计者提出了一个挑战:网站上提供网页的 HTML 代码,由设计者来编写 CSS 代码,从而重新设计网站的外观。

例如,默认的 Zen Garden 网页如图 4.1 所示,而图 4.2 则显示了链接不同 CSS 文件后的网页效果(与图 4.1 截然不同)。

图 4.1

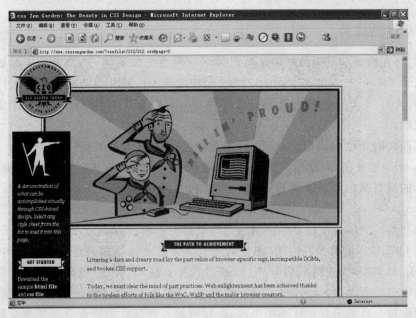

图 4.2

4.1.2 内部样式与外部样式表

通过 1.2.2 节中的示例可以看出,在网页中使用 CSS 技术有 3 种方式:使用 HTML 标记符的 style 属性嵌套样式信息,通过在网页<head>标记符中使用<style>标记符嵌套样式信息和通过在网页<head>标记符中使用<link>标记符链接外部的层叠样式表文件(.css 文件)。第一种方式由于仍然是在 HTML 中指定格式信息,不符合"结构与形式分离"的基本设计原则,因此实际应用中很少见;而另外两种方式则是网页制作过程中几乎必用的技术。

以下继续用"唐诗宋词精选"网站为例进行说明:

(1) 在资源管理器中建立 3.3 节中的站点文件夹的副本,将其重命名为"4.1"。

(2) 使用 2.2.1 节中介绍的方法将其指定为"唐诗宋词精选 4.1"网站。

(3) 使用文件面板打开之前制作的 lishangyin.htm 文件。

(4) 切换到代码视图,查看其源代码,可以看到在<head>部分中包含了 CSS 代码,如图 4.3 所示。

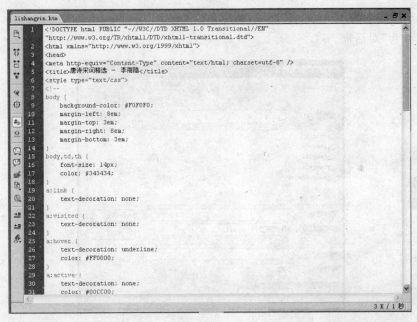

图　4.3

位于<style type="text/css">和</style>之间的代码就是用于本页面的 CSS 代码。在第 1 章中曾介绍过,通过这种方式使用 CSS 可以很方便地控制页面内的格式。

(5) 打开 tangshi.htm 文件,在代码视图中查看其源代码,会发现其中的 CSS 代码与 lishangyin.htm 文件中的一模一样,这是因为当时制作该文件时是通过复制源代码的方式实现的。实际上,正是由于二者的 CSS 代码完全一样,所以两个网页的风格完全一致。以下操作将这些 CSS 代码移动到外部 CSS 文件中,以便所有需要风格一样的网页使用其中的样式。

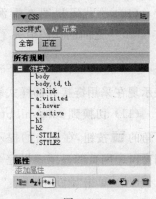

图　4.4

(6) 选择"窗口"→"CSS 样式"命令显示出"CSS 样式"面板,如图 4.4 所示。

(7) 在"所有规则"下列出的是当前网页中包含的所有

CSS 规则。按住 Shift 键选中从 body 到.STYLE2 的所有规则,然后在选中的所有规则上右击,在弹出的快捷菜单中选择"移动 CSS 规则"命令,打开如图 4.5 所示的"移至外部样式表"对话框。

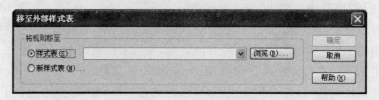

图　4.5

　　(8) 选择其中的"新样式表"选项,然后单击"确定"按钮,打开如图 4.6 所示的"保存样式表文件为"对话框。

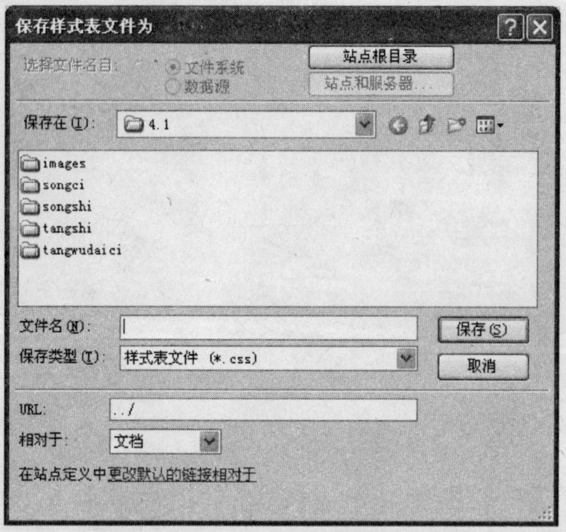

图　4.6

　　(9) 定位到唐诗目录下,在"文件名"文本框中输入 tangshi,在下面的 URL 选项框中显示为 tangshi.css,单击"保存"按钮。

　　(10) 在代码视图查看源代码,可以看到原来位于＜style type＝"text/css"＞和＜/style＞之间的代码消失了,而在其下出现了一条语句:

```
<link href="tangshi.css" rel="stylesheet" type="text/css"/>
```

表示现在采用链接外部样式表的方式进行网页修饰。

　　(11) 切换到 tangshi.htm 文件,在"CSS 样式"面板中选中所有的样式,然后单击右下角的 🗑 按钮,在弹出的提示对话框中单击"是"按钮。这时可以看到 Dreamweaver 文档窗口中网页的显示效果完全变了。

　　(12) 单击"附加样式表"按钮 ▤,弹出"链接外部样式表"对话框,如图 4.7 所示。

　　(13) 单击"浏览"按钮,定位到刚才生成的 tangshi.css 文件,单击"确定"按钮。回到

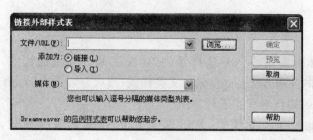

图 4.7

"链接外部样式表"对话框,单击"确定"按钮。可以看到,Dreamweaver 文档窗口中 tangshi.htm 的格式又恢复了。

(14) 在代码视图查看 tangshi.htm 文件的源代码,可以看到它也是使用链接外部样式表的形式设置了网页的格式。

通过以上说明可以看出,如果需要继续制作显示效果与"李商隐"和"唐诗简介"网页一致的网页,只需要链接到 tangshi.css,然后应用其中的样式即可。具体操作请参见 4.2 节。

4.1.3 常用 CSS 样式类型

根据前面的介绍可知,CSS 样式规则的定义如图 4.8 所示。

图 4.8

根据选择器的不同,可以有多种类型的 CSS 样式类型。在 Dreamweaver 中打开 4.1.2 节中制作的 tangshi.css 文件,可以看到其中包含了最常见的 3 种 CSS 样式选择器:HTML 标签选择器、类选择器和伪类(也叫做虚类)选择器。此外,还有其他两种选择器:ID 选择器和具有上下文关系的选择器。

1. HTML 标签选择器

HTML 标签是最基本的选择器类型,可以为某个或某些具体的 HTML 元素应用样式定义,相当于重新定义 HTML 标签的显示效果。

对于不同的标签选择器,可以采用逗号编组的方式简化样式定义。对于其他类型的选择器,也可以采用类似的编组方法。

例如,在 tangshi.css 文件中,前两个 CSS 样式都是 HTML 标签选择器,如图 4.9 所示。body 标签表示网页的正文,其中定义了网页的背景颜色和 4 个方向上的边距;"body,td,th"定义了正文中的文本或表格中的文本的格式,包括字体大小和颜色。

2. 类选择器

类选择器是非常常用的一种选择器，它定义了某种类型的样式，可以应用于多种 HTML 标记。它的使用方法是：首先定义类样式（形式是".类名"），然后在 HTML 标签中指定相应的 class 属性对样式进行应用。

例如，在 tangshi.css 文件中，最后两个 CSS 样式都是类样式，如图 4.10 所示。.STYLE1 和.STYLE2 分别定义了两种样式，其中设置了文字的字体、字号、颜色、粗细等信息。

```
body {
    background-color: #F0F0F0;
    margin-left: 8em;
    margin-top: 3em;
    margin-right: 8em;
    margin-bottom: 3em;
}
body,td,th {
    font-size: 14px;
    color: #343434;
}
```

图 4.9

```
.STYLE1 {
    font-weight: bold;
    font-size: 24px;
    font-family: "楷体_GB2312";
}
.STYLE2 {
    font-size: 12px;
    color: #003366;
    font-family: "幼圆";
}
```

图 4.10

而在具体的网页文档中，则通过 HTML 标记的 class 属性指定对样式的应用。例如，在 lishangyin.htm 文件中，对应于主导航条的 HTML 代码如下：

```
<p><span class="STYLE1"><a href="tangshi.htm">唐诗</a>|<a href="#">唐五代词</a>|<a href="#">宋词</a>|<a href="#">宋诗</a></span></p>
```

其中，<span>标记符将所有的超链接包含，其中设置了 class="STYLE1"，表示采用 STYLE1 指定的样式。

除了这种通用的类样式以外，还可以指定只能应用于某种标签的类样式，如下所示：

```
h1.STYLE1{font-family: 黑体}
```

该样式定义表示 STYLE1 类别的样式仅能应用于 h1 标签，而对其他标签无效。也就是说，只有设置了 class="STYLE1"的 h1 标签（而不能是其他标签）可以应用该样式。

3. 伪类选择器

伪类选择器一般用于设置不同类型超链接的显示方式。不同类型的超链接是指未访问过的、已访问过的、激活的以及鼠标指针悬停于其上的 4 种状态的超链接。它们对应的选择器分别是：a:link（或:link）、a:vlink（或:vlink）、a:active（或:active）和 a:hover（或:hover）。

```
a:link {
    text-decoration: none;
}
a:visited {
    text-decoration: none;
}
a:hover {
    text-decoration: underline;
    color: #FF0000;
}
a:active {
    text-decoration: none;
    color: #00CC00;
}
```

图 4.11

例如，在 tangshi.css 文件中，第 3 个到第 6 个样式就是伪类样式，它们定义了网页中超链接的显示效果——仅在鼠标悬停时显示下划线，且悬停和活动的链接显示特定的颜色，如图 4.11 所示。

伪类样式与类样式可以结合使用。例如,对于以下样式定义:

```
a.external:hover{text-decoration: none}
```

则只有 class 属性设置为 external 的超链接的悬停状态不显示下划线。

4. ID 选择器

HTML 标签中的 id 属性用于指定网页中某个特定的元素,而 CSS 中的 ID 选择器则针对相应的特定元素设置样式。这种样式的使用方法是:在 CSS 样式表中定义♯ID 名{样式定义},然后在 HTML 标签中用 id 属性应用该样式。

例如,以下是一个典型的 ID 样式:

```
#container{
width: 46em;
margin: 0 auto;
border: 1px solid#000000;
}
```

在源代码中的应用如下:

```
<div id="container">...</div>
```

ID 选择器样式在使用 CSS 进行页面布局时非常有用,具体请参见本书第 7 章。

5. 具有上下文关系的选择器

在 CSS 定义中,如果两个选择器之间用空格分隔,则表示是一个具有上下文关系的选择器,表示在 HTML 中第 2 个选择器必须位于第 1 个选择器之中。

例如,h1 em{color:blue}表示只有位于 h1 标签内的 em 元素具有指定样式,而其他 em 元素不具有该样式。又例如,.twoColElsLt♯mainContent{margin: 0 1.5em 0 13em;}表示只有位于类 twoColElsLt 中的 id 属性为 mainContent 的 HTML 标签应用该样式。

同样,这种较为复杂的样式类型也是在 CSS 布局时比较常用。

4.1.4 常用 CSS 样式属性

熟悉常用的 CSS 样式属性是使用 CSS 技术进行网页格式设置的基础,以下按 Dreamweaver 中的分类进行介绍。

1. 字体属性

字体属性用于设置诸如字体、字号、颜色等信息,常用的 CSS 字体属性见表 4-1。

2. 背景属性

背景属性用于设置诸如背景颜色、背景图像等信息,常用的 CSS 背景属性见表 4-2。

表 4-1　CSS 字体属性

属　　性	说　　明
font-family	用于确定要使用的字体列表,取值是字体名称,多个值之间用逗号分隔
font-size	用于控制字号,取值分为 4 种类型:绝对大小、相对大小、长度值以及百分数
color	用于控制文本的颜色,取值一般为♯RRGGBB 格式的颜色值,也可以是其他合法的颜色值
font-style	用于指定元素显示的字型,取值包括 normal、italic 和 oblique 3 种。默认值为 normal,表示普通字型;italic 和 oblique 表示斜体字型
line-height	用于指定相邻行之间的间距(行高),取值可以是数字、长度或百分比
font-weight	用于指定字体的粗细值,取值可以是:normal｜bold｜bolder｜lighter｜100｜200｜300｜400｜500｜600｜700｜800｜900
text-decoration	用于指定文本的修饰属性,取值可以是:none｜[underline｜overline｜line-through｜blink]
font	用于一次性设置多种字体属性,属性值之间以空格分隔。各字体属性可以省略,但如果包括相应属性,必须按以下顺序出现:font-weight、font-variant、font-style、font-size、line-height 和 font-family。line-height 属性的值可以位于 font 属性中,用于指定行高,它必须在 font-size 后用斜线隔开

表 4-2　CSS 背景属性

属　　性	说　　明
background	用于一次性设置多种背景属性,属性值之间以空格分隔
background-color	用于设置元素的背景颜色,取值一般为♯RRGGBB 格式的颜色值,也可以是其他合法的颜色值
background-image	用于设置元素的背景图像,取值是 url(图像的 URL)
background-attachment	用于控制背景图像是否随内容一起滚动,取值为 scroll｜fixed。默认值为 scroll,表示背景图案随着内容一起滚动;fixed 表示背景图案静止,而内容可以滚动
background-repeat	用于指定背景图案是否重复显示,取值可以是:repeat｜repeat-x｜repeat-y｜no-repeat,默认值是 repeat,表示在水平方向和垂直方向都重复;repeat-x 表示在水平方向上平铺;repeat-y 表示在垂直方向上平铺;no-repeat 表示不平铺,即只显示一幅背景图案
background-position	用于指定背景图案相对于关联区域左上角的位置,该属性通常指定由空格隔开的两个值,既可以使用关键字 left｜center｜right 和 top｜center｜bottom,也可以指定百分数值,或者指定以标准单位计算的距离

3. 区块属性

区块属性用于设置诸如文本对齐、首行缩进等信息,常用的 CSS 区块属性见表 4-3。

4. 方框属性

方框属性用于设置诸如浮动、填充等信息,常用的 CSS 方框属性见表 4-4。

表 4-3　CSS 区块属性

属　性	说　明
text-align	用于指定所选元素的水平对齐方式,取值可以是: left｜right｜center｜justify,分别表示左对齐、右对齐、居中对齐和两端对齐
vertical-align	用于设置行内元素(例如单个文字或图像)或表格单元格内容的垂直对齐方式,取值可以是 baseline｜sub｜super｜top｜text-top｜middle｜bottom｜text-bottom,也可以是百分比或长度值
text-indent	用于设置段落的首行缩进,取值可以是长度值或百分比
display	用于控制元素的显示属性,常用的取值为 inline｜block｜none

表 4-4　CSS 方框属性

属　性	说　明
width	用于指定元素的宽度,取值可以是长度值或百分比
height	用于指定元素的高度,取值可以是长度值或百分比
float	用于将元素的内容浮动到页面左边缘或右边缘,该属性的取值为: none｜left｜right
clear	用于设置元素是否允许浮动元素在它旁边,取值可以是: none｜left｜right｜both,默认值为 none,表示允许浮动元素在其旁边;值 left 表示跳过左边的浮动元素;right 表示跳过右边的浮动元素;both 表示跳过所有的浮动元素
margin	用于同时指定上、右、下、左(以此顺序)边界的宽度,取值可以是长度、百分比或 auto
margin-top margin-right margin-bottom margin-left	用于指定相应方向上边界的宽度,取值可以是长度、百分比或 auto
padding	用于同时指定上、右、下、左 4 个方向(以此顺序)填充的宽度取值可以是长度或百分比
padding-top padding-right padding-bottom padding-left	用于指定相应方向上填充的宽度,取值可以是长度或百分比

5. 边框属性

边框属性用于设置诸如边框颜色、边框样式等信息,常用的 CSS 边框属性见表 4-5。

6. 列表属性

列表属性用于设置诸如列表的项目符号样式、位置等信息,常用的 CSS 列表属性见表 4-6。

表 4-5 CSS 边框属性

属　性	说　明
border	用于一次性设置 4 个方向上边框的宽度、样式和颜色,宽度、样式和颜色不限顺序
border-top-color border-right-color border-bottom-color border-left-color	用于指定相应方向上的边框的颜色,取值一般为 ♯ RRGGBB 格式的颜色值,也可以是其他合法的颜色值
border-top-style border-right-style border-bottom-style border-left-style	用于指定相应方向上的边框的样式,取值可以是：none|dotted|dashed|solid|double|groove|ridge|inset|outset
border-top-width border-right-width border-bottom-width border-left-width	用于指定相应方向上的边框的宽度,取值可以是 thin|medium|thick|长度值
border-top border-right border-bottom border-left	用于一次性设置相应方向上的边框的宽度、样式和颜色,宽度、样式和颜色不限顺序
border-color	用于一次性设置 4 个方向上的边框的颜色,顺序为上右下左,不指定地采用对边的设置
border-style	用于一次性设置 4 个方向上的边框的样式,顺序为上右下左,不指定地采用对边的设置
border-width	用于一次性设置 4 个方向上的边框的宽度,顺序为上右下左,不指定地采用对边的设置

表 4-6 CSS 列表属性

属　性	说　明
list-style-type	用于指定项目列表或编号列表的列表符号样式,常用取值包括 disc|circle|square|decimal|lower-roman|upper-roman|lower-alpha|upper-alpha|none
list-style-image	用于指定图片作为列表项目的符号,取值为 url(图片的 URL)
list-style-position	用于设置列表元素标记的位置,取值可以是 inside 或 outside,默认值是 outside
list-style	用于一次性地指定以上的 3 个列表属性,不限顺序

7. 定位属性

定位属性用于设置诸如定位的类型、可见性等信息,常用的 CSS 定位属性见表 4-7。

8. 扩展属性

扩展属性用于设置诸如光标形状、过滤器等信息,常用的 CSS 扩展属性见表 4-8。

表 4-7　CSS 定位属性

属　性	说　明
position	用于指定元素在网页上定位的方式,常用取值包括 static｜relative｜absolute｜fixed,默认值是 static
visibility	用于指定元素的可见性,常用取值包括 visible｜hidden｜inherit,默认值是 inherit
left top right bottom	用于指定元素左(上、右、下)边与包含它的元素的左(上、右、下)边的距离,取值可以是长度值、百分比或 auto,默认值是 auto
z-index	用于指定元素的堆叠,取值为整数,值较高的元素将覆盖值较低的元素。如果使用值－1,则表示元素将置于页面默认文本的后边

表 4-8　CSS 扩展属性

属　性	说　明
cursor	用于指定鼠标光标的显示效果,常用取值包括 auto｜crosshair｜default｜pointer｜move｜e-resize｜ne-resize｜nw-resize｜n-resize｜se-resize｜sw-resize｜s-resize｜w-resize｜text｜wait｜help,默认值是 auto
过滤器	用于为元素附加过滤器效果,例如,透明度效果、阴影效果、模糊效果等

4.2　创建与应用 CSS 样式

本节介绍如何在 Dreamweaver 中创建与应用 CSS 样式,包括如何使用内部样式表和外部 CSS 样式文件。

4.2.1　使用内部样式

内部样式是指仅应用于当前网页的样式,它们对当前网页起作用。

以下继续用"唐诗宋词精选"网站为例进行说明:

图　4.12

（1）在资源管理器中建立 4.1 节中的站点文件夹的副本,将其重命名为"4.2"。

（2）使用 2.2.1 节中介绍的方法将其指定为"唐诗宋词精选 4.2"网站。

（3）使用文件面板打开之前制作的 lishangyin. htm 文件。

（4）在"CSS 样式"面板中选中 tangshi. css 选项,如图 4.12 所示。单击右下角的"取消 CSS 样式表的链接"按钮 取消对样式表的链接,此时网页的显示效果与使用了样式表时非常不同。

（5）单击"CSS 样式"面板右下角的"新建 CSS 规则"按

钮 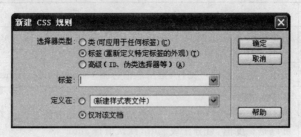,打开如图 4.13 所示的"新建 CSS 规则"对话框。

图 4.13

（6）在"选择器类型"中选中"标签（重新定义特定标签的外观）"单选按钮，在"标签"下拉列表框中选择 body 选项，在"定义在"下拉列表框中选中"仅对该文档"单选按钮。

单击"确定"按钮，打开如图 4.14 所示的"body 的 CSS 规则定义"对话框。

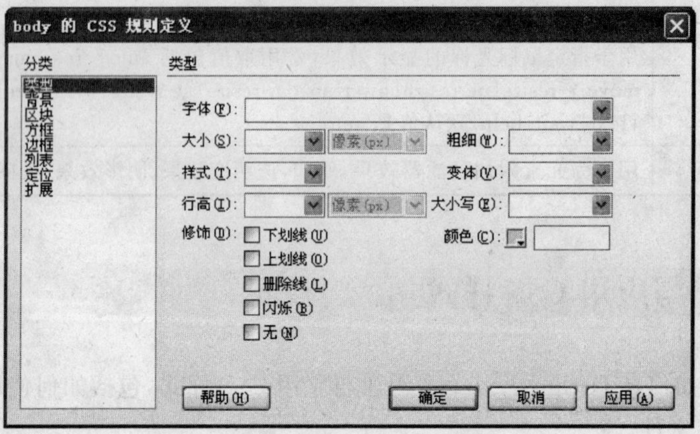

图 4.14

（7）在"类型"分类中，指定"大小"为 14px，指定"颜色"为"#343434"。

（8）单击"背景"分类，如图 4.15 所示，在其中将"背景颜色"设置为"#F0F0F0"。

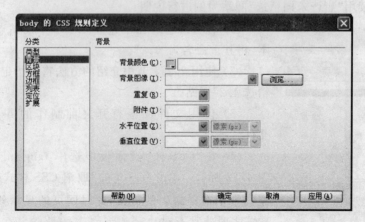

图 4.15

(9) 单击"方框"分类,如图 4.16 所示,在其中取消"边界"框中的"全部相同"选项,将"上"、"右"、"下"和"左"边界分别设置为 3em、8em、3em 和 8em。

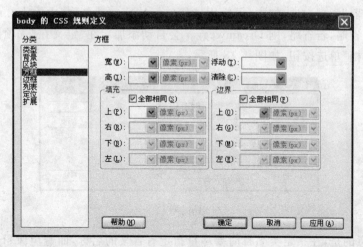

图 4.16

(10) 单击"确定"按钮,完成对 body 的样式定义,此时网页的显示自动更新,所设置的默认字体、颜色、背景颜色和边界属性都自动应用。

(11) 用同样的方式设置 h1 的样式:字体"大小"为 36px,颜色为"♯330000";h2 的样式:字体"大小"为 24px,颜色为"♯003333"。这两个样式也会自动应用到网页中对应的标题。

(12) 单击"CSS 样式"面板右下角的"新建 CSS 规则"按钮 ,在"新建 CSS 规则"对话框的"选择器"类型中选择"高级(ID、伪类选择器等)",在"选择器"中输入"a:link",在"定义在"选项区域中确保选中"仅对该文档"单选按钮,如图 4.17 所示。

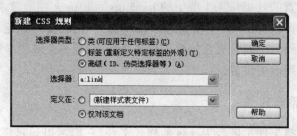

图 4.17

(13) 在打开的"a:link 的 CSS 规则定义"对话框中,在"类型"分类中,选中"修饰"下的最后一项"无",参见图 4.14。单击"确定"按钮,可以看到 Dreamweaver 文档窗口中超链接的下划线都消失了。

(14) 用同样的方式设置 a:visited 样式,取消下划线的显示。

(15) 用类似的方式设置 a:hover 样式,在"修饰"下选中"下划线"选项,并设置"颜色"为"♯FF0000"。

(16) 用类似的方式设置 a:active 样式,取消下划线的显示,并设置"颜色"为

"♯00CC00"。

(17) 单击"CSS 样式"面板右下角的"新建 CSS 规则"按钮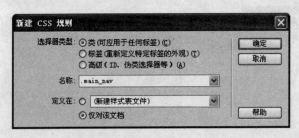，在"新建 CSS 规则"对话框的"选择器"类型中选择"类（可应用于任何标签）"，在"名称"中输入"．main_nav"（其中的．也可以省略，若省略，则 Dreamweaver 会自动添加），在"定义在"选项区域中确保选中"仅对该文档"单选按钮，如图 4.18 所示。

图　4.18

需要注意的是，在指定类名称时要尽量指定有含义的名称，而避免像 style1 这样含义不明确的名称。Dreamweaver 自动生成的类名往往是 STYLE1、STYLE2 这样的形式，这是因为 Dreamweaver 无法确定用户所定义样式的含义。

(18) 在打开的"．main_nav 的 CSS 规则定义"对话框中，在"类型"分类中，将"字体"设置为"楷体_GB2312"，"大小"设置为 24px，"粗细"设置为"粗体"，参见图 4.13，最后单击"确定"按钮。

(19) 单击主导航条左边，将整个段落选中，在属性检查器"样式"列表中选择"main_nav"，则主导航条应用了新设置的样式。

(20) 用类似的方法新建样式"．author"，样式定义是："字体"为"幼圆"，"大小"为 12px，"颜色"为"♯003366"。然后对每个诗歌名下的"李商隐"应用该样式。

最后完成的网页的效果与 4.1 节中的 lishangyin.htm 文件的效果一模一样。

通过以上说明可以看出，对于标签选择器和伪类选择器样式，它们会自动应用到网页；而对于类选择器样式，则需要在创建了样式之后，选择需要应用样式的内容，然后在属性检查器的"样式"列表中设置。

4.2.2　使用外部样式表

外部样式表是指文件扩展名为．css 的样式文件，它们可以通过链接的方式在网页中使用，从而能更有效地做到"内容与形式的分离"。

1. 创建并链接外部样式表

以下继续用"唐诗宋词精选"网站为例进行说明：

(1) 打开"唐诗宋词精选 4.1"网站中的 tangshi.htm 文件。

(2) 在"CSS 样式"面板中取消与 tangshi.css 的链接。

(3) 为了更进一步做到所有的格式设置都由 CSS 设置，将光标定位到作为"标题 1"的"唐诗简介"，然后单击属性检查器中的"居中对齐"按钮．这样，整个网页就是只有

HTML 表示的结构,而不包含任何格式设置信息了。

（4）单击"CSS 样式"面板右下角的"新建 CSS 规则"按钮 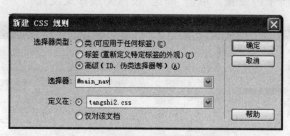,打开"新建 CSS 规则"对话框。

（5）在"选择器"类型中选择"标签（重新定义特定标签的外观）"单选按钮,在"标签"下拉列表框中选择 body 选项,在"定义在"中选择"新建样式表文件"。

（6）单击"确定"按钮,打开"保存样式表文件为"对话框,定位到 tangshi 目录,将文件保存为 tangshi2.css。

（7）单击"保存"按钮,在"body 的 CSS 规则定义（在 tangshi2.css 中）"对话框中:在"类型"分类中,将"大小"设置为 14px;在"背景"分类中,将"背景颜色"设置为"♯FFFFCC";在"方框"分类中,将"边界"的"全部相同"选项取消,将"上"、"右"、"下"和"左"边界分别设置为 2em、4em、2em 和 4em。

（8）单击"新建 CSS 规则"按钮 ,打开"新建 CSS 规则"对话框。

（9）在"选择器"类型中选择"标签（重新定义特定标签的外观）"单选按钮,在"标签"下拉列表框中选择 h1 选项,在"定义在"中选择 tangshi2.css。

（10）在"h1 的 CSS 规则定义（在 tangshi2.css 中）"对话框中:在"类型"分类中,将"字体"设置为"隶书","大小"设置为 36px;在"区块"分类中,将"文本对齐"设置为"居中"。

（11）重复步骤（8）～（10）,新建一个 a 标签的样式,在"a 的 CSS 规则定义（在 tangshi2.css 中）"对话框中,在"类型"分类"修饰"选项中,选择"无"。因为 a 标记符代表超链接,所以此设置将取消所有超链接（不论什么状态）的下划线效果。

（12）在 tangshi2.css 中新建一个名为":hover"的样式,将"修饰"设置为"下划线"。这样,当处于鼠标悬停状态时,超链接有下划线。

（13）在 tangshi2.css 中新建一个名为"♯main_nav"的样式,如图 4.19 所示。将该样式"字体"设置为"楷体_GB2312","大小"设置为 18px,"粗细"设置为"粗体"。

图　4.19

（14）选中作为主导航条的段落,在状态栏的标签选择器中选中对应的＜p＞标记,在它上面右击,在弹出的快捷菜单中选择"快速标签编辑器"命令,如图 4.20 所示。

（15）在显示的快速标签编辑器中,输入 id＝"main_nav",如图 4.21 所示。这样,主导航条所在的段落就具有了 id 属性:main_nav,刚才定义的样式就可以应用了。

（16）在 tangshi2.css 中新建一个名为"♯main_nav :hover"（:hover 之前有一个空格）的样式。该选择器表示一个具有上下文关系的复杂样式,含义是:位于 id 属性为main_nav 的元素之中的超链接的悬停状态。在"类型"分类中,将"颜色"设置为

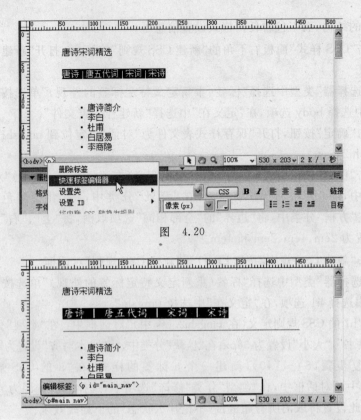

图 4.20

图 4.21

"＃FF0000"，将"修饰"设置为"无"；在"背景"分类中，将"背景颜色"设置为"＃FFFF66"；在"方框"分类中，取消"填充"框中的"全部相同"选项，将"上"设置为3px；在"边框"分类中，进行如图4.22所示的设置。单击"确定"按钮完成样式设置。

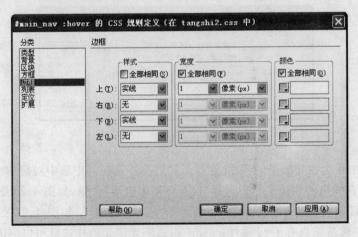

图 4.22

（17）按F12键在浏览器中预览（如果必要，保存相应文件），此时 tangshi. htm 文件的显示效果如图4.23所示，与之前的效果有较大的差异。

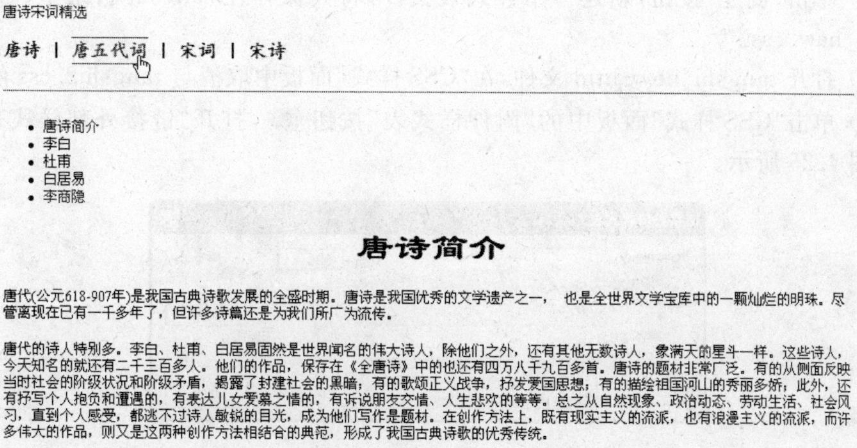

唐诗宋词精选
唐诗 | 唐五代词 | 宋词 | 宋诗
唐诗简介
李白
杜甫
白居易
李商隐
唐诗简介
唐代(公元618-907年)是我国古典诗歌发展的全盛时期。唐诗是我国优秀的文学遗产之一，也是全世界文学宝库中的一颗灿烂的明珠。尽管离现在已有一千多年了，但许多诗篇还是为我们所广为流传。
唐代的诗人特别多。李白、杜甫、白居易固然是世界闻名的伟大诗人，除他们之外，还有其他无数诗人，象满天的星斗一样。这些诗人，今天知名的就还有二千三百多人。他们的作品，保存在《全唐诗》中的也还有四万八千九百多首。唐诗的题材非常广泛。有的从侧面反映当时社会的阶级状况和阶级矛盾，揭露了封建社会的黑暗；有的歌颂正义战争，抒发爱国思想；有的描绘祖国河山的秀丽多娇；此外，还有抒写个人抱负和遭遇的，有表达儿女爱慕之情的，有诉说朋友交情、人生悲欢的等等。总之从自然现象、政治动态、劳动生活、社会风习，直到个人感受，都逃不过诗人敏锐的目光，成为他们写作是题材。在创作方法上，既有现实主义的流派，也有浪漫主义的流派，而许多伟大的作品，则又是这两种创作方法相结合的典范，形成了我国古典诗歌的优秀传统。

图 4.23

通过以上操作可以看出，对于同一个网页文件，如果应用不同的CSS样式表文件，那么显示效果也可以有很大不同。这就保证了“内容与形式的分离”，从而大大简化了网站的维护工作。

2. 手工编辑样式表并链接

也可以通过手工编辑并链接样式表的方式为网页添加外部样式表。

以下继续用“唐诗宋词精选”网站为例进行说明：

(1) 继续使用刚才的网站，在文件面板中复制 tangshi.htm 文件，然后将该文件粘贴到 tangshi 目录中，将其重命名为 tangshi_new.htm。

(2) 选择“文件”→“新建”命令，进行如图 4.24 所示的选择。

新建文档
空白页
空模板
模板中的页
示例中的页
其他
示例文件夹:
CSS 样式表
框架集
起始页(主题)
起始页(基本)
示例页:
基本:Arial
基本:Times
基本:Verdana
完整设计:Arial,蓝色/绿色/灰色
完整设计:Georgia,红色/黄色
完整设计:Verdana,黄色/绿色
完整设计:有辅助功能的
文本:Arial
文本:Times
文本:Verdana
文本:有辅助功能的
表单:Arial
表单:Times
表单:Verdana
表单:有辅助功能的
链接效果
颜色:棕褐色/棕色
颜色:灰色/棕色
颜色:红色
颜色:蓝色
颜色:蓝色/灰色/紫色
颜色:蓝色/白色/黄色
Nav | Navlink | Nav | Nav |
Header
sidebarHeader
subtitle
sidebar sidebar sid sidebar sidebar.
TH th
td TD
sidebarFooter
使用黄色和绿色且文本采用 Verdana 的统一页面设计的样式表。
文档类型:
帮助(H)
首选参数(P)...
获取更多内容...
创建(R)
取消(C)

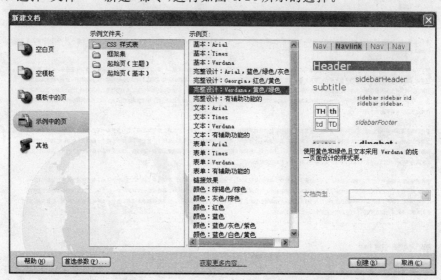

图 4.24

（3）单击"创建"按钮，新建一个样式表文件，将其保存在 tangshi 目录中，重命名为 tangshi_new.css。

（4）打开 tangshi_new.htm 文件，在"CSS 样式"面板中取消与 tangshi2.css 的链接。

（5）单击"CSS 样式"面板中的"附件样式表"按钮 ，打开"链接外部样式表"对话框，如图 4.25 所示。

图　4.25

（6）单击"文件/URL"框右边的"浏览"按钮，定位到刚才制作的 tangshi_new.css 文件上，在"添加为"选项中保持选中"链接"，单击"确定"按钮。此时可以看到 Dreamweaver 文档窗口中的 tangshi_new.htm 的显示效果与之前有很大不同。

（7）在"CSS 样式"面板中可以看到 tangshi_new.css 中包含多种样式。在文档窗口中为某些内容应用样式，例如，对导航条应用样式 nav，对标题 1 应用样式 title，对底部的导航条应用样式 footer，则网页显示效果如图 4.26 所示。

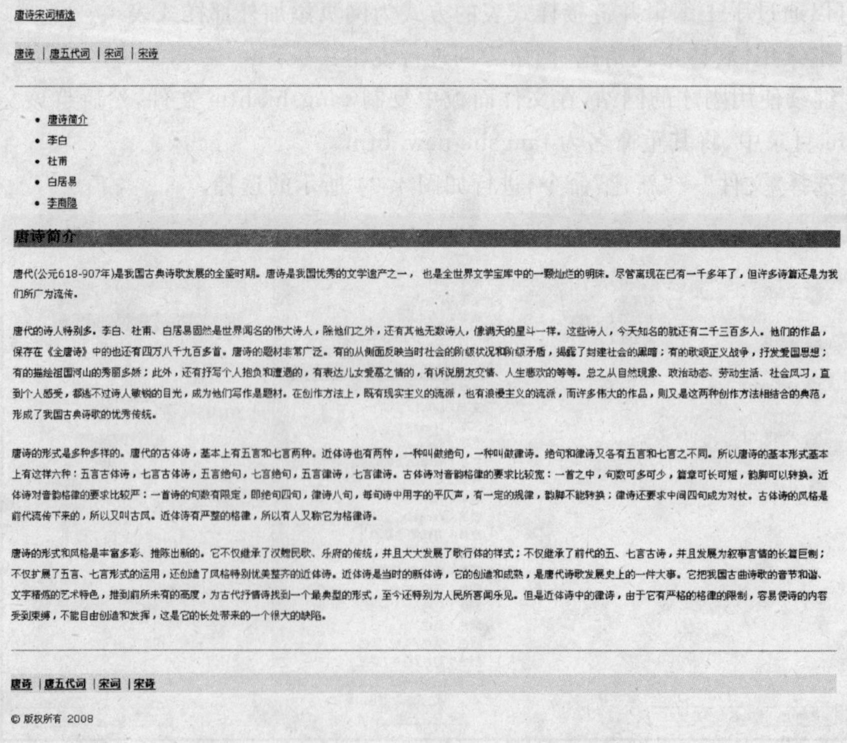

图　4.26

当然，读者也可以自行更改 tangshi_new.css 中的各个样式，以便使其更适合当前网页的需要。例如，可以用前面介绍的方法设置一些超链接效果，或者把样式表中的字体设置改为中文字体等。

4.3　管理 CSS 样式

网页设计者一般使用"CSS 样式"面板对网页中的样式进行管理。CSS 样式面板分为两种模式：全部模式和正在模式。

4.3.1　全部模式

在"全部"模式下，"CSS 样式"面板显示两个窗格：上半部分是"所有规则"窗格，下半部分是"属性"窗格。"所有规则"窗格显示当前文档中定义的规则以及附加到当前文档的样式表中定义的所有规则。使用"属性"窗格可以编辑"所有规则"窗格中任何所选规则的CSS 属性。

例如，打开 4.2.2 节中制作的 tangshi.htm 网页，如果选中 body 样式，"CSS 样式"面板显示如图 4.27 所示。

选中不同的样式后，可以在下面的"属性"窗格中查看或修改对应的 CSS 属性。也可以单击"添加属性"，然后从列表中选择需要添加的 CSS 属性进行设置。

如果单击左下角的"显示类别视图"按钮 ，则"属性"窗格中用类别的方式显示当前样式的属性，在每个类别中，已经设置了值的属性位于列表的顶端，如图 4.28 所示。同样，可以在"属性"窗格中设置其他属性。

图　4.27

图　4.28

如果单击左下角的"显示列表视图"按钮 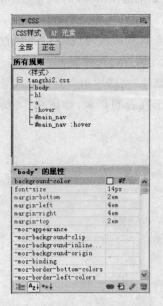 A_z↓,则"属性"窗格中以列表的方式显示所有属性,已经设置了值的属性显示在列表顶部,如图 4.29 所示。同样,可以在列表中选择需要的属性进行设置。

在"所有规则"列表中,可以在选中一个或多个样式,或者整个样式表文件时,单击鼠标右键,然后从相应的右键快捷菜单中选择命令进行操作。

双击"所有规则"列表中的任意样式,可以打开对应的"CSS 规则定义"对话框,然后对样式进行编辑。

4.3.2 正在模式

如果单击"CSS 样式"面板上的"正在"按钮,可以在"正在"模式(也称为"当前"模式)显示网页中的 CSS 样式设置。在该模式下,"CSS 样式"面板将显示 3 个窗格:"所选内容的摘要"窗格,其中显示文档中当前所选内容的 CSS 属性;"规则"窗格,其中显示所选属性的位置;以及"属性"窗格,其中列出了所设置的 CSS 属性。

例如,打开 4.2.2 节中制作的 tangshi.htm 网页,如果选中主导航条,并将"CSS 样式"面板切换到"正在"模式,则"CSS 样式"面板显示如图 4.30 所示。

图 4.29

图 4.30

与"全部"模式一样,"CSS 样式面板"左下角的 3 个视图按钮可用于在不同的视图模式下查看样式属性。

习题

1. 简要说明使用 CSS 技术进行格式设置的优势。
2. 举例说明常用的 CSS 样式类别。

3. 说明在 Dreamweaver 中使用 CSS 技术的基本步骤。

上机实验

1. 按照本章中介绍的步骤,制作"唐诗宋词精选"网站。完成"唐诗"部分的所有页面。注意 CSS 技术的合理使用。

2. 继续第 3 章中的上机实验第 2 题,仿照本章的介绍用 CSS 技术对网站进行风格一致的格式化设置。

第5章

使用图像

除了文本以外,图像是网页中一种必不可少的组成要素。本章将介绍如何在网页中使用图像,如何创建常用的图像效果和如何使用 Fireworks 进行网页图像的处理。

5.1 使用图像

本节首先介绍常用的图像格式,然后介绍如何插入图像以及如何设置图像的属性。

5.1.1 常用 Web 图像格式

虽然有很多种计算机图像格式,但由于受网络带宽和浏览器的限制,在 Web 上常用的图像格式只包括 3 种:GIF、JPEG 和 PNG,它们都是位图。

1. GIF 格式

GIF 是 Graphics Interchange Format(图形交换格式)的缩写,它是一种专为 Web 图形而设计的图像格式。GIF 格式采用术语上称为无损压缩的算法进行图像的压缩处理,最多支持 256 色的图像。

GIF 有透明处理和交错处理两种特性。使用了透明处理的 GIF 图像,它可以让位于底层的背景显现出来。使用交错处理的 GIF 图像,在图像下载时最初是以低分辨率显示,然后逐渐达到高分辨率。

GIF 格式还支持动画效果,即所谓 Animated GIF(动画 GIF),在网页中经常用作小图标和动画横幅等。

GIF 格式适用于卡通画、素描作品、插图、带有大块纯色区域的图形、透明图形、简单动画等。

2. JPEG 格式

JPEG 是 Joint Photographic Experts Group(静止图像压缩标准)的缩写,JPEG 是压缩比很高的图像格式,因此其最大的特点是文件尺寸非常小。JPEG 格式使用有损压缩的算法来压缩图像,随着图像文件的减小,图像的质量也会降低;也就是说,在压缩过程中可以通过控制图片的压缩比率来取得图像文件大小与图像质量的平衡点,从而获得需要的压缩效果。

与 GIF 格式的交错处理类似,JPEG 格式也具有 Progressive(渐进式)处理的选项,其含义是在图像在网上下载时,图像先下载一个模糊的轮廓,然后由模糊到清晰,而非渐进式 JPEG 图像下载时为逐行下载。

JPEG 格式不支持透明处理,也不支持动画效果。

JPEG 格式的图像文件主要应用于连续色调的作品、数字化照片和扫描图像等。

3. PNG 格式

PNG 是 Portable Network Graphics(可移植网络图形)的缩写,是近年来新出现的一种图像格式。该格式的图像兼有 GIF 和 JPEG 两种格式的优点,它不仅适用于 256 色的图像,还能保存 24 位真彩色图像,而且能将图像文件压缩,从而更利于网络传输。另外 PNG 格式支持交错方式显示图像,也支持图像透明处理,而且还支持 Alpha 通道。

PNG 格式的图像目前在 Web 上有一定应用,但并不像 GIF 和 JPEG 格式那样普及。

5.1.2 插入图像

以下继续用"唐诗宋词精选"网站为例说明如何在网页中插入图像:

(1) 在资源管理器中建立 4.1 节中的站点文件夹的副本,将其重命名为"5.1"。

(2) 使用 2.2.1 节中介绍的方法将其指定为"唐诗宋词精选 5.1"网站(指定 images 文件夹为默认图像文件夹)。

(3) 使用文件面板打开之前制作的 lishangyin.htm 文件。

(4) 在标题"李商隐"下插入一行,然后单击插入栏"常用"类别中的"图像"按钮。

(5) 此时将打开"选择图像源文件"对话框,如图 5.1 所示。选择 images 目录下的 lishangyin1.jpg 文件,然后单击"确定"按钮。

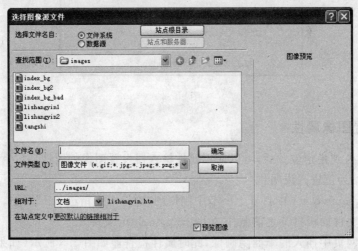

图 5.1

（6）此时打开如图 5.2 所示的"图像标签辅助功能属性"对话框。其中"替换文本"选项是必填项，表示如果图像不能显示时的替换文本（一般鼠标指针悬停到图像上时，该文本也会以工具提示的形式显示），此处输入"李商隐画像"；"详细说明"选项提供与图像相关的文本描述文件的链接，一般可以不用指定。单击"确定"按钮，图像即可插入指定位置，如图 5.3 所示。

李商隐

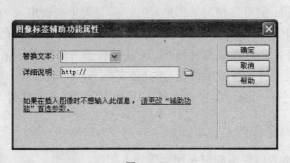

图　5.2

锦瑟 | 夜雨寄北 | 无题（一）| 无题（二）

图　5.3

　　如果所选择的图像文件不是站点中的文件，那么 Dreamweaver 会自动将其复制到站点的默认图像文件夹中。如果没有指定站点的默认图像文件夹，则在插入站点外的文件时，会弹出如图 5.4 所示的对话框，提示是否将图像文件保存到根目录下，单击"是"按钮，最后打开"复制文件为"对话框，定位到站点中用于存放图像文件的文件夹，单击"保存"按钮即可。

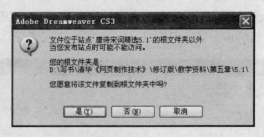

图　5.4

5.1.3　设置图像属性

　　将图像插入到指定位置后，可以使用属性检查器设置图像的属性。以下继续用"唐诗宋词精选"网站为例进行说明：

　　（1）在 Dreamweaver 中打开上一节中制作的"唐诗宋词精选 5.1"网站。

　　（2）使用文件面板打开之前制作的 lishangyin. htm 文件。

　　（3）选中网页中插入的李商隐画像，此时属性检查器如图 5.5 所示（如果显示的是不完整的属性检查器，则可以单击右下角的按钮扩充）。

图 5.5

(4) 在"宽"和"高"框中显示了图像在浏览器窗口中显示的尺寸大小,可以通过修改相应的数值(例如,将"宽"和"高"分别指定为 128 和 220),使图像以指定的大小显示。如果指定了宽高数值,当浏览器解释网页时,在实际下载图像之前会给图像预留出空间,以避免在每个图像下载时重新绘制网页,从而加快网页的下载速度。如果用百分数为单位,则表示图像占当前浏览器窗口大小的百分比。

需要注意的是,一般情况下建议不要使用指定宽、高的方式缩小图像,而应该采用图像处理软件对图像进行处理,然后插入网页。因为用指定宽高的方式无法更改图像文件实际的大小,而只是更改了显示大小。

(5) 在"宽"和"高"选项的右边是"源文件"选项和"链接"选项,可用于指定对应图像的源文件和设置超链接,此处不做指定。如果指定了"链接"选项,可以使用下面的"目标"选项指定超链接的目标框架(有关超链接的目标框架的内容,请参见第 7 章)。

(6) "源文件"和"链接"右边是"替换"、"编辑"和"类"选项。其中,"替换"选项就是之前插入图像时指定的替换文本,如果需要可以直接在该框中修改,例如此处将其修改为"李商隐半身像"。"编辑"选项中包含了多个图像编辑按钮,可用于进行一些常用的图像处理操作。"类"选项用于为图像指定对应的 CSS 类(如果之前定义了用于图像的 CSS 类的话)。

(7) "宽"与"高"选项下的"垂直边距"和"水平边距"用于指定图像与周围内容之间的垂直距离和水平距离。例如,如果想让图像垂直方向上多一些距离,可以将"垂直边距"设置为 30。

(8) "低解析度源"选项用于以下情况:如果所插入的图片文件很大,那么图像下载的时间可能很长,此时可以制作一张低分辨率或者是单色的小图像指定在此处,于是这幅图像会事先下载,让浏览者能够预览它。这种做法一般很少用。

(9) 在"边框"框中输入 1,则图像四周出现 1 像素粗细的黑色边框效果。

(10) 属性检查器中的 3 个对齐按钮:三、三和三,分别用于设置图像在页面中的各种对齐方式,由于之前在插入图像时已经指定,所以"居中对齐"按钮处于按下状态。

(11) 在"对齐"选项中可以指定各种图像与周围内容的对齐方式,其中最常用的是"左对齐"和"右对齐",分别表示图像悬浮在文字的左边或右边。例如,如图 5.6 所示就是将图像设置为"左对齐"时的效果。

5.1.4　使用 CSS 修饰图像

查看 5.1.3 节中制作的网页的源代码,可以看到对图像属性的设置都是通过 HTML 方式实现的。实际上,所有的设置也都可以用 CSS 的方式来实现,如下所示:

(1) 在 Dreamweaver 中打开上一节中制作的"唐诗宋词精选 5.1"网站。

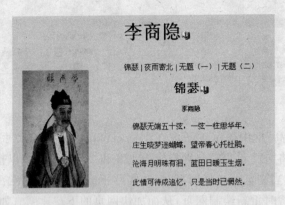

图 5.6

（2）使用文件面板打开之前制作的 lishangyin.htm 文件。

（3）取消之前设置的垂直边距、边框和左对齐选项。

（4）在"CSS 样式"面板中单击"新建 CSS 规则"按钮 ，打开如图 5.7 所示的对话框，在 tangshi.css 中创建一个 .image-left-float 类样式，单击"确定"按钮。

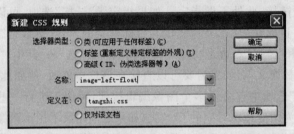

图 5.7

（5）在". image-left-float 的 CSS 规则定义（在 tangshi.css 中）"对话框中，选择"方框"分类，将"浮动"设置为"左对齐"，将"边界"设置为"30 像素"，如图 5.8 所示。

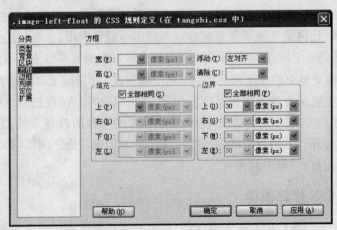

图 5.8

(6) 选择"边框"分类,将"样式"设置为"实线",宽度设置为"1 像素","颜色"设置为"黑色",如图 5.9 所示。单击"确定"按钮。

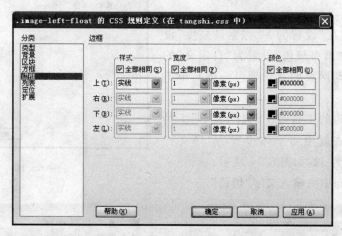

图　5.9

(7) 选中之前在网页中插入的李商隐头像,在属性检查器的"类"列表中选择 image-left-float,则对应的样式应用到该图像。

从以上步骤可以看出,CSS 提供了更强大的格式修饰功能。例如,对于图像周围的边距,可以分别指定 4 个方向上的距离为不同值;而对于边框,可以指定样式、颜色等更多选项。

5.2　制作图像效果

使用 Dreamweaver 可以制作出网页上常用的图像效果,如鼠标经过图像、Web 相册以及图像映射等。

5.2.1　制作鼠标经过图像

鼠标经过图像就是当访问者的鼠标指针经过图像时,图像变为另一幅图像;而鼠标指针离开时,图像又恢复为原始图像。它由两幅图像组成,即首次载入时显示的图像(原始图像)和鼠标经过后翻转的图像(翻转图像)。在创建翻转图时应该使用相同大小的两幅图像,可以使用 Fireworks 或 Photoshop 等图像处理软件制作出需要使用的图像。

鼠标经过图像这种效果经常用在页面导航中,以下继续用"唐诗宋词精选"网站为例说明如何在网页中插入鼠标经过图像:

(1) 在资源管理器中建立 5.1 节中的站点文件夹的副本,将其重命名为"5.2"。

(2) 使用 2.2.1 节中介绍的方法将其指定为"唐诗宋词精选 5.2"网站(指定 images 文件夹为默认图像文件夹)。

(3) 使用文件面板打开网站的首页 index.htm,以下将要把主导航条制作成鼠标经过图像效果。

（4）启动 Fireworks CS3，选择"文件"→"新建"命令，打开如图 5.10 所示的"新建文档"对话框。

（5）将"宽度"设置为 80 像素，"高度"设置为 40 像素，"画布颜色"设置为"自定义"的"♯F0F0F0"（与网页的背景颜色一致），单击"确定"按钮。

（6）在左边的工具箱中选择"文本"工具**A**，在属性检查器中将字体设置为"华文行楷"，字号设置为 32，如图 5.11 所示。

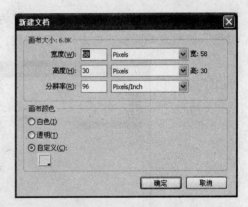

图　5.10

（7）在画布中央输入文字"唐诗"。

图　5.11

（8）按 Ctrl＋S 组合键将该文件保存在当前正在制作站点的 images/pngs 目录中，命名为 tangshi_up. png。

（9）选择"文件"→"另存为"命令，将其保存为 tangshi_over. png，同样保存在 images/pngs 目录中。

（10）选中画布中的"唐诗"文字，单击属性检查器右下的"添加动态滤镜或选择预设"按钮**＋**，选择"阴影和光晕"→"投影"效果。

（11）在 Fireworks 中打开 tangshi_up. png 文件，选择"文件"→"导出"命令，将其导出到站点的 images 文件夹中。有关的进一步信息，请参见本书 5.3 节。

（12）同样，将 tangshi_over. png 导出到站点的 images 文件夹中。

（13）回到 Dreamweaver，选中主导航中的"唐诗"链接将其删除。

（14）选择"插入记录"→"图像对象"→"鼠标经过图像"命令，打开如图 5.12 所示的"插入鼠标经过图像"对话框。

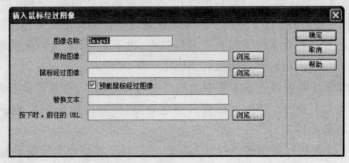

图　5.12

（15）在该对话框中进行以下设置：单击"原始图像"右边的"浏览"按钮，将原始图像设置为刚才制作的 tangshi_up. gif；单击"鼠标经过图像"右边的"浏览"按钮，将鼠标经过图像设置为刚才制作的 tangshi_over. gif；单击"按下时，前往的 URL"右边的"浏览"按钮，将超链接设置为跳转到 tangshi/tangshi. htm。

（16）单击"确定"按钮，按 F12 键可以在浏览器窗口中查看翻转图效果，如图 5.13 所示（鼠标移动到文字上时显示阴影效果）。

重复以上步骤，可以将整个导航条都做成鼠标经过图像的效果。为了使分隔符"|"与图像底部对齐，可以在属性检查器中将图像的"对齐"方式设置为"绝对底部"。另外，可以将分隔符的字体大小设置为 36，以便与图像的大小匹配。最后完成的导航条效果如图 5.14 所示。

 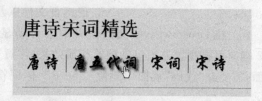

图　5.13　　　　　　　　　　　　　　　　　　　　图　5.14

5.2.2　制作网站相册

网站相册是将许多图片以相册的形式保存在一起，并以一定的比例缩小，然后用超链接链起来。如果访问者要查看相册中的图片，只要单击相应的小图片（Thumbnail），便可显示原图或放大的图像。

要创建网站相册，首先要确保计算机上正确安装了 Fireworks，然后需要在站点根目录下创建一个用于保存相册原始图片的文件夹，另外创建一个用于保存相册的目标文件夹，最后将用来制作相册的所有图片保存在相册原始文件夹中。

做好了准备工作之后，就可以进行网站相册的创建，以下继续用"唐诗宋词精选"网站为例说明：

（1）确保当前网站是"唐诗宋词精选 5.2"，打开站点中的任意一个网页。

（2）选择"命令"→"创建网站相册"命令，打开如图 5.15 所示的"创建网站相册"对话框。

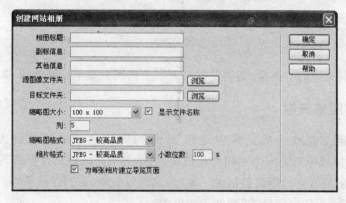

图　5.15

（3）将"相册标题"设置为"李煜词选"，将"源图像文件夹"设置为 images/liyu(该文件夹中包含用于制作网站相册的原始图像)，将"目标文件夹"设置为 tangwudaici/album(该文件夹如果不存在，则应在指定时创建)，将"缩略图大小"设置为 200×200，将"列"选项

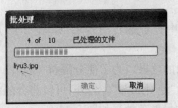

图 5.16

设置为 4(表示每行显示 4 个图像)，保持其他选项不变。

（4）单击"确定"按钮，系统启动 Fireworks 程序，开始执行创建网站相册的过程，如图 5.16 所示。

（5）创建完成后，将返回 Dreamweaver 并弹出对话框提示"相册已经建立"，单击"确定"按钮。在文件窗口中，Dreamweaver 自动在指定的文件夹下制作出网站相册网页文件以及文件夹。

（6）在 Dreamweaver 文档窗口中会自动显示相册文件夹中的 index. htm 文件，按 F12 键即可在浏览器窗口中预览相册效果(注意：部分浏览器(如 IE6.0)无法正确显示该页面，需要在"代码"视图中删除＜head＞标记符中的＜meta＞标记符部分)，如图 5.17 所示。

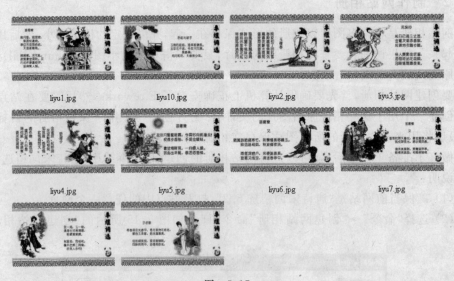

图　5.17

（7）单击网页中的小图像，则浏览器打开一个新网页显示放大的图，如图 5.18 所示。

5.2.3　制作图像映射

图像映射就是指在一幅图像中定义若干个区域(这些区域被称为热点，也就是 hotspot)，每个区域中指定一个不同的超链接，当单击不同区域时可以跳转到相应的目标页面。图像映射最常见的用法包括电子地图、页面导航图、页面导航条等。

以下继续用"唐诗宋词精选"网站为例说明：

李煜词选/liyu10.jpg

前一个 | 首页 | 下一个

图 5.18

（1）启动 Fireworks。

（2）选择"文件"→"新建"命令，打开"新建文档"对话框。

（3）将"宽度"设置为 500 像素，"高度"设置为 50 像素，"画布颜色"设置为"自定义"的"♯F0F0F0"（与网页的背景颜色一致），单击"确定"按钮。

（4）在左边的工具栏中选择"文本"工具 **A**，在属性检查器中将字体设置为"华文彩云"，字号设置为 32，在画布上输入文字"唐诗"。

（5）选中画布中的"唐诗"文字，单击属性检查器右下的"添加动态滤镜或选择预设"按钮 **+**，选择"阴影和光晕"→"发光"效果。

（6）双击"滤镜"列表中的"发光"，打开滤镜编辑框，如图 5.19 所示，在其中将颜色设置为"♯FF9999"。

（7）选中"唐诗"，按 Ctrl＋C 快捷键复制，按 Ctrl＋V 快捷键粘贴，然后向右拖曳。双击第二个"唐诗"，将文字编辑为"唐五代词"，然后将"发光"效果的颜色修改为"♯FF9966"。

（8）重复步骤（7），分别制作"宋词"（"发光"效果颜色为"♯CC99FF"）和"宋诗"（"发光"效果颜色为"♯CC66CC"），最后完成的效果如图 5.20 所示。

图 5.19　　　　　　　　　　　　　　　图 5.20

（9）将其导出到"唐诗宋词精选 5.2"网站的 images 文件夹中，命名为 main_nav.gif。

（10）打开 Dreamweaver，确保当前网站是"唐诗宋词精选 5.2"，打开 lishangyin.htm 网页。

（11）删除页面顶部的主导航条，在相应位置插入 main_nav.gif。

（12）选中该图像，单击属性检查器中的"矩形热点工具" **□**，然后将光标移到"唐诗"

所在的区域,鼠标指针变为一个十字形的指针,此时用鼠标画一个矩形区域包含"唐诗"及少量周围区域,此时弹出一个提示对话框,单击"确定"按钮。这时属性检查器变成"热点"的属性检查器,单击"链接"右侧的浏览按钮▢,将链接目标设置为 tangshi. htm,如图 5.21 所示。在"替换"框中输入"唐诗",以便设置相应的替换文本。如果需要修改绘制的热点区域,可以在选中热点的时候拖动热点上的控制点。

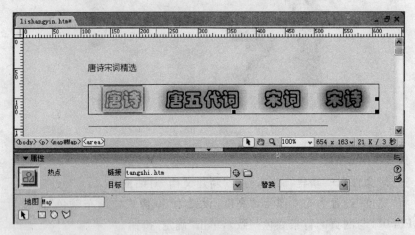

图   5.21

(13) 单击属性检查器中的矩形热点工具▢,然后在"唐五代词"几个字上绘制热点区域,并指定相应的超链接和替换文本。

(14) 重复步骤(13),制作另外两个热点区域。

(15) 按 Ctrl+S 快捷键保存网页,然后按 F12 键预览,效果如图 5.22 所示。当单击导航条上的不同热点区域时,就会打开不同的页面。

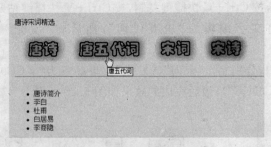

图   5.22

注意:在本例中仅使用了矩形热点工具,在实际应用过程中还可以使用另外两种热点工具:圆形热点工具◯和多边形热点工具☒。

5.3   常用的图像操作

在网页制作过程中,经常需要对图像进行一些处理,例如修改图像大小、对图像进行优化与导出、简单的图像处理等,本节将介绍这方面的内容。

5.3.1 修改图像的大小

如果需要修改图像的大小(通常是将较大的图像缩小为较小的图像),可以使用Fireworks打开相应图像,然后修改其"图像大小",具体步骤如下:

(1)在 Fireworks 中打开需要修改大小的图像,例如"第五章/5.3"文件夹中的baijuyi_1.jpg。

(2)选择"修改"→"画布"→"图像大小"命令,弹出如图 5.23 所示的"图像大小"对话框。

图 5.23

(3)选中"约束比例"选项,在"像素尺寸"框中修改图像的大小。例如,将图像的宽度修改为"480 像素"(高度会自动修改)。在指定宽度或高度时,也可以使用百分比作为单位。

(4)单击"确定"按钮,则图像大小被修改。

(5)选择"文件"→"导出"命令,将其导出到"5.3"文件夹中并将其命名为 baijuyi_1_smaller.jpg。

此时如果对比原来的 baijuyi_1.jpg 和新建的 baijuyi_1_smaller.jpg 的文件尺寸,会发现修改后的文件仅为原文件的一半大小。可见,缩小图像的像素大小是一种非常有效的减小图像文件尺寸的方式。不过,一般不进行小图放大操作,因为该操作会导致图像效果失真。

5.3.2 图像的优化与导出

图像的优化就是根据所需图像的质量和文件大小的要求,为图像选择合适的格式及压缩选项的过程。在 Fireworks 中通常使用优化面板对图像进行优化,然后使用导出命令将图像导出,也可以使用导出预览命令在导出过程中对图像进行优化。

1. 以不同的模式显示图像

为了方便图像文档编辑和各种图像效果预览,以及在优化图像时对比显示优化前后图像的品质和大小，Fireworks 在图像文档窗口上提供了 4 种状态显示模式，如图 5.24 所示。

图　5.24

　　"原始"模式是默认的显示模式，只有在此显示模式下，才能进行各种图像编辑操作；在"预览"模式下，可以预览目前所编辑的图像在网页中的效果；"2 幅"也是一种预览模式，在此模式下可以同时显示两种图像优化效果（以便对比），并在图像下方会显示优化后的图像格式及文档大小等信息；"4 幅"作用与"2 幅"相同，但可以同时显示 4 种优化后的效果。

2. GIF 格式的优化与导出

　　打开需要优化为 GIF 格式的图像（例如"5.3"文件夹中的 dufu_1.jpg 文件），选择"窗口"→"优化"命令，打开"优化"面板。可以单击"保存的设置"列表框，在弹出的列表中选择一种预设的设置，也可以根据需要自行设定各选项。例如，图 5.25 显示了将一幅图像优化为 GIF 格式时的优化面板。

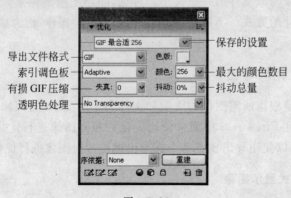

图　5.25

为了预览优化后的图像效果,单击图像窗口上的"2 幅"(显示两种优化结果)标签进入该模式显示图像,如图 5.26 所示。

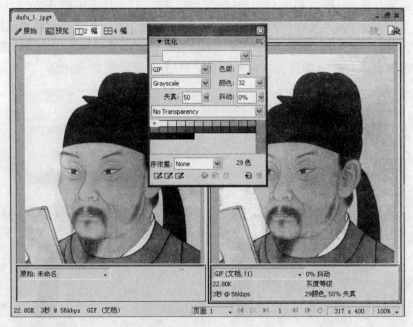

图　5.26

图像优化为 GIF 格式时,可以选择使用不同的调色板,优化面板中可供选择的调色板 有 Adaptive、WebAdaptive、Web216、Exact、Windows、Macintosh、Grayscale、Black&White、Uniform、Custom 等。例如,使用 Grayscale 调色板可以将图像导出为灰度图。

在优化面板中还可以通过"失真"弹出列表设置导出图像的压缩损失值,默认值为 0。通常设置在 5～15 之间所产生的效果最好。

为了补偿图像压缩对图像颜色的损失,可以通过两种相近颜色的替换对目前所选择的调色板中没有的颜色进行抖动处理。在"抖动"编辑框内输入的百分比数值越高,生成的图像质量越高,但文档也越大。

由于 GIF 图像支持透明色处理,所以在优化时可以在优化面板的透明色选项列表中选择透明选项。对于 GIF 格式,通常选择 Index Transparency(索引透明)即可。使用滴管工具可以从图像上选取一种颜色作为透明色,使用带有"＋"号的滴管工具可以从图像中选择若干种颜色作为透明色,使用带有"－"号的滴管工具可以将选为透明色的颜色在图像中还原为原来的颜色。在制作透明 GIF 时应选择背景颜色单一(例如背景为白色)的图像,而不要使用背景颜色为渐变色的图像(如图 5.26 所示的图像)。

在图像优化设置好后,选择"文件"→"导出"命令即可将图像导出为优化面板中所设置的格式。

3. JPEG 格式的优化导出

打开需要优化为 JPEG 格式的图像(例如仍打开"5.3"文件夹中的 dufu_1.jpg),与优化导出为 GIF 格式类似,可以在优化面板的"保存的设置"列表中选择一种预设的设置来优化图像,也可以根据优化面板上各个优化选项自行设置。为了预览优化后的图像效果,可以单击图像窗口上的"2 幅"(显示两种优化结果)标签显示图像,如图 5.27 所示。

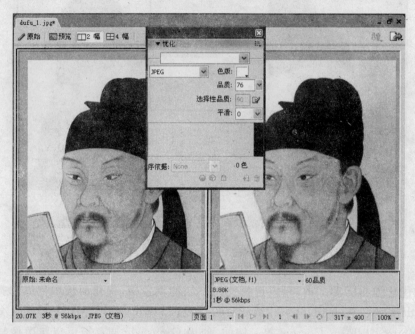

图　5.27

对于 JPEG 格式,"品质"是指图像被压缩后的质量,它是由图像文件的压缩程度来决定的,图像压缩程度越大,优化后的图像文件越小,则图像质量越低,也就是说效果越差;图像的压缩程度越小,优化后的图像文件越大,则图像质量越高。

"平滑"是另一种有效减小图像文件大小的手段,设置平滑选项后,图像变得光滑(实际上是图像变得模糊了),图像文件也就相应地变小了,即"平滑"值越大,文件越小。

图像的优化选项设置好后即可使用"文件"→"导出"命令将图像导出为优化面板中所设置的格式。如果对比优化前后的图像文件尺寸(优化前的"品质"为 76,之后为 60),会发现优化后的图像文件明显变小,可见,JPEG 格式的图像可以通过降低"品质"来大幅减小文件尺寸,从而加快下载速度。

4. 其他优化导出的方式

除了可以用优化面板对图像进行优化外,还可以选择"文件"→"图像预览"命令,在"图像预览"对话框中进行优化,如图 5.28 所示,其中的选项设置与优化面板基本相同,然后单击"导出"按钮,将图像导出。

还可以选择"文件"→"导出向导"命令,打开如图 5.29 所示的"导出向导"对话框,然

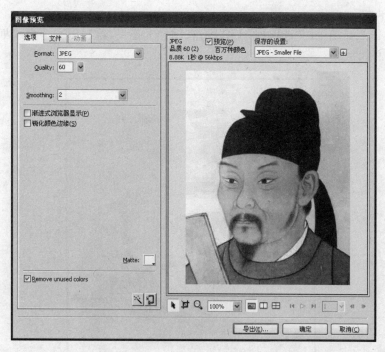

图　5.28

后按照 Fireworks 提供的向导进行导出操作。

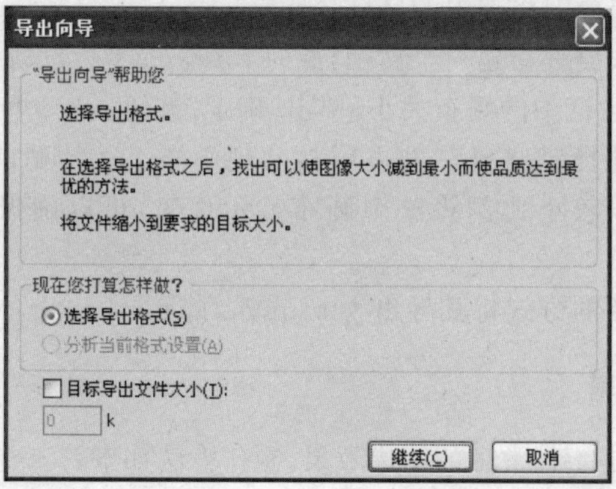

图　5.29

5.3.3　简单的图像效果制作

本节精选了若干最常见的图像效果的制作，以方便读者在网页制作时应用。

1. 截取部分图像

如果只需要某图像中的部分内容，那么可以通过以下方式实现：

（1）在 Fireworks 中打开需要截取内容的图像，例如，"第五章/5.3"文件夹中的

baijuyi1.jpg。

（2）单击工具箱中的"选取框"工具⬚，在图像上拖曳，绘制出一个虚线框，如图5.30所示。

图　5.30

（3）按 Ctrl＋C 快捷键将选中的区域复制。

（4）按 Ctrl＋N 快捷键新建一个文档，此时 Fireworks 会自动根据剪贴板中图像的大小确定"新建文档"对话框中的画布大小，单击"确定"按钮。

（5）按 Ctrl＋V 快捷键将复制的内容粘贴到画布上。粘贴前单击文档窗口右下角"设置缩放比率"框，以较小比例将整个画布显示出来，可以确保粘贴的内容刚好充满画布。

（6）按照前面介绍的方式将其导出为 baijuyi2.jpg。

2. 图像的羽化效果

图像边缘的羽化是一种常见的图像效果，制作方法如下：

（1）在 Fireworks 中打开图像"第五章/5.3/baijuyi1.jpg"。

（2）按住工具箱中的"选取框"工具⬚不放，然后选择"椭圆选取框"工具◯，在属性检查器中将"边缘"设置为 Feather(羽化)，然后将羽化值设置为50。

（3）在图像上拖动鼠标，选择需要制作羽化效果的图像部分，如图5.31所示。

（4）选择"选择"→"反选"命令，选中椭圆框以外的所有内容。

（5）按 Delete 键，将选中的内容删除。

（6）单击椭圆所在区域，显示出一个蓝色的矩形框，表示当前图像效果的大小。按 Ctrl＋C 快捷键将其复制。

（7）按 Ctrl＋N 快捷键新建一个文档，此时 Fireworks 会自动根据剪贴板中图像的大

图 5.31

小确定"新建文档"对话框中的画布大小,单击"确定"按钮。

(8) 按 Ctrl＋V 快捷键将复制的内容粘贴到画布上。粘贴前单击文档窗口右下角"设置缩放比率"框,以较小比例将整个画布显示出来,可以确保粘贴的内容刚好充满画布。

(9) 按照前面介绍的方式将其导出为 baijuyi3.jpg,效果如图 5.32 所示。

3. 按钮效果的制作

网页中的按钮效果一般可以通过 5.2.1 节中介绍的鼠标经过图像方式来实现,此时需要制作两个小图片:一个作为按钮的正常状态,一个作为按钮的鼠标悬停状态。除了可以直接对文本应用效果以外,还可以制作三维立体的按钮效果,方法如下:

(1) 在 Fireworks 中新建一个文档。

(2) 选择工具箱中的"矩形"工具 □(也可以选择"椭圆"或者"圆角矩形"等工具绘制其他形状的按钮)。

图 5.32

(3) 在属性检查器中将填充颜色设置为"♯CCFF66",将填充类别设置为 Linear(线形)。

(4) 单击属性检查器右下的"添加动态滤镜或选择预设"按钮 ,选择"斜角和浮雕"→"内斜角"效果,在滤镜选项面板中将"斜角边缘形状"设置为 Sloped(斜坡),将"宽度"值设置为 5,其他选项保持不变,如图 5.33 所示。

图 5.33

（5）在画布上绘制一个矩形，效果如图 5.34 所示。

（6）选中该矩形，按 Ctrl＋C 快捷键复制，然后按 Ctrl＋V 快捷键粘贴。

（7）单击工具箱中的"指针"工具 ，将复制的按钮拖动到画布的空白处。

（8）将鼠标指针移动到位于矩形中间的填充控制柄上，此时鼠标指针变为旋转形状，拖动鼠标，将填充控制柄旋转 180 度，然后拖动菱形控制点，将控制柄放到矩形中央，此时的效果如图 5.35 所示。填充控制柄用于控制填充效果，请读者自行尝试如何通过移动和旋转控制柄和控制点来控制填充效果。

（9）在工具箱中选择"文本"工具 ，在属性检查器中将字体设置为"华文新魏"，字号设置为 20，并且选中"粗体"，然后在按钮上输入"唐诗"二字。

（10）复制并粘贴刚输入的文字，然后使用"指针"工具 ，将其移动到另一个按钮上。

（11）用"指针"工具圈选按钮和其中的文字，按 Ctrl＋C 快捷键复制，按 Ctrl＋N 快捷键新建一个文档，此时文档的画布大小与按钮大小相同，按 Ctrl＋V 快捷键粘贴，则得到一个按钮，将其保存为"第五章/5.3/button_up.png"（.png 格式是 Fireworks 文档的默认格式）。最后将其导出为 button_up.jpg。

（12）用同样的方式得到"第五章/5.3/button_over.png"和 button_over.jpg。

（13）用 5.2.1 节中介绍的方式分别将两个按钮图像指定为鼠标经过图像的原始图像和悬停图像，即可以在网页中得到立体按钮的效果。

除了以上介绍的制作按钮效果的方法外，还可以在绘制了矩形或其他形状之后，直接应用"样式"面板中的各种按钮样式，如图 5.36 所示。

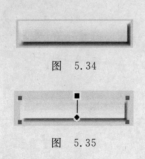

图 5.34

图 5.35

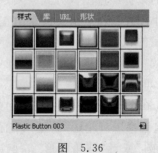

图 5.36

4．文本效果的制作

在 Fireworks 中既可以用 5.2.1 节和 5.2.3 节中介绍的方式为文本添加滤镜，也可以用刚刚介绍的"样式"面板为文本应用预定义的样式，还可以制作沿着曲线路径排列的

文本,具体步骤如下:

(1) 在 Fireworks 中新建一个文档。

(2) 使用"文本"工具**A**在画布上输入"问君能有几多愁,恰似一江春水向东流"。

(3) 使用"椭圆"工具〇绘制一个椭圆。

(4) 使用"指针"工具同时选中文本和椭圆。

(5) 选择"文本"→"附加到路径"命令,则文本沿着曲线排列,如图 5.37 所示。

(6) 使用工具箱中的"部分选定工具"，可以编辑曲线路径,如图 5.38 所示。

图　5.37

图　5.38

(7) 如果需要在网页中使用该文本效果,可以选中该文本,然后复制粘贴到一个新文档,最后导出即可。

注意:只有使用工具箱中"矢量"部分的工具绘制的图形才是路径,才能执行"附加到路径"命令。

5. 逐帧动画的制作

逐帧动画是指在时间轴上包含多个静态图像,随着时间的推移显示不同的图像,从而产生动画效果。以下通过一个简单的实例说明如何在 Fireworks 中制作逐帧动画:

(1) 启动 Fireworks,按 Ctrl+N 快捷键打开"新建文档"对话框,设置宽度为 320,高度为 220,单击"确定"按钮。

(2) 按 Ctrl+R 快捷键执行"导入"命令(可在"文件"菜单中找到),打开"导入"对话框,如图 5.39 所示。

图　5.39

（3）选择事先准备好的图像"第五章/5.3/yeyujibei_1.jpg"，单击"打开"按钮，文档窗口中的鼠标指针变为定位光标，单击左上角将图像导入。如果导入位置不合适，可以使用"指针"工具将其移动到正好充满整个窗口，如图 5.40 所示。

图 5.40

（4）选择"窗口"→"帧"命令，打开"帧"面板，单击右下角的"新建/重制帧"按钮 新建一个帧，按 Ctrl＋R 快捷键导入另外一幅准备好的图像 yeyujibei_2.jpg 到第二帧。

（5）重复步骤（4），将图像 yeyujibei_3.jpg 导入到第三帧。

（6）在"帧"面板上，分别在 1～3 帧中的"延时数字栏"处双击，将 3 帧中的"延时数字"都设置为 30，如图 5.41 所示。帧延时数字越大，表示延时越长，动画播放的速度越慢。

（7）选择"窗口"→"优化"命令，打开"优化"面板，在"保存的设置"框内选择"动画 GIF 接近网页 128 色"选项，此时"导出文件格式"自动变为 Animated GIF，如图 5.42 所示。

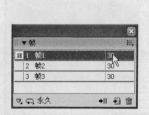

图 5.41

图 5.42

（8）按 Ctrl＋S 快捷键保存文档，选择"文件"→"导出"命令将其导出到"第五章/5.3/gifani. gif"。

（9）在 Dreamweaver 中将该图像插入到网页中，按 F12 键在浏览器中可以查看 GIF 动画效果。

习题

1．对比常用的 3 种 Web 图像格式。

2．列举常用的图像属性以及可应用于图像的 CSS 属性。

3．简述图像优化导出的过程。

上机实验

1．按照本章中介绍的内容，制作并完善"唐诗宋词精选"网站。要求其中必须包含鼠标经过图像、网站相册、图像映射和图像的羽化效果。

2．继续第 4 章中的上机实验第 2 题，仿照本章的介绍对自己的网站进行图像修饰。

第6章

使用媒体

随着 Internet 硬件设施的不断完善,网络带宽迅速增大,这种便利的条件为多媒体的使用提供了更广泛的空间。在本章中将介绍如何在网页中使用多媒体对象,内容包括使用声音和视频、使用 Flash 对象等。

6.1 使用声音和视频

本节首先介绍声音与视频的基本常识,然后介绍如何在网页中使用声音和视频媒体,包括使用背景音乐、链接声音与视频、嵌入声音与视频等。

6.1.1 声音与视频概述

在具体介绍如何在网页中使用声音和视频之前,首先介绍一些基本概念和原理。

1. 声音概述

声音是最常见的一种多媒体信息。声音文件有不同的类型和格式,如果要将声音文件添加到网页,有几种不同的方法。在确定采用哪一种格式和方法添加声音前,需要考虑几个因素:添加声音的目的、文件大小、声音品质和不同浏览器中的差异。

下面简单介绍一下 PC 上较为常见的音频文件格式。

.midi 或.mid(乐器数字接口)格式用于器乐。许多浏览器都支持 MIDI 文件,且不要求插件。MIDI 文件尽管其声音品质非常好,但根据访问者的声卡的不同,声音效果也会有所不同。很小的 MIDI 文件(例如几十 KB)也可以提供较长时间的声音剪辑,但 MIDI 文件不能被录制,必须使用特殊的硬件和软件在计算机上合成。

.wav(Waveform 扩展名)格式文件具有较好的声音品质,许多浏览器都支持此类格式文件,且不要求插件。可以从 CD、磁带、麦克风等录制自己的 WAV 文件。但是,WAV 文件通常很大(几秒钟的音频信息就需要上百 KB),严格限制了在网页上使用的声音剪辑的长度。

.mp3(运动图像专家组音频,即 MPEG-音频层-3)格式是一种压缩格式,它可令声音文件明显缩小。其声音品质非常好,如果正确录制和压缩 MP3 文件,其质量甚至可以和

CD 质量相媲美。这一新技术可以对文件进行"流式处理",以便访问者不必等待整个文件下载完成即可收听该文件。但是,其文件大小要大于 Real Audio 文件,因此下载速度较慢。若要播放 MP3 文件,访问者必须下载安装相应插件,例如 QuickTime、Windows Media Player 或 RealPlayer。

.ra、.ram、.rpm 或 Real Audio 格式具有非常高的压缩品质,文件大小要小于 MP3,全部歌曲文件可以在合理的时间范围内下载。因为可以在普通的 Web 服务器上对这些文件进行"流式处理",所以访问者在文件完全下载完之前即可听到声音。其声音品质比 MP3 文件声音品质要差,但新推出的播放器和编码器在声音品质方面已有显著改善。访问者必须下载并安装 RealPlayer 插件才可以播放这些文件。

2. 视频概述

视频是信息含量最丰富的一种媒体。可以通过不同方式和使用不同格式将视频添加到网页。视频可下载给用户,或者对视频进行流式处理以便在下载的同时进行播放。

下面简单介绍一下 PC 上较为常见的视频文件格式。

.avi 格式,即音频视频交错格式,可以将视频和音频交织在一起进行同步播放。这种视频格式的优点是图像质量好,可以跨多个平台使用,其缺点是体积过于庞大。

.mpeg、.mpg 或.dat 格式,也就是运动图像专家组(MPEG)格式,它是运动图像压缩算法的国际标准。家用的 VCD、SVCD、DVD 等就是采用这种格式。

.ra、.rm 或.rmvb 格式是 RealNetworks 公司开发的一种新型流式视频文件格式,它包含在 RealNetworks 公司所制定的音频视频压缩规范 RealMedia 中,主要用来在低速率的广域网上实时传输活动视频影像,可以根据网络数据传输速率的不同而采用不同的压缩比率,从而实现影像数据的实时传送和实时播放。

.mov 格式是 Apple 计算机公司开发的一种音频、视频文件格式,用于保存音频和视频信息,具有先进的音视频功能。

6.1.2　添加背景音乐

由于背景音乐并不是一种标准的网页属性,所以需要通过修改源代码的方式为网页添加背景音乐。以下继续用"唐诗宋词精选"网站为例说明如何给网页添加背景音乐:

(1) 在资源管理器中建立 5.2 节中的站点文件夹的副本,将其重命名为"6.1"。在该文件夹下建立一个 media 文件夹,将需要使用的媒体文件复制到其中。

(2) 使用 2.2.1 节中介绍的方法将其指定为"唐诗宋词精选 6.1"网站。

(3) 使用文件面板打开网站的首页 index.htm,切换到代码视图。

(4) 在代码"＜title＞唐诗宋词精选—主页＜/title＞"之前添加以下代码:
＜bgsound src＝"media/bgsound.mid"loop＝"1"＞,如图 6.1 所示。

bgsound 标记符的基本属性是 src,用于指定背景音乐的源文件,此处因为是当前文件夹下 media 文件夹中的文件,因此表示为 media/bgsound.mid。另外一个常用属性是 loop,用于指定背景音乐重复的次数;如果不指定该属性,则背景音乐无限循环。

(5) 按 F12 键,在浏览器窗口中预览背景音乐效果。

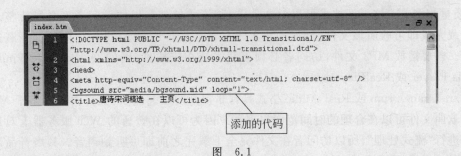

图　6.1

注意：在网页中插入背景音乐的格式可以是.wav、.mid 和.mp3，这些格式的文件一般浏览器都支持。多数情况下，背景音乐采用.mid 格式。

6.1.3　链接声音与视频

链接文件是将声音与视频添加到网页的一种简单而有效的方法。这种集成声音文件与视频文件的方法可以使访问者能够选择他们是否要收听或收看该文件，并且使文件可用于最广范围的观众，因为某些浏览器可能不支持嵌入的声音文件。

以下继续用"唐诗宋词精选"网站为例说明如何在网页中链接音频文件（链接视频的方法与链接音频相同）：

（1）在"唐诗宋词精选 6.1"网站中，打开 lishangyin.htm 网页，在页面"夜雨寄北"诗词段落最后另起一段，输入文字"音频下载（88KB）"。在提供下载链接时包含文件大小数据可以为浏览者提供需要的信息，从而方便其决定是否下载。

（2）选择输入的文字，在属性检查器中单击"链接"文本框后的"浏览文件"按钮□，选择站点中 media 文件夹中的 bashanyeyu.mp3 音频文件，如图 6.2 所示。

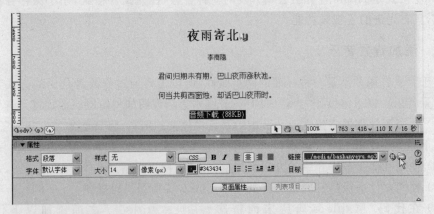

图　6.2

（3）按 Ctrl＋S 快捷键保存文档，按 F12 键，在浏览器窗口单击链接到声音文件的超链接，系统自动打开相应的媒体播放器播放链接的声音文件。当网页上传到服务器后，在客户端浏览网页时单击该链接将获得下载效果。

6.1.4 嵌入声音与视频

如果确定访问者安装有能播放相应格式文件的插件（例如 RealMedia 或 QuickTime 插件），那么可以通过嵌入的方式将声音或视频直接插入到页面中，从而获得更多对媒体的控制（例如，可选择是否播放和设置音量）。

以下继续用"唐诗宋词精选"网站为例，说明如何在网页中嵌入音频文件（链接视频的方法与链接音频相同）：

（1）在"唐诗宋词精选 6.1"网站中，打开 lishangyin.htm 网页，在段落"音频下载（88KB）"后，按回车键另起一段，输入文字"音频："。

（2）单击插入栏"常用"类别中的"媒体：插件"按钮 ⅛。

（3）打开"选择文件"对话框，如图 6.3 所示。在"查找范围"框内选择 media 目录下的 bashanyeyu.mp3 文件，然后单击"确定"按钮。

图　6.3

（4）此时网页文档中有了一个占位图形。选择该图形，在属性检查器中的"宽"框内设置数值为 100，在"高"框内设置数值为 14，确定播放器在网页中的显示大小。

（5）为了控制嵌入音频的默认播放状态，切换到"代码视图"或"拆分视图"，在 <embed> 标记符中输入 autostart="false"，如图 6.4 所示。通过这样的设置，可以确保网页在加载时不播放嵌入的音频，把是否播放的选择留给浏览者。

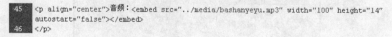

图　6.4

（6）按 Ctrl+S 快捷键保存文档，按 F12 键在浏览器中预览，效果如图 6.5 所示。

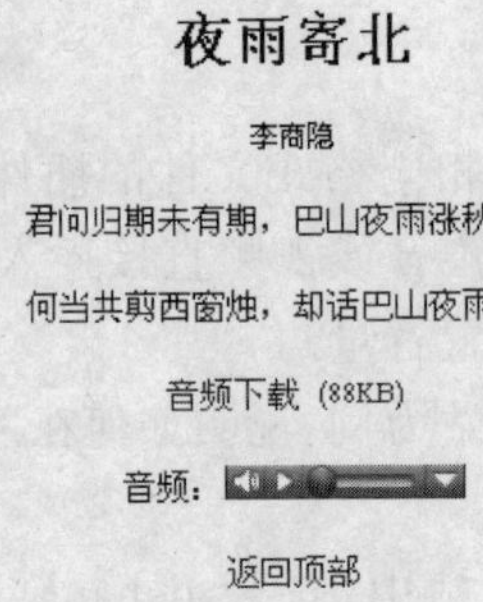

夜雨寄北
李商隐
君问归期未有期，巴山夜雨涨秋池。
何当共剪西窗烛，却话巴山夜雨时。
音频下载 (88KB)
音频：
返回顶部

图 6.5

6.2 使用 Flash

Flash 动画是目前最流行的网页多媒体技术，在 Web 领域有广泛的应用。本节主要介绍如何在网页中插入 Flash、用 Dreamweaver 制作 Flash 按钮和 Flash 文本。

6.2.1 插入 Flash 动画

以下继续用"唐诗宋词精选"网站为例说明如何在网页中插入 Flash 动画：

(1) 在资源管理器中建立 6.1 节中的站点文件夹的副本，将其重命名为"6.2"。

(2) 使用 2.2.1 节中介绍的方法将其指定为"唐诗宋词精选 6.2"网站。

(3) 使用文件面板打开之前制作的 lishangyin.htm 文件。

(4) 在文档第一首诗末尾，按回车键添加一个段落，单击插入栏"常用"类别中的"媒体：Flash 动画"按钮。

(5) 打开"选择文件"对话框，选择 media 目录下的 jinse.swf 文件，然后单击"确定"按钮。

(6) 这时 Dreamweaver 打开"对象标签辅助功能属性"对话框，如图 6.6 所示。如果需要修改这些属性，请分别设置，最后单击"确定"按钮。

对象标签辅助功能属性
标题：
访问键：
Tab 键索引：
确定
取消
帮助
如果在插入对象时不想输入此信息，请更改
"辅助功能"首选参数。

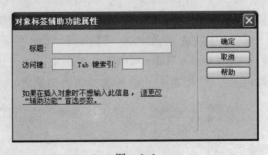

图 6.6

(7) 此时在文档光标位置出现了一个占位图形，Flash 动画在文档窗口中不可见，单击选择该占位图形，将属性检查器中"宽度"框内的数值修改为 400，"高度"框内的数值修改为 200,如图 6.7 所示。

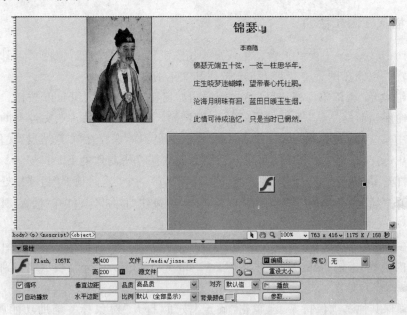

图　6.7

（8）按 Ctrl＋S 快捷键保存文档,如果用户第一次在站点中使用 Flash 动画,系统将打开一个对话框提示用户复制相关文件,单击"确定"按钮即可。

（9）如果要在文档窗口中查看 Flash 动画效果,可以单击属性检查器中的"播放"按钮 ▶ 播放 。

（10）按 F12 键可以在浏览器窗口中查看 Flash 动画效果,如图 6.8 所示。

李商隐

锦瑟 | 夜雨寄北 | 无题（一） | 无题（二）

锦瑟

李商隐

锦瑟无端五十弦,一弦一柱思华年。

庄生晓梦迷蝴蝶,望帝春心托杜鹃。

沧海月明珠有泪,蓝田日暖玉生烟。

此情可待成追忆,只是当时已惘然。

图　6.8

注意：对于没有安装 Flash 插件的浏览器，需要下载插件才能显示 Flash 动画。

6.2.2　插入 Flash 按钮

在 Dreamweaver 中提供了自动生成 Flash 按钮和文本的功能，使网页设计者不用使用 Flash 软件也能在网页中获得 Flash 按钮和文本的效果。

以下继续用"唐诗宋词精选"网站为例说明如何在网页中插入 Flash 按钮：

（1）确保当前网站是"唐诗宋词精选 6.2"网站。注意应确保站点文件夹的目录中不包含任何中文字符（例如，站点不能保存在"桌面"，也不能保存在"C:\站点"文件夹，而应该是 C:\sites\chap6\6.2 这样的目录），否则会无法保存所制作的 Flash 按钮。

（2）打开 lishangyin.htm 文件。将光标定位到第一个"返回顶部"超链接处。

（3）单击插入栏"常用"类别中的"媒体：Flash 按钮"按钮，打开"插入 Flash 按钮"对话框。

（4）在"样式"列表中选择第一种样式，在"按钮文本"框内输入文本"返回顶部"，在"字体"框内选择"宋体"，在"链接"框内输入"lishangyin.htm#top"（表示跳转到当前网页中的#top 锚点），如图 6.9 所示。

（5）确保其他选项保持不变，单击"确定"按钮，打开"对象标签辅助功能属性"对话框，单击"确定"按钮，则在光标位置插入了一个 Flash 按钮。

（6）选中该 Flash 按钮，按 Ctrl+C 快捷键复制，选中另外一个"返回顶部"超链接，按 Ctrl+V 快捷键将其替换。

（7）重复步骤（6），将网页中所有的"返回顶部"链接都替换为 Flash 按钮。

（8）按 Ctrl+S 快捷键保存文档，按 F12 键在浏览器窗口中查看 Flash 按钮的效果，如图 6.10 所示。如果单击该按钮，可以跳转到页面顶部。

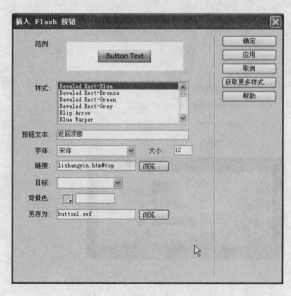

图　6.9

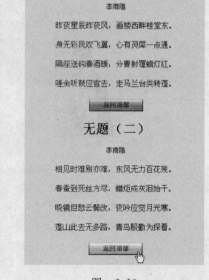

图　6.10

6.2.3　插入 Flash 文本

以下继续用"唐诗宋词精选"网站为例说明如何在网页中插入 Flash 文本：

（1）在"唐诗宋词精选 6.2"网站中打开 lishangyin.htm 文件，选择作为标题 1 的"李商隐"文本，然后将其删除。

（2）单击插入栏"常用"类别中的"媒体：Flash 文本"按钮 ，打开"插入 Flash 文本"对话框。

（3）在"字体"框内选择"新宋体"，在大小框内输入 30，在颜色框内选择"♯330000"，在转滚颜色框内选择"♯003366"，在文本框内输入文字"李商隐"，背景色选择"♯F0F0F0"，如图 6.11 所示。

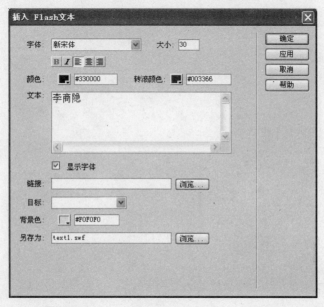

图　6.11

（4）单击"确定"按钮，打开"对象标签辅助功能属性"对话框，单击"确定"按钮，则在光标位置插入了一个 Flash 文本。

（5）单击属性检查器中的"播放"按钮 ，将鼠标移动到文字上即可查看 Flash 文本效果，也可以按 F12 键在浏览器窗口中预览。

习题

1. 简述常用的声音和视频文件格式。
2. 说明在网页中使用多媒体对象（包括声音、视频和 Flash）的方式。

上机实验

1. 按照本章中介绍的内容,制作并完善"唐诗宋词精选"网站。要求其中必须包含嵌入音频或视频、Flash 动画和 Flash 按钮。

2. 继续第 5 章中的上机实验第 2 题,仿照本章的介绍为自己的网站添加媒体效果。

第7章

表格与页面布局

页面布局是指以一定形式将网页中的信息组织起来,从而使网页易于阅读并达到一定审美标准。最基本和常用的页面布局方式是使用表格,此外还可以使用 CSS 和框架进行布局。本章主要介绍如何使用表格、CSS 和框架这 3 种工具来进行页面的布局。

7.1 使用表格显示内容

表格的基本功能是用来显示行列分明的数据,例如列车时刻表、体育比赛积分表、日程表等。本节介绍如何制作各种表格,来显示表格型数据。

7.1.1 制作简单表格

以下继续用"唐诗宋词精选"网站为例说明如何在网页中使用简单表格:

(1) 在资源管理器中建立 6.2 节中的站点文件夹的副本,将其重命名为"7.1"。

(2) 使用 2.2.1 节中介绍的方法将其指定为"唐诗宋词精选 7.1"网站。

(3) 在站点窗口中双击首页文件 index.htm,打开网站首页。

(4) 将光标定位到文档第一段文字末尾,按回车键添加一个新段落。

(5) 单击插入栏"布局"类别中的"表格"按钮。

(6) 打开"表格"对话框,在"行数"文本框内输入 1,在"列数"文本框内输入 4,"表格宽度"文本框内输入 100,设置宽度单位为"百分比",如图 7.1 所示。

(7) 保持其他项目不变,单击"确定"按钮,于是在文档添加了一个表格,如图 7.2 所示。

(8) 在文档中选中"唐诗"所在的列表,按 Ctrl+X 快捷键将其剪切下来,单击文档

图 7.1

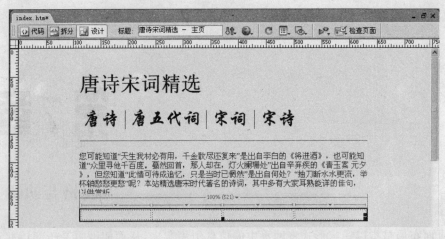

图 7.2

表格最左侧第一列,将光标定位到表格的第一个单元格内,按 Ctrl＋V 快捷键将剪切的内容粘贴上去。

（9）按照同样的方法,将文档中"唐五代词"、"宋词"、"宋诗"所在的列表文字剪切到其他 3 个单元格内,如图 7.3 所示。

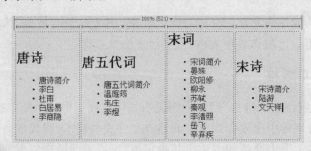

图 7.3

（10）从本步骤开始将使用 CSS 样式对表格进行修饰。选择"窗口"→"CSS 样式"命令显示"CSS 样式"面板。单击"新建 CSS 规则"按钮，打开"新建 CSS 规则"对话框。在"名称"文本框内输入 tablestyle,单击"确定"按钮,打开". tablestyle 的 CSS 规则定义"对话框。在左侧"分类"框内单击"区块",在"垂直对齐"选择框内选择"顶部"选项,如图 7.4 所示。此设置将使单元格中的内容在垂直方向上顶端对齐。

（11）在左侧"分类"框内单击"方框",在填充区域的"上"框内输入 5;在左侧"分类"框内单击"边框",保持选中"全部相同",在样式区域的"上"框内选择"实线",在宽度区域的框内输入数值 1,在颜色框内选择"黑色",单击"确定"按钮。

（12）单击文档表格外端虚线,或者将光标定位到表格,然后在标记符选择器中选择＜table＞标记符,选中表格,在属性检查器"类"列表中选择 tablestyle,为表格应用样式,如图 7.5 所示。当然,在制作表格时也可以使用该属性面板对表格进行修改,例如,添加背景颜色、设置对齐方式等。

（13）将光标定位到表格第一个单元格内,然后在标记符选择器中选择＜td＞标记

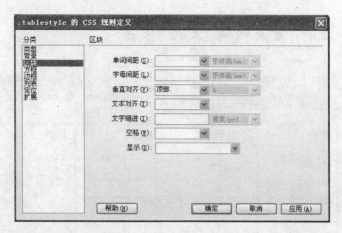

图 7.4

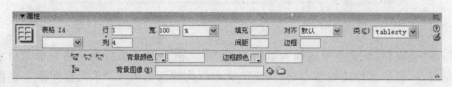

图 7.5

符,从而选中该单元格,在属性检查器中的"样式"下拉列表框中选择 tablestyle 为单元格应用样式,如图 7.6 所示。同样,也可以使用该属性面板设置单元格的属性,例如,设置水平对齐方式和垂直对齐方式等。

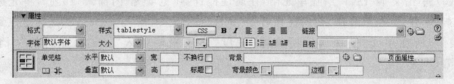

图 7.6

(14) 使用相同方法为其他单元格应用 tablestyle 样式。

(15) 将文档中不需要段落删除,按 Ctrl+S 快捷键保存文档,按 F12 键在浏览器窗口中预览效果,如图 7.7 所示。

7.1.2 制作嵌套表格

嵌套表格是指表格单元格中的内容是另外一个表格,通常用于实现复杂的布局效果。以下继续用"唐诗宋词精选"网站为例说明如何在网页中使用嵌套表格:

(1) 在"唐诗宋词精选 7.1"中新建一个文档,将其命名为 map. htm(此网页设置超链接后可以作为本站点的站点地图,以方便浏览者快速定位到相应作者和诗歌)。

(2) 在文档工具栏的"标题"框内输入文字"站点地图"。

(3) 单击插入栏"布局"类别中的"表格"按钮,打开"表格"对话框,在"行数"文本框内输入 5,在"列数"文本框内输入 3,"表格宽度"文本框内输入 100,设置宽度单位为"百

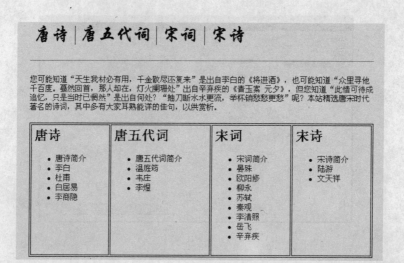

图　7.7

分比"，在"边框粗细"文本框内输入数值1，在"单元格边距"（是指单元格与单元格之间的空白距离，对应于属性检查器中的"间距"）文本框内输入数值5、"单元格间距"（是指单元格内容与单元格边框之间的距离，对应于属性检查器中的"填充"）文本框内输入数值0，保持其他项目不变，单击"确定"按钮。

（4）在表格第1行内的3个单元格中分别输入文字"栏目"、"作者"、"代表作"，然后在第1列的4个单元格内分别输入文字"唐诗"、"唐五代词"、"宋词"和"宋诗"。

（5）单击文本"栏目"所在单元格，在属性检查器"宽度"框内输入"15％"，将光标定位到文本"作者"所在单元格，在属性检查器"宽度"文本框内输入"15％"，将光标定位到文本"代表作"所在单元格，在属性检查器"宽度"文本框内输入"70％"，此时的文档窗口如图7.8所示。

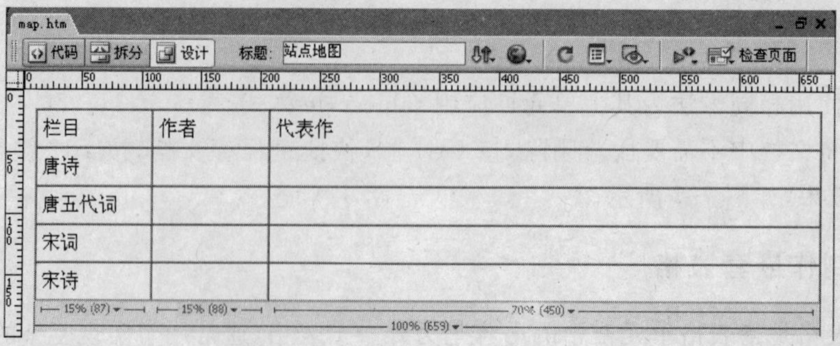

图　7.8

（6）单击表格第2行第2列中的单元格，单击插入栏"布局"类别中的"表格"按钮，打开"表格"对话框，在"行数"文本框内输入4，在"列数"文本框内输入1，在"表格宽度"文本框内输入100，设置宽度单位为"百分比"，分别在"边框粗细"、"单元格间距"文本框中输入数值0，"单元格边距"文本框内输入数值5，保持其他项目不变，单击"确定"按钮，于是插入了一个 4 行 1 列的表格,如图 7.9 所示。

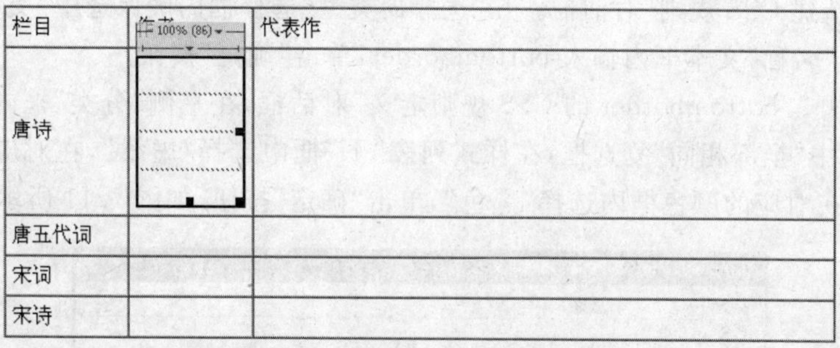

栏目	作者	代表作
唐诗		
唐五代词		
宋词		
宋诗		

图   7.9

(7) 单击表格第 2 行第 3 列中的单元格,重复步骤(6)插入一个相同的表格。

(8) 单击表格第 3 行第 2 列中的单元格,单击插入栏"布局"类别中的"表格"按钮，打开"表格"对话框,在"行数"文本框内输入 3,在"列数"文本框内输入 1,在"表格宽度"文本框内输入 100,设置宽度单位为"百分比",分别在"边框粗细"、"单元格间距"文本框内输入数值 0,"单元格边距"文本框内输入数值 5,保持其他项目不变,单击"确定"按钮,于是插入了一个 3 行 1 列的表格。

(9) 单击表格第 3 行第 3 列中的单元格,重复步骤(8)插入一个相同的表格。

(10) 使用类似方法,在第 4 行第 2 列单元格与第 4 行第 3 列单元格内分别插入一个 8 行 1 列的表格(除了行数不同,其他选项均相同)。

(11) 使用类似方法,在第 5 行第 2 列单元格与第 5 行第 3 列单元格分别插入一个 2 行 1 列的表格(除了行数不同,其他选项均相同)。

(12) 在这些单元格内输入文字,此时的文档窗口如图 7.10 所示。

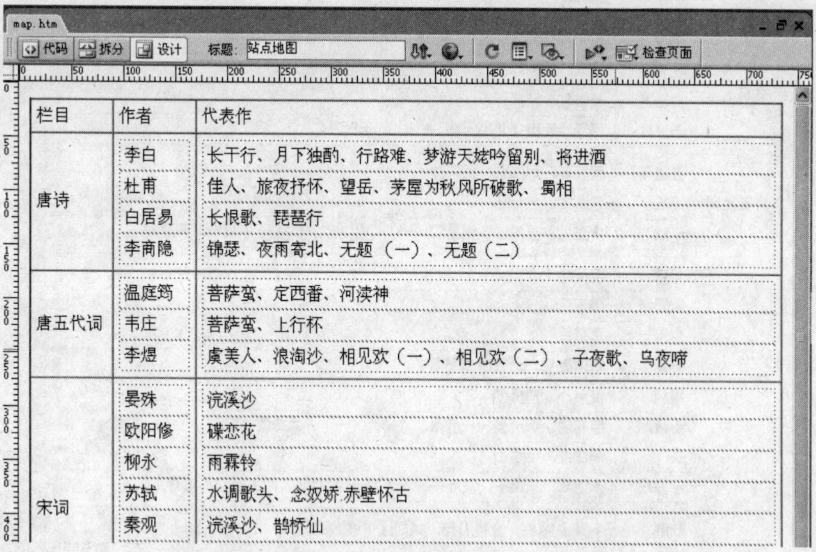

图   7.10

（13）选择"窗口"→"CSS 样式"命令显示"CSS 样式"面板。单击"新建 CSS 规则"按钮 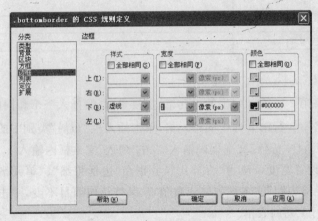，打开"新建 CSS 规则"对话框。在"选择器类型"选择框内确保选中"类（可应用于任何标签）"，在"名称"文本框内输入 bottomborder，单击"确定"按钮。

（14）打开".bottomborder 的 CSS 规则定义"对话框，在左侧"分类"框内单击"边框"选项，取消选中"全部相同"复选框，在样式列表"下"框中选择"虚线"，在对应的宽度框内输入数值 1，在对应的颜色框内选择"黑色"，单击"确定"按钮，如图 7.11 所示。

图　7.11

（15）选中文字"李白"所在的单元格，在属性检查器中"样式"框中选择 bottomborder 样式，将该样式应用于所选单元格。

（16）使用相同方法，将样式应用于所有其他嵌套表格的单元格。

（17）按 Ctrl＋S 快捷键保存文档，按 F12 键在浏览器窗口预览，效果如图 7.12 所示。

栏目	作者	代表作
唐诗	李白	长干行、月下独酌、行路难、梦游天姥吟留别、将进酒
	杜甫	佳人、旅夜抒怀、望岳、茅屋为秋风所破歌、蜀相
	白居易	长恨歌、琵琶行
	李商隐	锦瑟、夜雨寄北、无题（一）、无题（二）
唐五代词	温庭筠	菩萨蛮、定西番、河渎神
	韦庄	菩萨蛮、上行杯
	李煜	虞美人、浪淘沙、相见欢（一）、相见欢（二）、子夜歌、乌夜啼
宋词	晏殊	浣溪沙
	欧阳修	蝶恋花
	柳永	雨霖铃
	苏轼	水调歌头、念奴娇 赤壁怀古
	秦观	浣溪沙、鹊桥仙
	李清照	醉花阴、声声慢、一剪梅、点绛唇（一）、点绛唇（二）
	岳飞	满江红、小重山
	辛弃疾	永遇乐、采桑子、破阵子、青玉案、贺新郎、南乡子、水龙吟
宋诗	陆游	卜算子 咏梅、金错刀行、剑门道中遇微雨
	文天祥	正气歌

图　7.12

7.1.3　制作复杂表格

复杂表格是指包含合并单元格的表格。以下继续用"唐诗宋词精选"网站为例说明如何在网页中使用复杂表格：

（1）在"唐诗宋词精选 7.1"站点中新建一个文档，将其命名为 map2.htm。

（2）在文档工具栏"标题"框内输入文字"站点地图"。

（3）单击插入栏"布局"类别中的"表格"按钮 ，打开"表格"对话框，在"行数"文本框内输入 5，在"列数"文本框内输入 3，"表格宽度"文本框内输入 100，设置宽度单位为"百分比"，在"边框粗细"文本框内输入数值 0，在"单元格边距"文本框内输入数值 5、"单元格间距"文本框内输入数值 1，保持其他项目不变，单击"确定"按钮。

（4）在表格第 1 行内的 3 个单元格中分别输入文字"栏目"、"作者"、"代表作"，然后在第 1 列的 4 个单元格内分别输入文字"唐诗"、"唐五代词"、"宋词"和"宋诗"。

（5）单击文本"栏目"所在单元格，在属性检查器"宽度"框内输入 10%，将光标定位到文本"作者"所在单元格，在属性检查器"宽度"框内输入 10%，将光标定位到文本"代表作"所在单元格，在属性检查器"宽度"框内输入 80%，此时的效果参见图 7.8。

（6）单击表格第 2 行第 2 列单元格，单击属性检查器中的"拆分单元格为行或列"按钮 ，打开"拆分单元格"对话框，在"把单元格拆分"域中选择确保选中"行"选项，在"行数"文本框中输入数值 4，如图 7.13 所示，单击"确定"按钮。

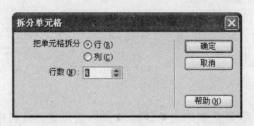

图　7.13

（7）单击表格第 2 行第 3 列单元格，使用步骤（6）相同的方法将其拆分为 4 行。

（8）单击表格第 3 行第 2 列单元格，将其拆分为 3 行；单击表格第 3 行第 3 列单元格，将其拆分为 3 行。

（9）单击表格第 4 行第 2 列单元格，将其拆分为 8 行；单击表格第 4 行第 3 列单元格，将其拆分为 8 行。

（10）单击表格第 5 行第 2 列单元格，将其拆分为 2 行；单击表格第 5 行第 3 列单元格，将其拆分为 2 行。

（11）单击文本"栏目"所在单元格，将鼠标移动到单元格上方，当光标变为向下箭头时单击，即可选中该列，此时在属性检查器中将背景颜色修改为"♯EEEEEE"。

（12）使用相同方法将文本"作者"所在列和文本"代表作"所在列的单元格背景颜色修改为"♯EEEEEE"。

（13）在表格内任意处单击,在标记符选择器中选择＜table＞标记符,在属性检查器中将背景颜色修改为"＃000000"。

（14）分别在对应单元格内复制或输入文本。

（15）按 Ctrl＋S 快捷键保存文档,按 F12 键在浏览器窗口预览效果,如图 7.14所示。

栏目	作者	代表作
唐诗	李白	长干行、月下独酌、行路难、梦游天姥吟留别、将进酒
	杜甫	佳人、旅夜抒怀、望岳、茅屋为秋风所破歌、蜀相
	白居易	长恨歌、琵琶行
	李商隐	锦瑟、夜雨寄北、无题（一）、无题（二）
唐五代词	温庭筠	菩萨蛮、定西番、河渎神
	韦庄	菩萨蛮、上行杯
	李煜	虞美人、浪淘沙、相见欢（一）、相见欢（二）、子夜歌、乌夜啼
宋词	晏殊	浣溪沙
	欧阳修	碟恋花
	柳永	雨霖铃
	苏轼	水调歌头、念奴娇·赤壁怀古
	秦观	浣溪沙、鹊桥仙
	李清照	醉花阴、声声慢、一剪梅、点绛唇（一）、点绛唇（二）
	岳飞	满江红、小重山
	辛弃疾	永遇乐、采桑子、破阵子、青玉案、贺新郎、南乡子、水龙吟
宋诗	陆游	卜算子·咏梅、金错刀行、剑门道中遇微雨
	文天祥	正气歌

图　7.14

制作本实例中的 1 像素粗细的表格框线效果的要点是：将表格的背景颜色设置为要显示的线的颜色（例如黑色）,将表格的"单元格边距"设置为1（或其他想要的粗细）,将单元格的背景颜色设置为不同于表格背景颜色的其他颜色（例如白色）。

7.2　使用布局模式布局

由于表格能将页面划分为任意矩形区域,所以是很常用的一种页面布局工具。实际上,在 Internet 上的多数网页都是用表格辅助布局的。即使在 CSS 布局非常普及的今天,表格布局仍然占据着重要的一席之地。

7.2.1　表格在页面布局中的作用

如图 7.15 所示是一个布局良好的页面,如果将其在 Dreamweaver 中打开,然后切换到"布局模式"（选择"查看"→"表格模式"→"布局模式"命令）,可以看出它采用了一种布局表格的方式进行布局,如图 7.16 所示。这样的布局表格层层嵌套,构成了比较复杂的页面结构。

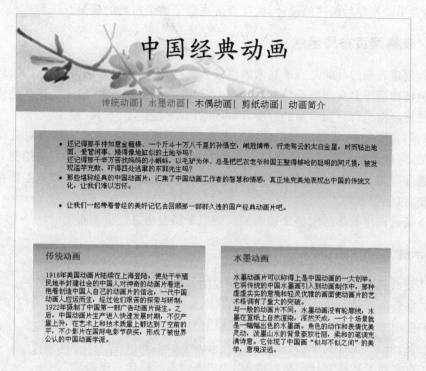

图　7.15

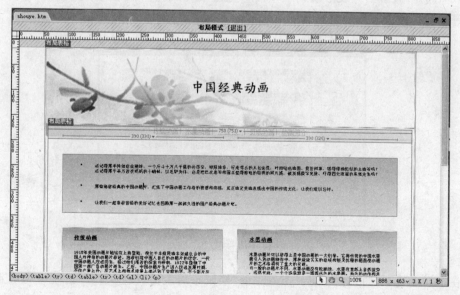

图　7.16

布局表格中包含若干多个布局单元格,我们只能在布局单元格中添加网页内容,例如,文本、图片以及其他的一些多媒体信息等,这样通过布局表格与布局单元格的相互配合,就形成了页面的布局。

由此可知,设计网页布局实际就是要设计布局表格与布局单元格,这两者之间位置排列、表格大小以及前后顺序的设计,往往直接决定了整个布局的质量。

7.2.2　表格网页布局示例

最初创建表格的目的是为了显示表格式数据,而不是用于对网页进行布局;但由于表格的行列特性适于对页面进行分割,因此一直以来都被作为一种布局工具广泛使用。为了简化使用表格进行页面布局的过程,Dreamweaver 提供了"布局"模式。

在"布局"模式中,设计者可以在添加内容前使用布局单元格和表格来对页面进行布局。例如,可以沿网页的顶部绘制一个单元格放置标题图形,在网页的左边绘制另一个单元格放置导航条,在右边绘制第三个单元格放置内容。添加内容时,可以按需要在四周移动单元格,以调整布局。

以下通过两个具体的实例来说明如何使用布局表格进行页面布局。

1. 示例 1

以下继续用"唐诗宋词精选"网站为例说明如何在网页中使用布局表格:

(1) 在资源管理器中建立 7.1 节中的站点文件夹的副本,将其重命名为"7.2"。

(2) 使用 2.2.1 节中介绍的方法将其指定为"唐诗宋词精选 7.2"网站。

(3) 在 tanshi 文件夹中,新建一个文件 lishanyin2. htm。

(4) 在文档工具栏"标题"框内输入文字"唐诗宋词精选—李商隐"。

(5) 选择"查看"→"表格模式"→"布局模式"命令,打开"从布局模式开始"对话框,其中解释了如何使用布局表格和布局单元格,如图 7.17 所示,单击"确定"按钮。

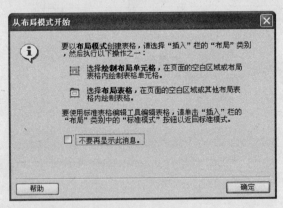

图　7.17

在布局模式下,插入栏"布局"类别中的"绘制布局表格"按钮 ▣ 和"绘制布局单元格"按钮 ▤ 变为可用显示。

(6) 单击"绘制布局表格"按钮 ▣,在文档窗口中拖动鼠标,绘制一个布局表格,如图 7.18所示。

(7) 单击"绘制布局单元格"按钮 ▤,在布局表格顶部拖动鼠标,绘制一个充满布局表

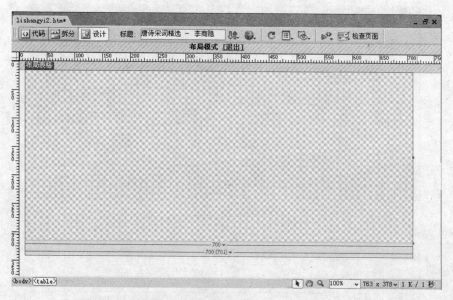

图 7.18

格顶部的布局单元格,如图 7.19 所示。

图 7.19

(8) 单击"绘制布局单元格"按钮 囻,在布局表格左侧拖动鼠标绘制一个布局单元格,如图 7.20 所示。

(9) 单击"绘制布局单元格"按钮 囻,在布局表格右侧拖动鼠标绘制一个布局单元格,如图 7.21 所示。

(10) 单击"绘制布局单元格"按钮 囻,在布局表格底部拖动鼠标绘制一个布局单元格,使得整个布局表格充满。

(11) 打开 lishangyin. htm 文件,选择第一条水平线之前所有内容按 Ctrl＋C 快捷键复制,切换到 lishangyin2. htm 文件,在第一个布局单元格中单击,按 Ctrl＋V 快捷键粘贴。

图　7.20

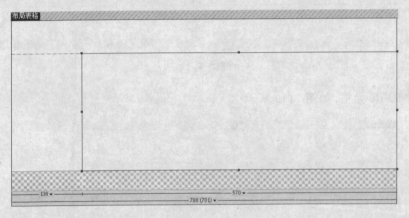

图　7.21

（12）切换到 lishangyin. htm 文件，选择页面中列表文字按 Ctrl＋C 快捷键复制，再切换到 lishangyin2. htm 文件，在第二个布局单元格中单击，按 Ctrl＋V 快捷键粘贴。

（13）切换到 lishangyin. htm 文件，选择页面中间内容按 Ctrl＋C 快捷键复制，再切换到 lishangyin2. htm 文件，在第三个布局单元格中单击，按 Ctrl＋V 快捷键粘贴。

（14）切换到 lishangyin. htm 文件，选择页面第二条水平线下面的内容按 Ctrl＋C 快捷键复制，再切换到 lishangyin2. htm 文件，在第四个布局单元格中单击，按 Ctrl＋V 快捷键粘贴。

（15）布局单元格内添加了内容后，布局表格会自动向下扩展，可以根据需要适当调整布局单元格。如果页面布局复杂，还可以在布局单元格中继续绘制另外一个布局表格，从而构成嵌套表格的效果。

如果需要移动布局表格或布局单元格，可以单击布局表格顶部的"布局表格"标签或者单击单元格周围的边线，选中要移动的布局单元格或布局表格，然后按键盘上的方向键或按住鼠标进行拖曳，即可将布局表格或者布局单元格移动到指定位置。

如果需要调整布局表格或布局单元格的大小，可以选中布局表格或布局单元格，此时在所选中对象的周围会出现控制手柄，拖曳手柄，即可改变布局表格或布局单元格的大小。如果要精确控制单元格或表格的大小，可以先选取单元格或表格，然后在属性面板中的"宽"和"高"文本框内输入对应的数值。布局表格和布局单元格的属性面板分别如图 7.22 和图 7.23 所示，可以使用它们设置对应属性。

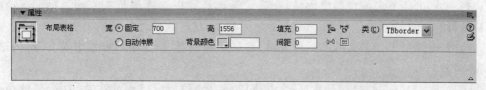

图　7.22

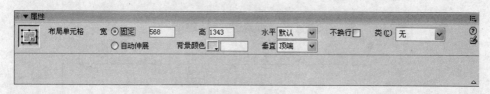

图　7.23

　　（16）选择"窗口"→"CSS 样式"命令显示"CSS 样式"面板，单击"附加样式表"按钮，打开"链接样式表"对话框，在"文件/URL"框内选择站点中的 tangshi.css 文件，单击"确定"按钮。

　　（17）单击"新建 CSS 规则"按钮，打开"新建 CSS 规则"对话框，在"选择器类型"选择框内确保选中"类（可应用于任何标签）"，在"名称"文本框内输入 TBborder，在"定义在"选项区域内选中"仅对该文档"复选框，单击"确定"按钮。

　　（18）打开".TBborder 的 CSS 规则定义"对话框，在左侧"分类"框内单击"背景框"，在"背景颜色"框内选择"♯FFFFCC"作为背景颜色。

　　在左侧"分类"框内单击"方框"，保持选中"填充"框中的"全部相同"选项，在"上"框中输入数值 8。

　　在左侧"分类"框内单击"边框"，保持选中所有的"全部相同"选项，在样式列表"上"框中选择"实线"，在对应的"宽度"文本框内输入数值 1，在对应的"颜色"框内选择"黑色"，单击"确定"按钮。

　　（19）新建一个仅用于当前文档的类样式，命名为 border_bottom，将下边框样式设置为 1 像素黑色（其他方向上没有边框）。

　　（20）新建一个仅用于当前文档的类样式，命名为 border_right，将右边框样式设置为 1 像素黑色（其他方向上没有边框）。

　　（21）新建一个仅用于当前文档的类样式，命名为 border_top，将上边框样式设置为 1 像素黑色（其他方向上没有边框）。

　　（22）在文档窗口中，单击文档顶部绿色的"布局表格"标签，在属性检查器"类"选择框内选择 TBborder 应用样式，此时表格的四周出现框线。

　　（23）单击最上面的布局单元格，在标记符选择器中选择最近的<td>标记符，在属性检查器"类"选择框内选择 border_bottom 应用样式,这时该单元格显示底边框。

(24) 单击最左面的布局单元格,在标记符选择器中选择最近的<td>标记符,在属性检查器"类"选择框内选择 border_right 应用样式,这时该单元格显示右边框。

(25) 单击最下面的布局单元格,在标记符选择器中选择最近的<td>标记符,在属性检查器"类"选择框内选择 border_top 应用样式,这时该单元格显示上边框。

(26) 确保选中最下面的布局单元格,在属性检查器"单元格内容水平对齐"框内选择"居中对齐"。

(27) 按 Ctrl+S 快捷键保存文档,按 F12 键在浏览器窗口预览效果,如图 7.24 所示。

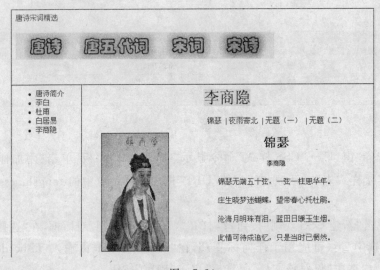

图 7.24

2. 示例 2

以下继续用"唐诗宋词精选"网站为例说明如何在网页中使用布局表格:

(1) 打开站点"唐诗宋词精选 7.2"。

(2) 将要使用的图像文件夹 liyu 复制到站点的 images 文件夹中。

(3) 在站点中双击 tangwudaici 文件夹,双击 liyu.htm 打开该文档。

(4) 在文档工具栏"标题"框内输入文字"唐诗宋词精选—李煜"作为文档标题。

(5) 选择"查看"→"表格模式"→"布局模式"命令,打开"从布局模式开始"对话框,单击"确定"按钮。

(6) 在布局模式下单击"绘制布局表格"按钮,在文档窗口绘制一个布局表格,按住 Ctrl 键不放,单击"绘制布局单元格"按钮,在布局表格中连续绘制 7 个布局单元格将整个布局表格填充,如图 7.25 所示。

(7) 在第一个布局单元格内添加内容,如图 7.26 所示。

(8) 在页面左侧布局单元格内添加内容,如图 7.27 所示。

(9) 在页面中部 4 个布局单元格内分别添加内容,如图 7.28 所示。

(10) 在页面底部布局单元格内添加内容,如图 7.29 所示。

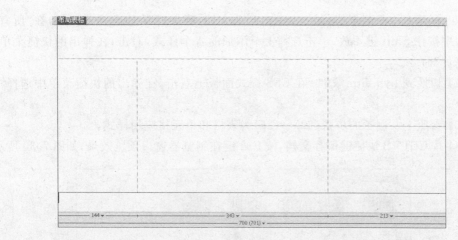

布局表格
144
343
213
700 (701)

图　7.25

布局表格
唐诗宋词精选
唐诗
唐五代词
宋词
宋诗

图　7.26

唐五代词
温庭筠
韦庄
李煜

图　7.27

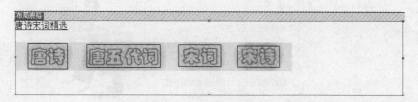

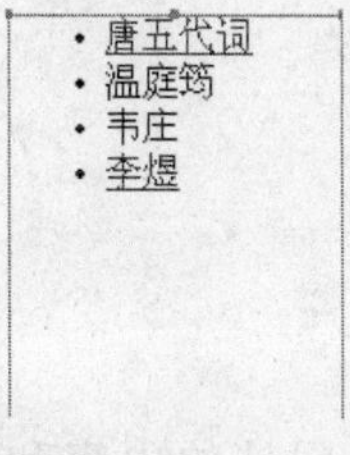

虞美人
李煜
春花秋月何时了，往事知多少。
小楼昨夜又东风，故国不堪回首月明中。
雕栏玉砌应犹在，只是朱颜改。
问君能有几多愁，恰似一江春水向东流。
浪淘沙
李煜
帘外雨潺潺，春意阑珊，罗衾不耐五更寒。
梦里不知身是客，一晌贪欢。
独自莫凭阑！无限江山，别时容易见时难。
流水落花春去也，天上人间。

图　7.28

唐诗 | 唐五代词 | 宋词 | 宋诗
© 版权所有 2008
144
357
199
700 (701)

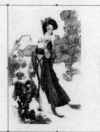

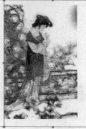

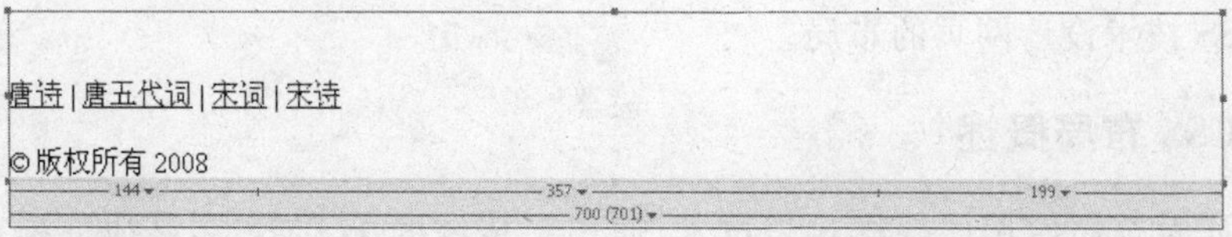

图　7.29

(11) 打开上一节制作的 lishangyin2.htm 文档,确保打开 CSS 样式面板,在"所有规则"窗口中按住 Shift 键不放,单击选择上节添加的 4 个样式,右击,在弹出的快捷菜单中选择"拷贝"命令。

(12) 切换到 liyu.htm 文件,在 CSS 样式面板上右击,在弹出的快捷菜单中选择"粘贴"命令。

(13) 参照上一例子的步骤(22)~(26)为表格和单元格应用样式。

(14) 按 Ctrl+S 快捷键保存文档,按 F12 键在浏览器窗口预览效果,如图 7.30 所示。

图　7.30

7.3　使用 CSS 布局

CSS 布局是近年来逐步成为主流的一种布局方式。由于它将网站的内容和表现形式几乎完全分开,因此使得网站的开发和维护更加方便。本节介绍如何在 Dreamweaver 中使用 CSS 技术设计网页的布局。

7.3.1　CSS 布局概述

CSS 页面布局使用层叠样式表技术,而不是传统的 HTML 表格或框架对页面内容进行组织。CSS 布局的基本构造块是 div 标记符,在大多数情况下用作文本、图像或其他页面元素的容器。当设计者创建 CSS 布局时,应将 div 标记符放在页面的不同位置上,然后向这些标记符中添加内容。

与表格单元格被限制在表格行和列中的某个现有位置不同,div 标记符可以出现在网页上的任何位置。进行 CSS 布局时,既可以用绝对方式(指定 x 和 y 坐标),也可以用相对方式(指定与其他页面元素的距离)来定位 div 标记符。

创建 CSS 布局有多种方法,最常见的是 3 种:

(1) 使用随 Dreamweaver 提供的预设计 CSS 布局是使用 CSS 布局创建页面的最简便方法。利用这些预设计的 CSS 布局,用户可以快速创建出常见的两列、三列等网页结构。

(2) 也可以使用 Dreamweaver 绝对定位元素(AP 元素)来创建 CSS 布局。Dreamweaver 中的 AP 元素是分配有绝对位置的 HTML 页面元素(一般是 div 标记符)。不过,Dreamweaver AP 元素的局限性是:由于它们是绝对定位的,因此它们的位置无法根据浏览器窗口的大小在页面上进行调整。

(3) 对于高级用户来说,还可以手动插入 div 标记符,并将 CSS 定位样式应用于这些标记符,以创建页面布局。

7.3.2　使用内置 CSS 布局

Dreamweaver 通过提供 30 多个兼容多种浏览器的预设计布局,使设计者可以轻松地使用 CSS 布局构建页面。

以下继续用"唐诗宋词精选"网站为例说明如何在网页中使用内置 CSS 布局:

(1) 在资源管理器中建立 7.2 节中的站点文件夹的副本,将其重命名为"7.3"。

(2) 使用 2.2.1 节中介绍的方法将其指定为"唐诗宋词精选 7.3"网站(指定 images 文件夹为默认图像文件夹)。

(3) 选择"文件"→"新建"命令,打开"新建文档"对话框,在"布局"选择框内选择"2 列液态,左侧栏,标题和脚注",如图 7.31 所示,单击"创建"按钮。

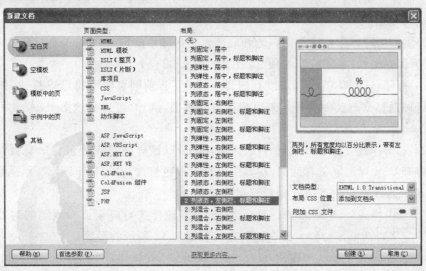

图　7.31

内置的 CSS 布局提供了下列类型的列：固定、弹性、液态和混合。

"固定"是指列宽以像素为单位指定，因此列的大小不会根据浏览器的大小或站点访问者的文本设置来调整。

"弹性"是指列宽以相对于文本大小的度量单位（em）指定的。如果站点访问者更改了文本尺寸设置，该设计将会自动进行调整，但不会基于浏览器窗口的大小来更改列宽。

"液态"是指列宽以站点访问者的浏览器宽度的百分比形式指定。如果站点访问者将浏览器变宽或变窄，该设计将会自动进行调整，但不会基于站点访问者的文本尺寸设置来更改列宽度。

"混合"是指用上述 3 个选项的任意组合来指定列类型。例如，对于两列布局，可以将左列设计为根据站点访问者的文本设置大小缩放的弹性列，而右列设计为根据浏览器大小缩放的列。

在"新建文档"对话框中，还可以设置在何处存放 CSS 布局规则。默认选项是"添加到文档头"，也就是创建仅用于本文档的 CSS 规则。如果选择"新建文件"，则可以在一个新的外部样式表文件中保存 CSS 规则，之后可以通过链接的方式使用该样式表。如果用"新建文件"方式创建了布局样式表文件，那么在需要创建同样布局的其他网页时，可以选择"链接到现有文件"，然后链接到刚才创建的样式表。

（4）在文档工具栏"标题"框内输入文字"唐诗宋词精选—李商隐"作为文档标题。

（5）按 Ctrl＋S 快捷键将文档保存为 tangshi/lishangyin3.htm。

（6）打开 lishangyin2.htm 文件。

（7）返回 lishangyin3.htm 文件，在页面顶部矩形区域选择文字"标题"，按 Delete 键将其删除，切换到 lishangyin2.htm 文件，将顶部布局单元格中的内容复制，返回 lishangyin3.htm 文件，将复制内容粘贴到页面顶部的矩形区域内。

（8）选择页面左侧栏中的内容并将其删除，将 lishangyin2.htm 文件中左侧布局单元格中的内容复制到其中。

（9）使用相同方法替换页面右侧和底部矩形区域中的内容。

（10）保存文档，在浏览器中预览，效果如图 7.32 所示。

（11）打开 CSS 样式面板，可以看到其中列出了当前网页使用的 CSS 样式，如图 7.33 所示。可以通过修改其中的样式来更改布局的效果，例如，可以更改 body 样式的背景颜色和默认字体。

（12）双击样式".twoColLiqLtHdr♯container"（该样式对应于包含所有页面内容的容器），打开 CSS 规则定义对话框，在其中将背景颜色修改为"♯FFFFCC"（原来是白色），在 Dreamweaver 窗口中可以立刻看到相应变化。

（13）双击样式".twoColLiqLtHdr♯header"（该样式对应于页面顶部的容器），打开 CSS 规则定义对话框，选择"方框"类别，进行如图 7.34 所示的设置。

（14）双击样式".twoColLiqLtHdr♯mainContent"（该样式对应于页面左侧的容器），打开 CSS 规则定义对话框，选择"方框"类别，进行如图 7.35 所示的设置。

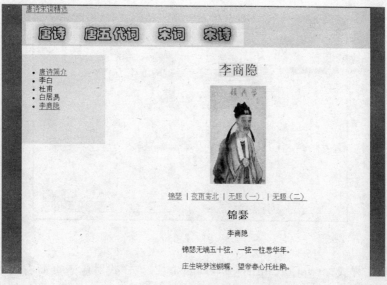

图 7.32

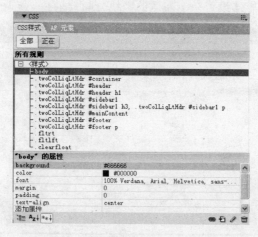

图 7.33

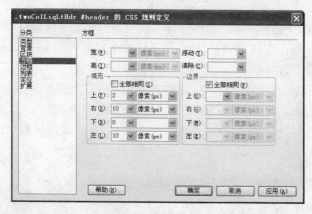

图 7.34

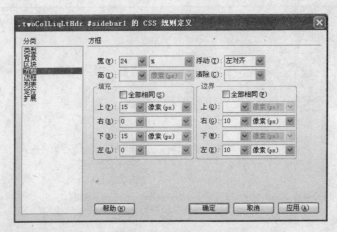

图 7.35

（15）双击样式".twoColLiqLtHdr#sidebar1"（该样式对应于页面右侧的容器，也就是容纳主体内容的框），打开CSS规则定义对话框，选择"边框"类别，进行如图7.36所示的设置，这样可以为该容器设置一个左侧的竖线分隔效果。

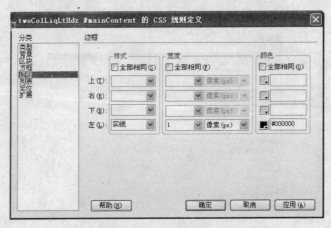

图 7.36

（16）双击样式".twoColLiqLtHdr#footer"（该样式对应于页面底部的容器），打开CSS规则定义对话框。选择"类型"类别，将字体大小设置为"14像素"；选择"区块"类别，将文本对齐方式设置为"居中"。

（17）保存文档，在浏览器中预览，此时效果如图7.37所示（与图7.32的区别在于：页面的主体部分添加了背景颜色，顶部的文字与页面边界之间添加了一定距离，左侧的容器添加了左右边界，右侧容器的左边添加了一条竖线，页面底部容器中的文字设置了大小和对齐。

7.3.3 使用AP元素进行布局

在Dreamweaver中，所谓AP元素就是绝对定位（Absolute Positioning）元素，它们是

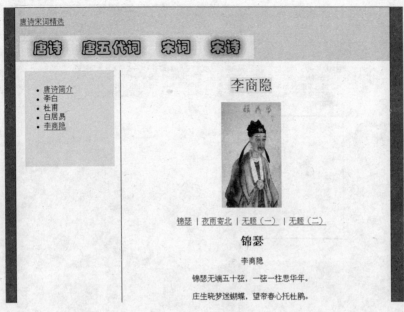

图 7.37

使用 CSS 绝对定位技术创建出的容器（较早版本的 Dreamweaver 称其为"层"）。AP 元素可以包含文本、图像或其他任何可放置到 HTML 文档正文中的内容。在使用 AP 元素进行布局时，可以将一个 AP 元素放置到另一个 AP 元素的前后，或者隐藏某些 AP 元素而显示其他 AP 元素，以及在屏幕上移动 AP 元素等。

以下通过两个具体实例说明如何使用 AP 元素进行页面布局。

1. 示例 1

以下继续用"唐诗宋词精选"网站为例说明如何在网页中使用 AP 元素进行布局：

（1）在站点"唐诗宋词精选 7.3"中打开 index.htm 文件，选择"文件"→"另存为"命令，将文件另存为 index2.htm。

（2）将文件中的表格删除，然后将光标定位到文本段落后，按数次回车键添加多个段落。

（3）单击插入栏"布局"类别中的"绘制 AP Div"按钮，在文档空白处拖动鼠标，绘制一个 AP 元素，如图 7.38 所示。

（4）在 AP 元素内单击，输入相应文本。文本内容可以用属性检查器进行修饰，就像在网页其他部分一样。

（5）按住 Ctrl 键不放，单击"绘制 AP Div"按钮，在文档中连续绘制 3 个 AP 元素，如图 7.39 所示。

（6）分别将文本内容添加到这些 AP 元素内，并进行适当的修饰。

（7）如果需要调整 AP 元素的位置，在选中 AP 元素后拖动左上角的控制柄即可。

（8）如果需要调整 AP 元素的大小，应单击 AP 元素外边框，然后拖放边框上的手柄。

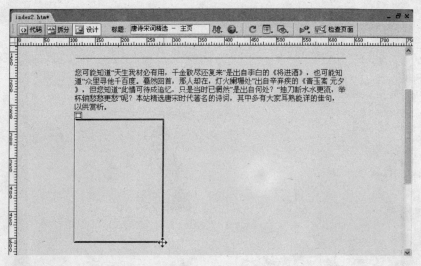

图 7.38

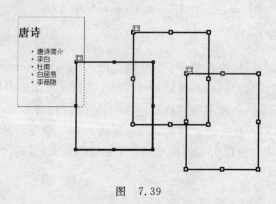

图 7.39

（9）如果需要调整 AP 元素的层叠顺序，应选择"窗口"→"AP 元素"命令打开"AP 元素"面板，如图 7.40 所示。可以通过直接在列表中拖曳相应的 AP 元素来调整层叠顺序，也可以通过修改 Z 值来调整（Z 值大的 AP 元素覆盖 Z 值小的 AP 元素）。

（10）选中第一个 AP 元素，在属性检查器中将背景颜色设置为"♯FFCCFF"，如图 7.41 所示。

（11）依次选择其他 3 个 AP 元素，在对应属性检查器中将背景颜色设置成不同的颜色，如图 7.42 所示。

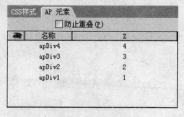

图 7.40

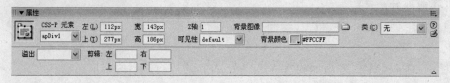

图 7.41

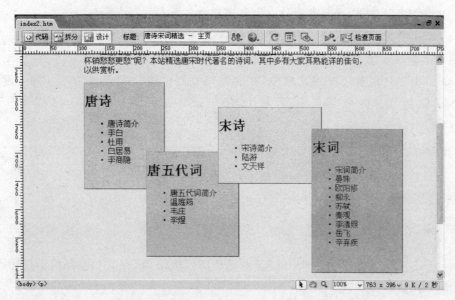

图 7.42

（12）按 Ctrl＋S 快捷键保存文档，按 F12 键在浏览器窗口预览，效果如图 7.43 所示。

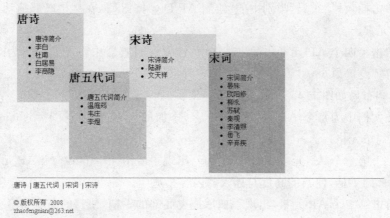

图 7.43

2. 示例 2

以下继续用"唐诗宋词精选"网站为例说明如何在网页中使用 AP 元素进行布局：

（1）在站点"唐诗宋词精选 7.3"中新建一个空白文档。

（2）在文档工具栏"标题"框内输入文字"唐诗宋词精选—李商隐"作为文档标题。

（3）将文档保存到 tangshi 文件夹中并将其命名为 lishangying4.htm。

（4）单击插入栏"布局"类别中的"绘制 AP Div"按钮 ，在文档顶部拖动鼠标，绘制一个 AP 元素。

（5）单击 AP 元素边框将其选中，在属性检查器中将"左"设置为 50，"上"设置为 30，"宽"设置为 600，"高"设置为 130，"背景颜色"设置为"♯CCFF99"，如图 7.44 所示。

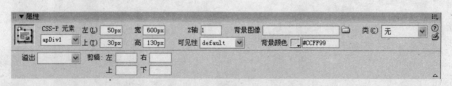

图　7.44

（6）单击插入栏"布局"类别中的"绘制 AP Div"按钮 ，在文档左侧拖动鼠标，绘制第二个 AP 元素。

（7）单击第二个 AP 元素边框将其选中，在属性检查器中将"左"设置为 50，"上"设置为 160，"宽"设置为 140，"高"设置为 200，"背景颜色"设置为"♯CCFFCC"。

（8）单击插入栏"布局"类别中的"绘制 AP Div"按钮 ，在文档右侧拖动鼠标，绘制第三个 AP 元素。

（9）单击第三个 AP 元素边框将其选中，在属性检查器中将"左"设置为 190，"上"设置为 160，"宽"设置为 460，"高"设置为 200，"背景颜色"设置为"♯FFFFCC"。

（10）单击插入栏"布局"类别中的"绘制 AP Div"按钮 ，在文档底部拖动鼠标，绘制第四个 AP 元素。

（11）单击第四个 AP 元素边框将其选中，在属性检查器中将"左"设置为 50，"上"设置为 360，"宽"设置为 600，"高"设置为 120，"背景颜色"设置为"♯CCFFFF"。

此时文档布局如图 7.45 所示。

（12）在文档中为每个 AP 元素添加内容（添加的内容请参见文档 lishangyin2.htm 对应的各布局单元格）。

（13）由于第三个 AP 元素中的内容较多，出现了溢出。单击第三个 AP 元素，出现手柄后拖曳底部的手柄，使其的高度与插入的内容相适应。

（14）单击第二个 AP 元素，出现手柄后拖曳底部的手柄，使其的高度与第三个 AP 元素相同。

（15）将第四个 AP 元素向下移动，将其调整到文档底端适当位置。

（16）打开 CSS 样式面板，可以看到其中列出了当前网页使用的 CSS 样式，如图 7.46 所示。

单击"♯apDiv1"样式（对应于第一个 AP 元素），在"♯apDiv1"的属性框中列出了当前已经设置的CSS属性，可以看出主要是背景属性和定位属性。在"只显示设置属性"视

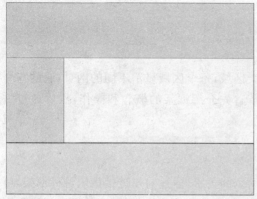

图 7.45

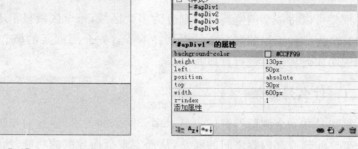

图 7.46

图下,单击"添加属性",在列表中选择 padding-left(左边的填充),设置为 15px;再单击"添加属性",在列表中选择 padding-top(上边的填充),设置为 15px。

(17) 单击"♯apDiv2"样式(对应于第二个 AP 元素),单击"添加属性",设置 padding-top 为 20px。

(18) 单击"♯apDiv3"样式(对应于第三个 AP 元素),单击"添加属性",设置 padding-top 为 20px;单击"添加属性",设置 padding-left 为 15px(此数值应与"♯apDiv1"的 padding-left 值相同,这样才能保证边界对齐)。

(19) 单击"♯apDiv4"样式(对应于第四个 AP 元素),单击"添加属性",设置 text-align(文本对齐方式)为 center(居中);单击"添加属性",设置 font-size(文本大小)为 14px;单击"添加属性",设置 padding-top 为 20px;单击"添加属性",设置 padding-left 为 15px(此数值应与"♯apDiv1"的 padding-left 值相同,这样才能保证边界对齐)。

(20) 按 Ctrl+S 快捷键保存文档,按 F12 键在浏览器窗口预览,效果如图 7.47 所示。

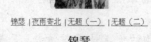

图 7.47

7.4 使用框架布局

框架可以将一个浏览器窗口划分为多个区域,每个区域显示不同的网页,它的这个特性使其成为一种实用的网页布局工具。本节首先介绍框架的概念和操作,然后通过一个实例说明如何用框架进行页面布局。

7.4.1 什么是框架

框架是在一个浏览器窗口中显示多个网页的技术,通过为超链接指定目标框架,可以为框架之间建立起内容之间的联系,从而实现页面导航的功能,所以框架经常用于页面的导航和信息的组织。

最典型的框架结构是各种联机帮助系统,它们通常都采用一种目录式结构,左边是帮助主题,右边是帮助内容;当单击左边的超链接时,相应的内容显示在右边的框架中,图 7.48 显示了 Dreamweaver 联机帮助的效果。

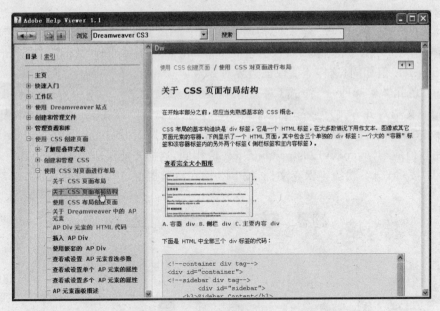

图 7.48

由于框架的这种导航功能,它在 WWW 中的应用也相当广泛。例如,图 7.49 显示了一个采用框架导航结构的站点,当单击左边框架中的导航按钮时,相应内容显示在右边的框架中。

说明:使用框架结构的优点是导航清楚、下载速度快,但框架也有一些固有的缺点,例如难以为特定页面设置书签等。如果网站的观众是所有互联网用户,一般建议不要使用框架。如果网站的观众是某特定群体,例如某教学网站针对的特定学生群体,则可以根据需要选择是否使用框架。

图　7.49

7.4.2　框架布局示例

以下继续用"唐诗宋词精选"网站为例说明如何在网页中使用框架布局：

（1）在资源管理器中建立 7.3 节中的站点文件夹的副本，将其重命名为"7.4"，新建一个文件夹 liyuframe，然后将根目录中的 images 文件夹复制到该文件夹中。

（2）使用 2.2.1 节中介绍的方法将其指定为"唐诗宋词精选 7.4"网站（指定 images 文件夹为默认图像文件夹）。

（3）选择"文件"→"新建"命令，选择"示例中的页"→"框架集"→"上方固定，左侧嵌套"选项，单击"创建"按钮，如图 7.50 所示。

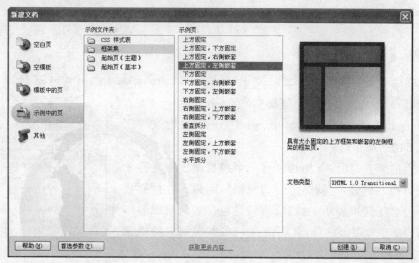

图　7.50

（4）打开"框架标签辅助功能属性"对话框，确保各选项不变，单击"确定"按钮，如图 7.51 所示。

（5）选择"窗口"→"框架"命令，打开"框架"面板，该面板主要用于选择框架集和框架，如图 7.52 所示。

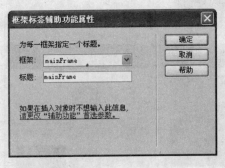

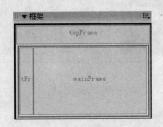

图　7.51　　　　　　　　　　　　　　　　　图　7.52

此时的文档窗口如图 7.53 所示。

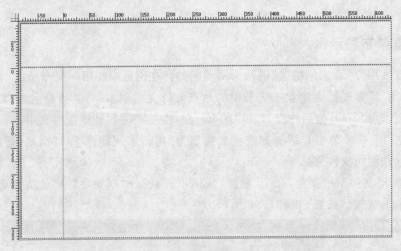

图　7.53

（6）选择"文件"→"保存全部"命令，将所有文件都保存到 liyuframe 文件夹，依次命名为：liyuFrameset. htm（整个框架集）、liyumain. htm（下右框）、liyuleft. htm（下左框）、liyutop. htm（上框），此时文件面板如图 7.54 所示。

在使用框架布局时，首先必须有一个网页用于指定整个浏览器窗口如何划分，也就是所谓的框架集网页。在框架集网页中不包含任何可显示的内容，而只是包含如何组织各个框架的信息和框架中的初始页面信息。在本实例中的框架集网页就是 liyuFrameset. htm，在该文件中将窗口划分为 3 个子窗口，每个子窗口中包含一个单独的网页，分别是

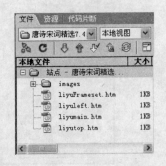

图　7.54

liyumain. htm、liyuleft. htm 和 liyutop. htm。

（7）制作 liyuFrameset. htm 文档。单击框架面板最外围的边框,选择框架集文档,在文档工具栏"标题"框内输入文字"李煜—Frame"作为标题,按 Ctrl＋S 快捷键保存文档。

（8）制作 liyutop. htm 文件。单击插入栏"常用"类别中的"图像"按钮▣,插入图像 mainnav. gif,作为主导航。

（9）制作 liyuleft. htm 文件。单击左侧框架空白区域,在其中添加文本内容,并使用属性检查器设置格式,如图 7.55 所示。

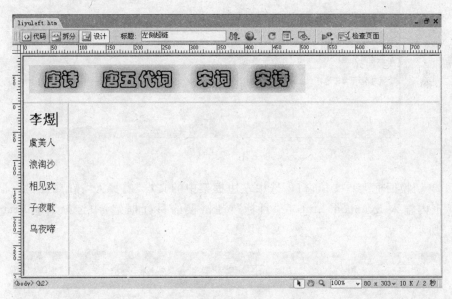

图　7.55

（10）制作 liyumain. htm 文件。单击右边的框架空白区域,在其中添加文本内容,并使用属性检查器设置格式,如图 7.56 所示。

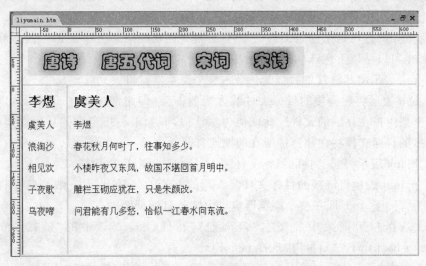

图　7.56

（11）新建一个空白文件，将文件保存到 liyuframe 文件夹中，将其命名为 liyulangtaosha.htm。

（12）在该网页中添加内容并进行简单修饰，效果如图 7.57 所示。

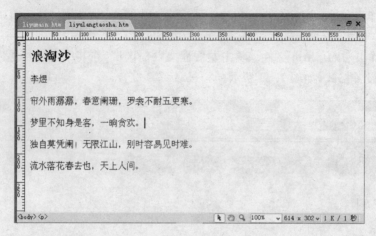

图　7.57

（13）切换回框架集文档窗口，选中左边框架中的文本"虞美人"，在属性检查器中的"链接"框内输入 liyumain.htm，在"目标"（超链接的目标框架）中选择 mainFrame，如图 7.58所示。

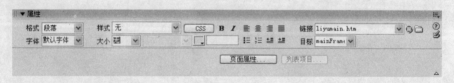

图　7.58

目标框架就是指超链接的目标文件要在哪个框架中显示。通过指定目标框架，可以控制整个框架结构网页的导航。

目标框架的值可以是已定义的框架名（通常在创建框架文档时指定，会显示在"目标"列表中），也可以是以下特殊框架：

- _top 表示将超链接的目标文件装入整个浏览器窗口。
- _self 表示将超链接的目标文件装入当前框架（即超链接所在的框架），以取代该框架中正在显示的文件。此取值为默认值，即如果不指定别的目标框架，则超链接的目标文件将在超链接所在的框架打开。
- _blank 表示将超链接的目标文件装入一个新的浏览器窗口。
- _parent 表示将链接的目标文件装入当前框架的父框架，但一般浏览器将其实现为等同于_top，即在整个浏览器窗口中装载目标页面。

（14）选择左边框架中的文本"浪淘沙"，在属性检查器中的"链接"框内输入 liyulangtaosha.htm，在"目标"中选择 mainFrame。

（15）单击框架面板中的上框架图标，然后在属性检查器中将"边框"选项设置为

"是",如图 7.59 所示。

图　7.59

(16) 用同样方法将左框架和右框架的"边框"选项都设置为"是"。

(17) 将右框架的"边界宽度"和"边界高度"属性都设置为 40,使得右框架中的内容与边框之间距离加大。

(18) 选择"文件"→"保存全部"命令,按 F12 键在浏览器窗口预览,效果如图 7.60 所示。

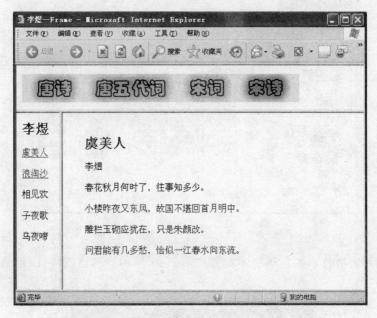

图　7.60

习题

1. 简要说明如何使用表格进行页面布局。

2. 简述使用 CSS 布局的 3 种方式。

3. 什么是框架? 什么是超链接的目标框架? 目标框架的值可以指定为什么?

4. 对比表格、CSS、框架布局的异同。

上机实验

1. 用表格技术制作如图 7.61 所示的网页效果，注意结合前面章节所学的内容。

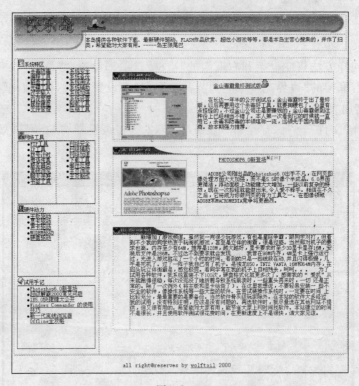

图　7.61

2. 分别用表格技术和 CSS 技术制作如图 7.62 所示的网页效果，注意结合前面章节所学的内容。

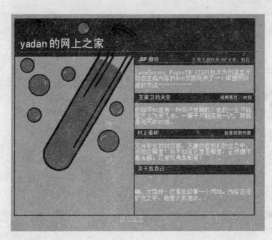

图　7.62

3. 使用 AP 元素实现如图 7.63 所示的网页效果。

图 7.63

4. 按照本章中介绍的内容,制作并完善"唐诗宋词精选"网站。要求其中必须使用表格布局和 CSS 布局。

5. 继续第 6 章中的上机实验第 2 题,仿照本章的介绍为自己的网站添加布局效果。

第8章

使用表单

表单是一种常见的页面元素，它一般用来实现服务器与用户之间的交互，有时也用于实现某些动态功能（例如可创建能响应用户操作的按钮）。本章将介绍表单的基本概念以及如何创建表单和修饰表单。

8.1　什么是表单

本节介绍表单的组成和表单的工作原理。

8.1.1　表单的组成

表单是 WWW 用户日常使用非常频繁的一种网页元素，广泛用于各种信息的搜集和反馈。表单既可以作为一个网页的组成部分，也可以作为网页的主体构成单独的表单网页。

例如，图 8.1 所示网页的左上角中包含了一个用于进行应用系统（包括邮箱、博客等）登录的表单。在这个表单中，仅包含了简单的一些文字、两个文本框（严格地说，是一个文本框和一个密码框）、一个下拉菜单，另外还有一个"登录"按钮。当浏览者在文本框中填写数据并在下拉菜单中选择选项后，单击"登录"按钮，则填写的内容将被传送到服务器，由服务器进行具体的处理，然后确定下一步的操作。

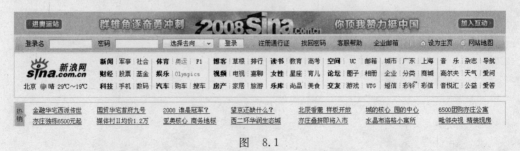

图　8.1

除了这样直接嵌入到网页中的表单以外，在 WWW 中还有一些网页本身就是一个表单的情况。例如，百度网站的首页本身就是一个表单，如图 8.2 所示。

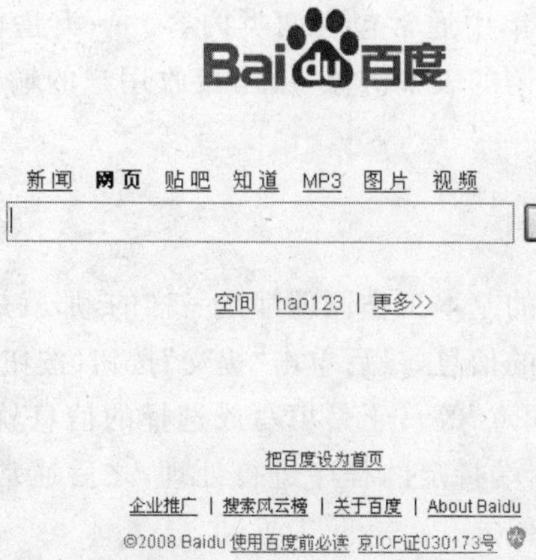

新闻 **网页** 贴吧 知道 MP3 图片 视频

帮助
高级

[   ] 百度一下

空间 | hao123 | 更多>>

把百度设为首页

企业推广 | 搜索风云榜 | 关于百度 | About Baidu

©2008 Baidu 使用百度前必读 京ICP证030173号

图 8.2

　　此外,还有一些表单网页相对复杂一些,用于传递更多的信息和完成更加复杂的功能。例如,在进行一些网站的用户注册时,往往需要填写较多的内容,会使用到更多类型的表单对象(文本框、下拉列表框、单选按钮、复选框等),如图8.3所示。

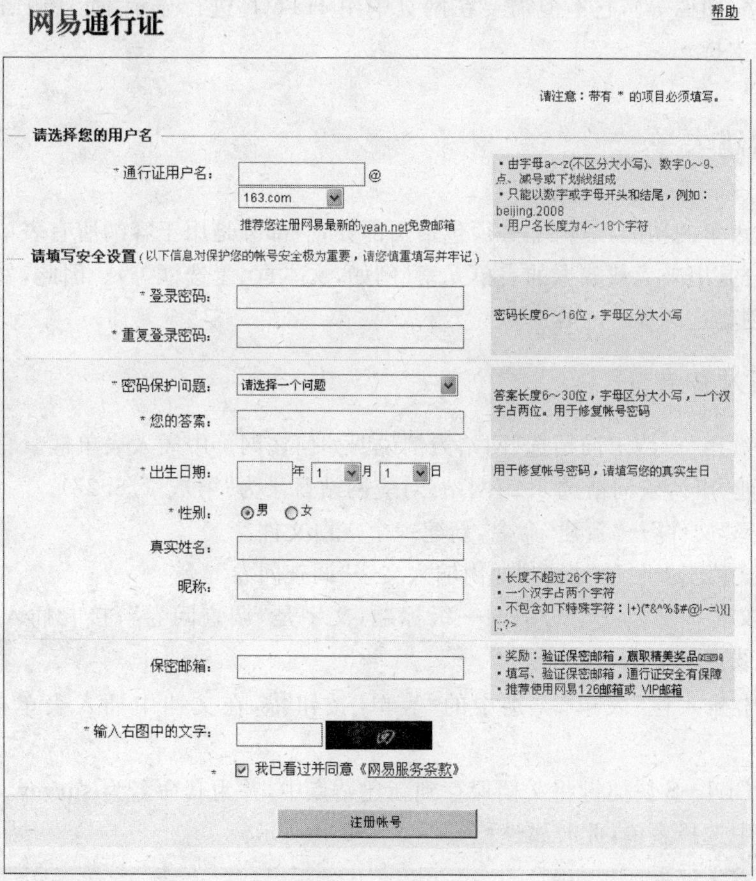

网易通行证

帮助

请注意:带有 * 的项目必须填写。

请选择您的用户名

* 通行证用户名: [   ] @
[163.com ▼]
推荐您注册网易最新的yeah.net免费邮箱

· 由字母a~z(不区分大小写)、数字0~9、
点、减号或下划线组成
· 只能以数字或字母开头和结尾,例如:
beijing.2008
· 用户名长度为4~18个字符

请填写安全设置(以下信息对保护您的帐号安全极为重要,请您慎重填写并牢记)

* 登录密码: [   ]

* 重复登录密码: [   ]

密码长度6~16位,字母区分大小写

* 密码保护问题: [请选择一个问题 ▼]

* 您的答案: [   ]

答案长度6~30位,字母区分大小写,一个汉字占两位。用于修复帐号密码

* 出生日期: [   ]年 [1 ▼]月 [1 ▼]日

用于修复帐号密码,请填写您的真实生日

* 性别: ◉男 ○女

真实姓名: [   ]

昵称: [   ]

· 长度不超过26个字符
· 一个汉字占两个字符
· 不包含如下特殊字符: |+)(*&^%$#@!~=\)[
[;.?

保密邮箱: [   ]

· 奖励:验证保密邮箱,赢取精美奖品
· 填写、验证保密邮箱,通行证安全有保障
· 推荐使用网易126邮箱或 VIP邮箱

* 输入右图中的文字: [   ] [验图]

* ☑我已看过并同意《网易服务条款》

[注册帐号]

图 8.3

根据以上实例可以看出,表单中通常包含两类内容。一类是普通网页元素,例如图片、文字、超链接等;另一类是所谓的表单对象,用于接收用户的输入或者选择,例如文本框、单选按钮、下拉菜单等。

8.1.2 表单的工作原理

不论是什么类型的表单,它的基本工作原理都是一样的,那就是访问者浏览到表单页面后,在表单中填写或选择必要的信息,最后单击"提交"按钮(按钮名称可能是其他文字,例如"登录"、"搜索"、"注册"、"同意"等),于是填写或选择的信息就按照设计者指定的方式发到 Web 服务器端,由服务器端特定的程序进行处理,之后通常会向访问者返回一个页面,以对用户提交的信息给予回复。

需要特别注意的是:处理表单数据的程序通常是在服务器端,一般使用服务器端脚本技术(例如 ASP.NET、JSP、PHP 等)进行编写。如果用户的需求比较简单,则可以申请使用免费的表单和相应处理程序;否则就需要自行编写表单处理程序。有关自定义表单处理程序的详细信息,请询问提供网页空间的 ISP。如果表单网页不需要即时交互,那么也可以使用电子邮件的方式来处理表单数据。总而言之,表单不同于前面介绍的页面元素(如表格、图像等),它不但需要在网页中用 HTML 进行显示,而且还需要服务器端特定程序的支持。

8.2 创建表单

要实现表单的功能,逻辑上必须包括两部分,一部分是用于容纳所有表单内容的表单框,另一部分是用来承载数据的表单元素(例如,文本框、复选框等)。因此,如果要创建表单,也必须创建这两部分内容。

8.2.1 插入表单

以下继续用"唐诗宋词精选"网站为例说明如何在网页中插入表单框。

(1) 创建"唐诗宋词精选 8.2"网站(对应网站目录为"第八章/8.2")。

(2) 选择"文件"→"新建"命令,新建一个空白文件。

(3) 在文档工具栏的"标题"框内输入文字"调查问卷"。

(4) 在文档中插入一个居中的一级标题,文字是"调查问卷";接着插入一条宽度为70%的水平线。

(5) 单击插入栏"表单"类别中的"表单"按钮 ▣,在文档中插入表单框,如图 8.4 所示。

(6) 按 Ctrl+S 快捷键将文档保存到新建站点中,并为其命名为 survey.htm。

在窗口中选择表单,此时属性检查器如图 8.5 所示。

各属性含义如下:

• 表单名称。表单的名称是表单在网页中的标识,服务器端程序处理表单数据时需

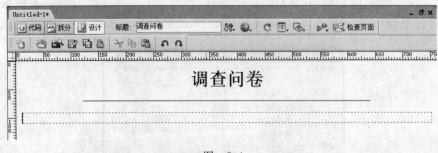

图 8.4

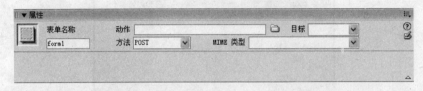

图 8.5

要使用表单名称来确定具体的表单(因为一个网页中可以包含多个表单)。

- 动作。该属性用于具体指定处理表单数据的服务器端应用程序。如果目前正在服务器环境下工作,那么可以单击右边的文件夹图标,找到用于处理表单的应用程序;否则,也可以直接输入应用程序路径,等以后实际使用时再进行测试。此外,也可以指定用电子邮件的方式处理表单,例如在"动作"框内输入"mailto:电子邮件地址",则可以使用电子邮件的方式处理表单数据。

- 方法。处理表单数据有 3 种方法,即 Get、Post、Default。Get 方法是把表单值添加给 URL,并向服务器发送 GET 请求;Post 方法是在正文中发送表单值,并向服务器发送 POST 请求;Default 方法是使用浏览器的默认方法(Get 或 Post)。一般情况下,选择 Post 方法即可。

- MIME 类型。指定对提交给服务器进行处理的数据所使用的 MIME 编码类型。默认设置是 application/x-www-form-urlencode,它通常与 POST 方法一起使用。如果要创建文件上传域,应指定 multipart/form-data MIME 类型。

- 目标。指定表单返回数据显示的目标窗口(有关目标窗口的概念,请参见本书第 7.4 节)。

8.2.2 插入表单对象

本节介绍如何对表单进行布局以及在表单中插入内容和各种表单对象。

1. 设置表单布局

通常可以使用表格对表单进行布局,以下继续用 survey.htm 网页为例进行说明。

(1) 在 survey.htm 文件窗口中,在红色表单框内单击定位插入点,单击插入栏"布局"类别中的"表格"按钮 ⊞。

（2）打开"表格"对话框,在该对话框中设置"行数"为 10,"列数"为 2,"表格宽度"不设置,"边框粗细"、"单元格边距"、"单元格间距"都设置为 0,如图 8.6 所示。

图　8.6

（3）单击"确定"按钮,在表单中插入表格,如图 8.7 所示。

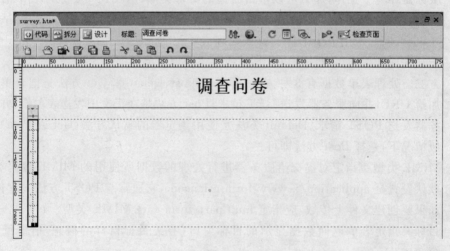

图　8.7

2. 插入文本框

文本框是用来在表单中输入文本的对象。以下继续以 survey. htm 网页为例说明如何在页面中插入文本框。

（1）单击表格第 1 行第 2 列中的单元格,单击插入栏"表单"类别中的"文本字段"按钮□。

（2）打开"输入标签辅助功能属性"对话框,在 ID 文本框内输入 username;在"标签文字"文本框内输入"姓名："；在"样式"选项区域中选择"使用'for'属性附加标签标记"；在"位置"选项区域中选择"在表单项前"，如图8.8所示，单击"确定"按钮。

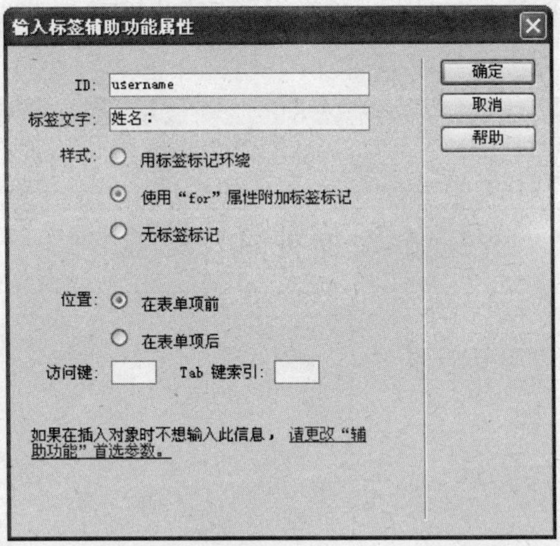

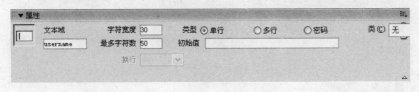

图 8.8

标签标记就是 label 标记符，通过它可以将表单对象与相关的文字进行关联，从而使浏览者能在单击与某个表单对象相关的文本时，即可选中该对象。例如，单击复选框右边的文本即可选中复选框，或者单击文本框左边的提示文本即可将插入点定位到该文本框。在制作表单时，通常都要确保标签能正确工作，以方便表单用户使用表单。

（3）单击插入的"文本字段"，打开属性检查器，在"字符宽度"文本框内输入30，在"最多字符数"文本框内输入50，确保选中"类型"为"单行"，如图8.9所示。

图 8.9

表单文本域各项属性含义如下：

- 文本域。是表单对象在网页中的标识，服务器端程序处理表单数据时需要使用名称来确定具体的表单对象。
- 类型。文本框的类型有3种："单行"、"多行"和"密码"。
- 字符宽度。表示文本框的宽度。
- 最多字符数。表示文本框中允许输入的最多字符数目。
- 初始值。表示文本框内最初显示的内容。
- 类。用于应用CSS样式规则。

注意：选择"多行"选项后，"最多字符数"变为"行数"，表示多行文本框的行数，"换行"列表变为可用，该选项表示文本的换行效果。

（4）选择文字"姓名："，按住鼠标将其拖曳到表格左侧单元格中，确保选中状态栏HTML标记符选择器中的<label>标签，右击，在弹出的快捷菜单中选择"快速标签编辑器"命令，将"<label for = "label">"修改为"<label for = "username">"，如图 8.10所示。

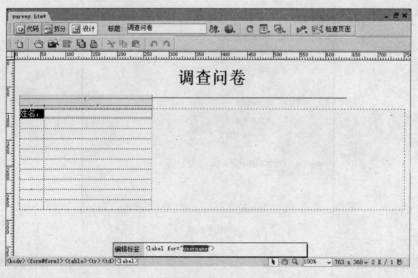

图　8.10

（5）重复步骤（1）～（4），分别在表格第 2 行和第 3 行中插入一个单行文本域 usermail和一个多行文本域 usercomments（"字符宽度"为 25，"行数"为 4），如图 8.11 所示。

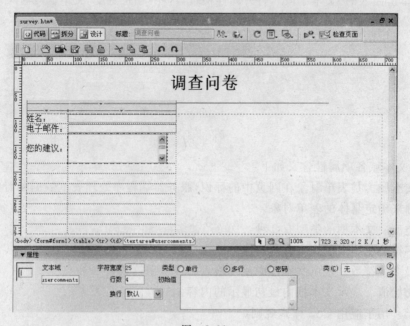

图　8.11

(6) 按 Ctrl＋S 快捷键保存文件。

3. 插入复选框

复选框是指可以复选（也就是勾选）的表单对象。以下继续用"survey. htm"网页为例说明如何在页面中插入复选框：

(1) 打开 survey. htm 文件。

(2) 将插入点定位到第 4 行第 2 列单元格中，单击插入栏"表单"类别中的"复选框"按钮☑。

(3) 打开"输入标签辅助功能属性"对话框，在"标签"文本框内输入"请将我加入'唐诗宋词精选'邮件列表"；在"样式"选项区域中选择"使用'for'属性附加标签标记"；在"位置"选项区域中选择"在表单项后"，单击"确定"按钮。

(4) 单击插入的复选框，在其属性检查器中进行以下设置："复选框名称"文本框中输入 usermaillist，"选定值"文本框中输入 yes，"初始状态"选择"已勾选"，如图 8.12 所示。

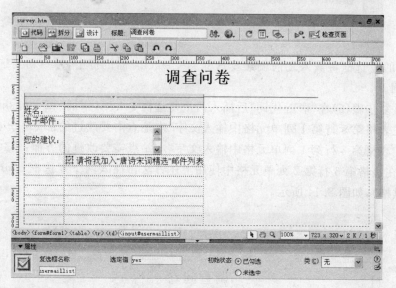

图　8.12

表单复选框各项属性含义如下：

- 复选框名称。用于为该复选框命名。
- 选定值。用于指定该复选框选中时的取值，该值用于脚本程序。
- 初始状态。确定在浏览器中加载表单时，该复选框是否处于选中状态。
- 类。用于应用 CSS 样式规则。

(5) 重复步骤(2)～(4)在表格第 5 行第 2 列单元格中插入复选框 tangshi(唐诗)，如图 8.13 所示。

(6) 在表格第 5 行第 2 列单元格中单击鼠标，切换到"代码视图"中，将光标移动到</label>之后，然后切换回"设计视图"，此时标记符选择器中的<label>标记不可见，使用步骤(2)～(4)相同的方法添加复选框 tangwudaici(唐五代词)。如果不使用以上过

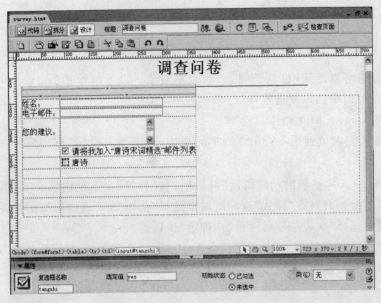

图 8.13

程,新插入的复选框将嵌入之前创建复选框的<label>标记符中,导致新复选框的标签功能不可用。

(7) 重复步骤(6)在"唐五代词"后插入两个复选框 songci(宋词)和 songshi(宋诗)。

(8) 在表格第 5 行第 1 列单元格中输入文字"本站点需要改进的部分:"。

(9) 在表格第 6 行第 1 列单元格中输入文字"本站点需要改进的方面:"。

(10) 在表格第 6 行第 2 列单元格中使用上述方法再插入两个复选框 content(内容)和 style(风格),如图 8.14 所示。

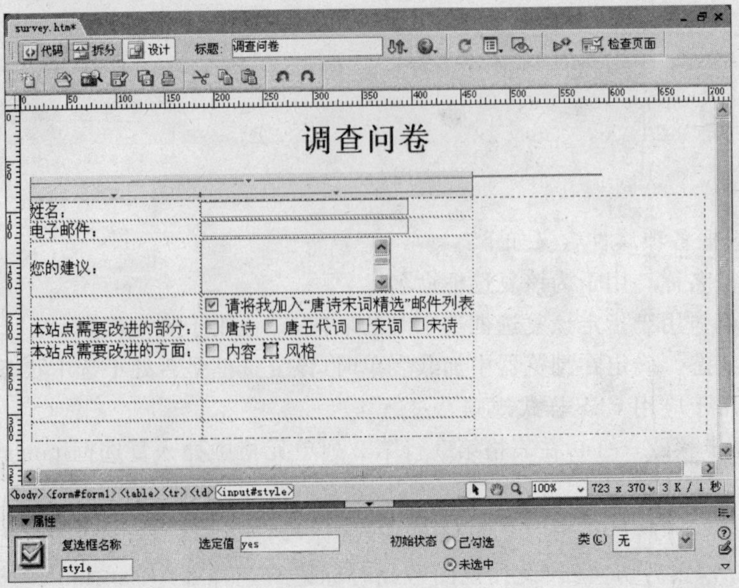

图 8.14

4. 插入单选按钮

单选按钮是指同一组中只能选中其中一项的表单对象。以下继续以 survey.htm 网页为例说明如何在页面中插入单选按钮。

（1）将光标定位到表格第 2 行，右击，在弹出的快捷菜单中选择"表格"→"插入行"命令，在新添加行的第 1 列单元格内输入文字"性别："（此行变为第 2 行）。

（2）在第 2 行第 2 列单元格内，单击插入栏"表单"类别中的"单选按钮"按钮 ◙。

（3）打开"输入标签辅助功能属性"对话框，在 ID 文本框内输入 male，在"标签文字"文本框内输入"男"；在"样式"选项区域中选择"使用'for'属性附加标签标记"；在"位置"选项区域中选择"在表单项后"，单击"确定"按钮。

（4）单击插入的单选按钮，在属性检查器中进行以下设置："单选按钮"文本框中输入 sex，其他选项保持不变，如图 8.15 所示。

图　8.15

表单单选按钮各项属性含义如下：

- 单选按钮。用于为该单选按钮命名。
- 选定值。用于指定该单选按钮选中时的取值，该值用于脚本程序。
- 初始状态。确定在浏览器中加载表单时，该单选按钮是否处于选中状态。
- 类。用于应用 CSS 样式规则。

（5）在表格第 2 行第 2 列单元格中单击鼠标，切换到"代码视图"，将光标移动到 </label> 之后，切换回"设计视图"，此时标记符选择器中的 <label> 标记不可见，连续单击 3 次插入栏"文本"类别中的"不换行空格"按钮插入 3 个空格。

（6）单击插入栏"表单"类别中的"单选按钮"按钮 ◙，打开"输入标签辅助功能属性"对话框，在 ID 文本框内输入 female，在"标签文字"文本框内输入"女"；在"样式"选项区域中选择"使用'for'属性附加标签标记"；在"位置"选项区域中选择"在表单项后"，单击"确定"按钮。

（7）单击插入的单选按钮，在其属性检查器中进行以下设置：在"单选按钮"文本框中输入 sex，其他选项保持不变，此时文档窗口如图 8.16 所示。

需要特别注意的是：在使用单选按钮时，名称相同的单选按钮为一组，同组内的单选按钮才具有单选功能。

5. 插入单选按钮组

单选按钮组是指在创建时就确定为一组的多个单选按钮，此功能比先单独创建多个单选按钮，然后将它们的名称设置为相同更方便。以下继续以 survey.htm 网页为例说明如何在页面中插入单选按钮组。

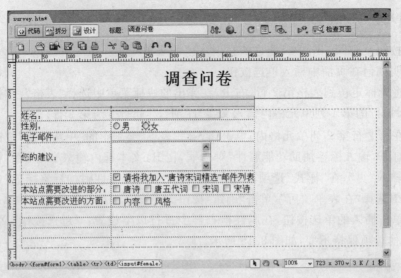

图　8.16

(1) 将光标定位到表格第 8 行第 1 个单元格，输入文字"您是如何了解到本网站的："。

(2) 将光标定位到表格第 8 行第 2 个单元格，单击插入栏"表单"类别中的"单选按钮组"按钮 ▦ 。

(3) 打开"单选按钮组"对话框，如图 8.17 所示

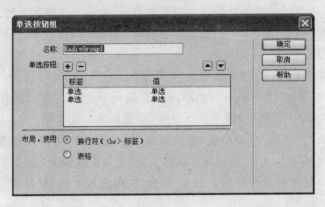

图　8.17

(4) 在"名称"文本框中输入 referral（单选按钮组的名称），分别单击"标签"列中的文字"单选"，依次在文本框中输入"朋友推荐"和 Google。单击两次 ➕ 按钮，添加两个项目，在文本框中输入"百度"和"其他"。

(5) 在"值"列分别输入对应的值：friends、google、baidu 和 other。如果要删除项目，选中项目后单击 ➖ 按钮；如果要更改项目的次序，选中项目后单击右侧上方的按钮即可进行调整。

(6) 保持选中"布局，使用："选项区域中的"换行符(
标签)"单选按钮，单击"确定"按钮，如图 8.18 所示。

图 8.18

（7）如果以后要修改单选按钮的选项，可以在对应的属性检查器中进行修改，参见图 8.15。

（8）选择单元格中的文字"朋友推荐"，右击状态栏标记符选择器中的标签<label>，在弹出的快捷菜单中选择"快速标签编辑器"命令，将"<label>"修改为"<label for="referral_0">"（其中，referal_0 是生成单选按钮组时 Dreamweaver 自动设置为第一个单选按钮设置的 ID）。执行此步骤的目的是解决兼容性问题，因为部分浏览器（例如 IE6）不支持环绕的 label 标记符，而只支持使用 for 属性的 label 标记符。

（9）使用步骤（8）相同的方法，将文字 Google、"百度"和"其他"对应的标签分别修改为<label for="referral_1">、<label for="referral_2">、<label for="referral_3">。

6. 插入列表/菜单

列表/菜单是允许用户在一个列表/菜单中选择选项的表单对象。以下继续以 survey. htm 网页为例说明如何在页面中插入列表/菜单。

（1）将光标定位到表格第 9 行第 2 列的单元格中，单击插入栏"表单"类别中的"列表/菜单"按钮▤。

（2）打开"输入标签辅助功能属性"对话框，在 ID 文本框内输入 userfavorite，在"标签文字"文本框内输入"您最喜欢的栏目："；在"样式"选项区域中选择"使用'for'属性附加标签标记"；在"位置"选项区域中选择"在表单项前"，单击"确定"按钮。

（3）单击插入的列表/菜单，属性检查器如图 8.19 所示。

图 8.19

表单列表/菜单各项属性含义如下：

- 列表/菜单。用于为该列表/菜单命名。
- 类型。列表/菜单类型，用于创建菜单或列表。
- 高度。仅在"列表"类型有效，用于设置列表中显示项数的高度。

- 选定范围。仅在"列表"类型有效,用于指定用户是否可以从列表中选择多个项目。
- 列表值。单击该按钮可以打开"列表值"对话框,用于向表单列表/菜单添加项目。
- 类。用于应用 CSS 样式规则。

(4)单击"列表值"按钮,打开"列表值"对话框,在"项目标签"文本框内输入文字"选择您喜欢的栏目",单击 4 次 ➕ 添加 4 个项目,分别在文本框内输入文字:"唐诗"、"唐五代词"、"宋词"和"宋诗",在"值"文本框中输入对应的值:tangshi、tangwudaici、songci 和 songshi,如图 8.20 所示。

图 8.20

(5)单击"确定"按钮,完成添加菜单的列表值。

(6)选中文字"选择您最喜欢的栏目:",按住鼠标将其拖曳到表格左侧单元格中,确保选中状态栏标记符选择器中的<label>标签,右击,在弹出的快捷菜单中选择"快速标签编辑器"命令,将"<label for="label">"修改为"<label for="userfavorite">"。

(7)将光标定位到表格第 10 行第 2 列单元格中,单击插入栏"表单"类别中的"列表/菜单"按钮 ▦。

(8)打开"输入标签辅助功能属性"对话框,在 ID 文本框内输入 favoritepoet,在"标签文字"文本框内输入"您最喜欢的诗人:";在"样式"选项区域中选择"使用'for'属性附加标签标记";在"位置"选项区域中选择"在表单项前",单击"确定"按钮。

(9)选中文字"您最喜欢的诗人:",按住鼠标将其拖曳到表格左侧单元格中,确保选中状态栏标记符选择器中的<label>标签,右击,在弹出的快捷菜单中选择"快速标签编辑器"命令,将"<label for="label">"修改为"<label for="favoritepoet">"。

(10)单击插入的列表/菜单,在属性检查器中将"类型"设置为"列表",将"高度"设置为 4,将"选定范围"设置为"允许多选",如图 8.21 所示。

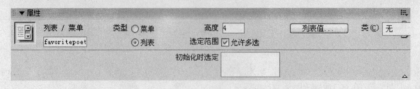

图 8.21

(11)单击"列表值"按钮,打开"列表值"对话框,在"项目标签"文本框内输入文字"李白",单击 6 次 ➕ 添加 6 个项目,分别在文本框内输入文字:"杜甫"、"白居易"、"李商隐"、

"李煜"、"苏轼"和"李清照",在"值"文本框中输入对应的值:libai、dufu、baijuyi、lishangyin、liyu、sushi 和 liqingzhao,如图 8.22 所示。

图 8.22

（12）单击"确定"按钮,完成添加列表的列表值。

（13）按 Shift＋Enter 组合键添加一个换行符,输入文本"按住 Ctrl 键单击,可以选中多个选项"。

（14）按 Ctrl＋S 快捷键保存文档,此时文档窗口如图 8.23 所示。

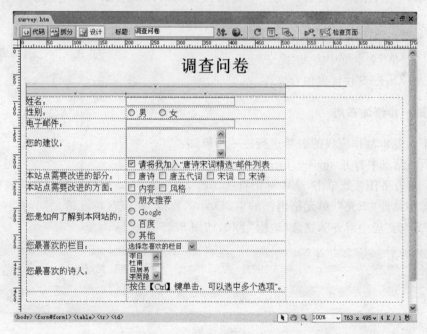

图 8.23

7. 插入按钮

按钮是用户可以通过单击来执行特定任务的表单对象。以下继续以 survey.htm 网页为例说明如何在页面中插入按钮。

（1）将光标定位到表格最后 1 行第 2 列单元格中,单击插入栏"表单"类别中的"按钮"按钮□。

（2）打开"输入标签辅助功能属性"对话框，在 ID 文本框内输入 submit，在"样式"选项区域中选择"使用'for'属性附加标签标记"，在"位置"选项区域中选择"在表单项前"，单击"确定"按钮。

（3）单击插入的按钮，属性检查器如图 8.24 所示。

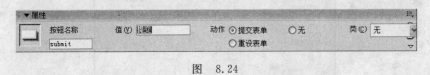

图　8.24

按钮各项属性含义如下：

- 按钮名称。用于为该按钮命名。
- 值。确定按钮上显示的文本。
- 动作。确定单击按钮时发生的动作。"提交表单"表示在用户单击该按钮时提交表单数据以进行处理，数据将被提交到在表单的"动作"属性中指定的页面或脚本。"重设表单"表示在用户单击该按钮时清除所有表单内容，此选项不常用。"无"表示创建一个自定义的按钮，相应按钮动作需要通过编程来实现。
- 类。用于应用 CSS 样式规则。

（4）在"值"文本框中输入"提交"。

（5）按 Ctrl＋S 快捷键保存文件。

8. 进一步修饰布局

以下对基本制作完成的表单进行进一步修饰：

（1）在站点中打开 survey.htm 文件。

（2）在表格任意处单击，选中标记符选择器中的＜table＞标签以选中整个表格，在属性检查器中修改"填充"（单元格内部的空间）为 6，修改"间距"（单元格之间的空间）为 1，修改"对齐"为"居中对齐"，修改"边框"为 0，如图 8.25 所示。

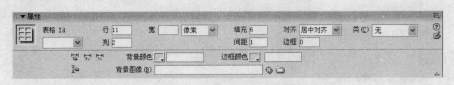

图　8.25

（3）将鼠标移动到表格第 1 行第 1 列，指针变为向下箭头时单击，选中该列，在属性检查器中修改"单元格内容水平对齐"方式为"右对齐"。

（4）将鼠标移动到表格第 5 行第 1 列，指针变为向右箭头时单击选中该行，在属性检查器中单击"合并所选单元格"按钮，将选中的表格行合并。

（5）在合并的单元格内单击，在属性检查器中修改"单元格内容水平对齐"方式为"居中对齐"。

（6）将鼠标移动到表格第 11 行第 1 列，指针变为向右箭头时单击，选中该行，在属性检查器中单击"合并所选单元格"按钮 ，将选中的表格行合并。在合并的单元格内单击，在属性检查器中修改"单元格内容水平对齐"方式为"居中对齐"。

（7）按 Ctrl＋S 快捷键保存文档，按 F12 键在浏览器窗口中预览，如图 8.26 所示。

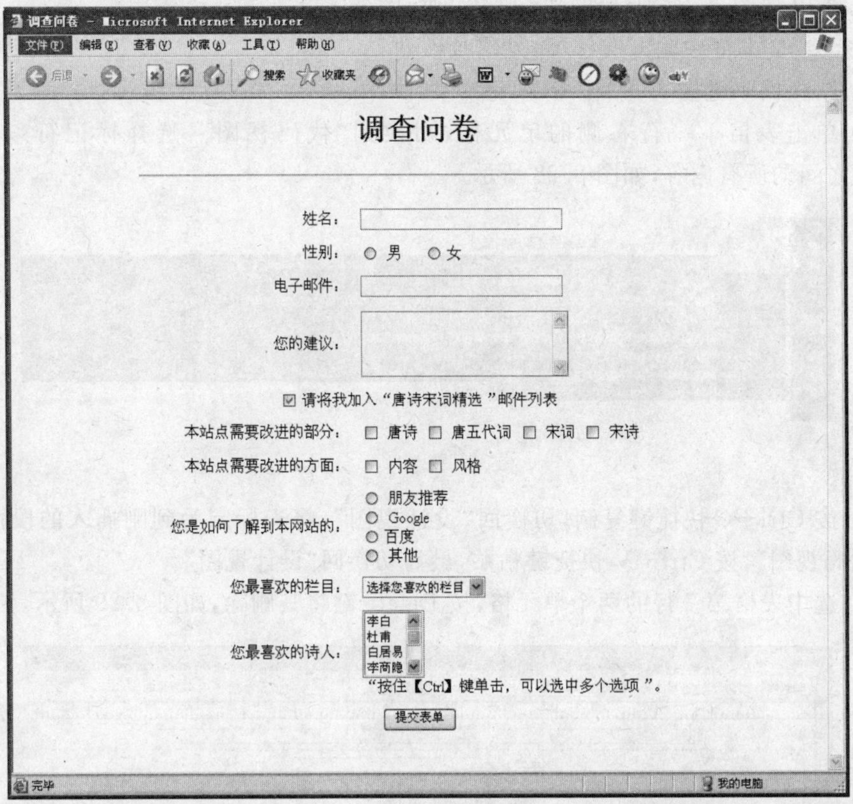

图 8.26

8.3 表单的修饰

除了前面介绍的使用表格对表单进行格式的修饰以外，还可以用字段集和 CSS 对表单进行修饰。

8.3.1 使用字段集

字段集是用来组合表单中多个表单项目的工具。以下继续用"唐诗宋词精选"网站为例说明如何使用字段集对表单文档进行修饰，步骤如下：

（1）创建"唐诗宋词精选 8.3"网站（对应网站目录为"第八章/8.3"。在资源管理器中将上一节中制作的 survey.htm 文件复制到当前站点目录。

（2）打开 survey.htm 文件，将光标定位到表格的第 5 行，单击插入栏"布局"类别中的"在下面插入行"按钮 ，在插入点处添加一个表格行。

（3）在属性检查器中将"单元格内容水平对齐"方式修改为"左对齐"。

（4）单击插入栏"表单"类别中的"字段集"按钮，弹出如图 8.27 所示的"字段集"对话框，在"标签"文本框中输入文字"本站需要改进的部分："，按回车键插入一个段落。

图　8.27

（5）单击表格下一行右侧的单元格，切换到"代码视图"，选择标记符＜td＞和＜/td＞之间的所有内容，如图 8.28 所示。

```
47    <tr>
48        <td align="right">本站点需要改进的部分：</td>
49        <td><input name="tangshi" type="checkbox" id="tangshi" value="yes" />
50        <label for="tangshi">唐诗</label>
51        <input name="tangwudaici" type="checkbox" id="tangwudaici" value="yes" />
52        <label for="tangwudaici">唐五代词 </label>
53        <input name="songci" type="checkbox" id="songci" value="yes" />
54        <label for="songci">宋词</label>
55        <input name="songshi" type="checkbox" id="songshi" value="yes" />
56        <label for="songshi">宋诗</label></td>
57    </tr>
```

图　8.28

（6）按 Ctrl＋C 快捷键复制，切换回"设计视图"，将光标定为到刚插入的段落，再切换到"代码视图"，按 Ctrl＋V 快捷键粘贴，最后切换回"设计视图"。

（7）选中表格第 7 行的两个单元格，按 Delete 键将其删除，如图 8.29 所示。

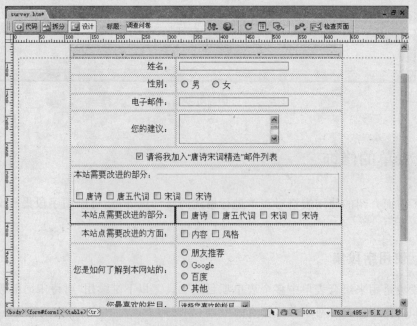

图　8.29

（8）按照步骤（2）～（7）所介绍的方法将表格的下面两行内容也分别替换成相应的字段集，如图 8.30 所示。

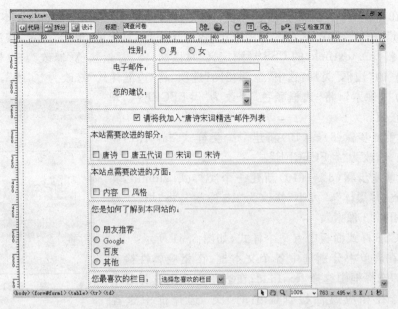

图 8.30

8.3.2 使用 CSS

CSS 是进行格式设置最有效的方式,对于表单也不例外。以下继续用"唐诗宋词精选"网站为例说明如何用 CSS 对表单文档进行修饰,步骤如下:

(1) 打开"唐诗宋词精选 8.3"网站中的 survey.htm 文件,按 Shift+F11 组合键打开 CSS 面板。

(2) 单击"CSS 样式"面板右下角的"新建 CSS 规则"按钮🔁,打开"新建 CSS 规则"对话框。

(3) 在"选择器"类型中选择"标签(重新定义特定标签的外观)",在"标签"中选择"table",在"定义在"中选中"仅对该文档",单击"确定"按钮,打开"table 的 CSS 规则定义"对话框。

(4) 单击左侧"分类"栏中的"背景",在"背景颜色"框中选择颜色"♯6600CC",单击"确定"按钮。

(5) 重复步骤(2)~(4)新建一个标签样式 td,将背景颜色设置为"♯FFFFCC"。

(6) 重复步骤(2)~(4)新建一个标签样式 legend,在"分类"栏的"类型"类别中,将"字体"修改为"新宋体",将"颜色"修改为"♯000099",单击"确定"按钮。legend 标签表示字段集顶部的文字。

(7) 重复步骤(2)~(4)新建一个标签样式 fieldset(fieldset 标签表示字段集),在"分类"栏的"方框"类别中,将"填充"全部修改为"5 像素",在"分类"栏的"边框"中,确保选中"全部相同"选项,将"边框样式"修改为"实线",将"边框宽度"修改为"1 像素",将"边框颜色"修改为"♯FFCCFF",单击"确定"按钮。fieldset 标签表示字段集。

(8) 单击"CSS 样式"面板右下角的"新建 CSS 规则"按钮🔁,打开"新建 CSS 规则"对话框。

（9）在"选择器"类型中选择"类（可用于任何标签）"，在"名称"文本框中输入
".textfield"，在"定义在"选项区域中选中"仅对该文档"复选框，单击"确定"按钮。

（10）打开".textfield 的 CSS 规则定义"对话框，将"背景颜色"修改为"♯FCFCFE"。
在"分类"栏的"边框"类别，选中"全部相同"选项，将"边框样式"修改为"实线"，将"边框宽
度"修改为"1 像素"，将"边框颜色"修改为"♯FFCCFF"，单
击"确定"按钮。

（11）重复步骤(8)～(10)新建一个类样式.favorite，将
"背景颜色"修改为"♯FCFCFE"。

（12）重复步骤(8)～(10)新建一个类样式.submit，将
"字体"修改为"黑体"，"大小"修改为"18 像素"，将"填充"修
改为全部相同"3 像素"。

此时 CSS 样式面板中有 7 个样式，如图 8.31 所示。

（13）在表单中分别选中各个文本框，在相应属性检查
器中的"类"选择框中选择 textfield；在表单中分别选择各个
列表/菜单，在相应属性检查器中的"类"选择框中选择
favorite；在表单中选择提交按钮，在属性检查器中的"类"选择框中选择 submit。

图 8.31

（14）按 Ctrl＋S 快捷键保存文档，按 F12 键在浏览器窗口中预览网页，如图 8.32
所示。

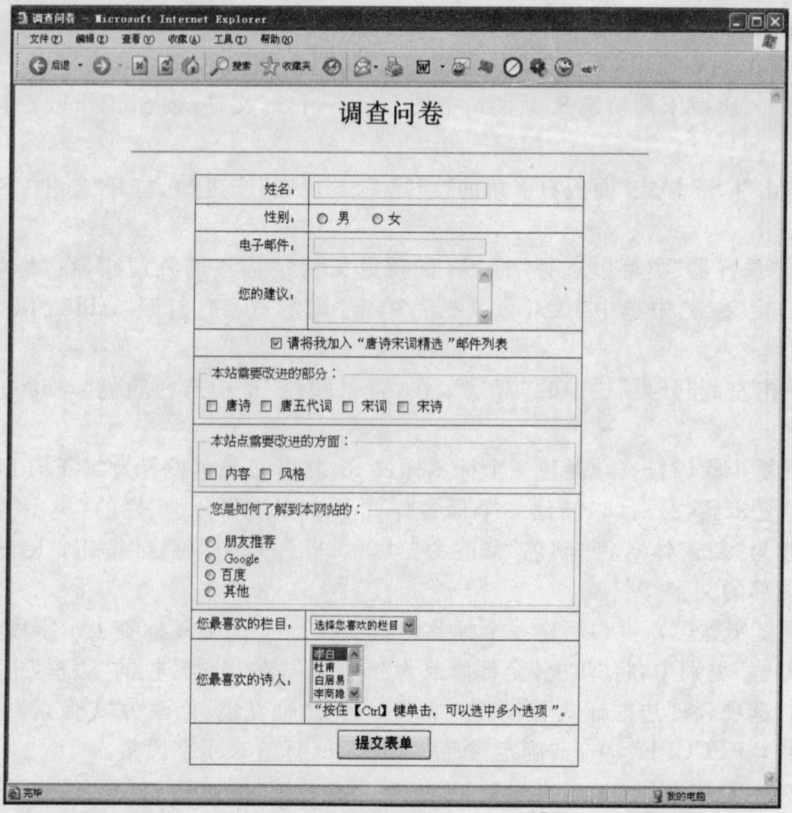

图 8.32

习题

1. 什么是表单？简述表单的基本工作原理。
2. 常用的表单对象有哪些？各有什么作用？

上机实验

1. 按照本章中介绍的内容，制作并完善"唐诗宋词精选"网站。要求制作一个单独的表单网页，要用到 8.2 节和 8.3 节中介绍的技术。

2. 继续第 7 章中的上机实验第 2 题，仿照本章的介绍为自己的网站添加一个表单网页，要求布局合理美观，用到表格布局和 CSS 修饰功能。

第9章

使用行为

行为是网页中的 JavaScript 代码,用于给网页添加交互性(例如动态修改网页内容和格式等)。本章介绍行为的概念和如何使用 Dreamweaver 自带的行为。

9.1 什么是行为

本节主要介绍行为的基本概念和操作。

9.1.1 行为的概念

行为将 JavaScript 代码放置到文档中,这样访问者就可以通过多种方式更改网页,或者启动某些任务。行为是某个事件和由该事件触发的动作的组合。

事件是指浏览器事先为网页对象定义的某种状态。例如,当鼠标移动到某个链接上时,就会产生 onMouseOver 事件;当用户加载网页时,就会发生 onLoad 事件;当访问者单击某个对象时,就会发生 onClick 事件;当访问者的鼠标离开某个对象时,就会发生 onMouseOut 事件。

动作是指一个预先写好的 JavaScript 程序,每个程序都可以完成特定的任务,如打开浏览器窗口、播放声音或显示/隐藏 AP 元素等。

将事件与动作组合,就能获得各种动态效果。例如,单击按钮时播放声音、加载网页时弹出一个信息窗口等。

9.1.2 行为的操作

在 Dreamweaver 中,可以为网页中的多种对象添加行为,例如 AP 元素、图像、表单按钮等,并且每一个对象允许指定多个动作,行为的动作将按照一定顺序依次执行。

一般通过"行为"面板来指定网页对象的行为。选择"窗口"→"行为"命令,打开"行为"面板,如图 9.1 所示。

在文档窗口中添加行为的步骤如下:

(1) 选择一个要添加行为的网页对象。例如,要为图像添加行为,首先应该单击选取该图像,然后再添加行为;如要为整个网页添加行为,则需要首先在文档窗口底部的标记符选择器中单击"＜body＞"标记符。

（2）选择"窗口"→"行为"命令，打开"行为"面板。

（3）单击添加行为按钮 ，在弹出的菜单中选择一个动作，此时将弹出该动作对应的对话框，其中显示了动作的参数与说明。在对话框中设置动作参数，最后单击"确定"按钮。

注意： 目标元素需要唯一的 ID。例如，如果要对 AP Div 应用"显示-隐藏元素"行为，则此 AP Div 需要一个 ID。如果没有为元素指定 ID，Dreamweaver 将自动指定一个。

（4）返回行为面板，此时面板右侧列表的动作框中显示了为对象添加的行为，左侧事件列表框中显示了当前浏览器默认的动作触发事件。

（5）如果要重新指定事件，单击左侧默认触发事件，在弹出的事件列表中选择一个事件即可，如图 9.2 所示。

图　9.1

图　9.2

修改行为的方法为：首先在网页中选择一个带有行为的网页元素，选择"窗口"→"行为"命令打开"行为"面板，行为将按照事件的字母顺序出现在行为面板上。

- 如果要添加或删除行为，应单击 ➕ 或 ➖ 按钮。
- 如果要改变动作的参数，应双击右侧行为，然后在弹出的对话框中改变参数，然后单击"确定"按钮关闭对话框。
- 如果要改变给定事件的动作执行顺序，应单击 ▲ 或 ▼ 按钮。

9.2　使用内置 Dreamweaver 行为

Dreamweaver 中提供了很多自带的行为，能够制作出很多常见的页面动态效果，本节介绍比较常用的几种，包括打开浏览器窗口、弹出信息、弹出式菜单等。

9.2.1　打开浏览器窗口

打开浏览器窗口动作就是当浏览者触发事件后，可以在新窗口中打开一个网页。用户可以自定义打开新窗口的属性，例如窗口大小、是否需要状态栏、工具栏等。

以下继续用"唐诗宋词精选"网站为例说明在网页中应用打开浏览器窗口行为。

（1）在资源管理器中建立 7.3 节中的站点文件夹的副本，将其重命名为"9.2"。

（2）使用 2.2.1 节中介绍的方法将其指定为"唐诗宋词精选 9.2"网站。

（3）在站点窗口中的 tangwudaici 文件夹中双击打开 liyu.htm 文件。

（4）在文档窗口左边的列表中选中文字"李煜"，此时标记符选择器中的＜a＞标记符加亮显示。

（5）选择"窗口"→"行为"命令，打开"行为"面板。

（6）单击行为面板中的添加行为按钮 ，在菜单列表中选择"打开浏览器窗口"命令，打开"打开浏览器窗口"对话框。

（7）设置相关参数，如图 9.3 所示，单击"确定"按钮。

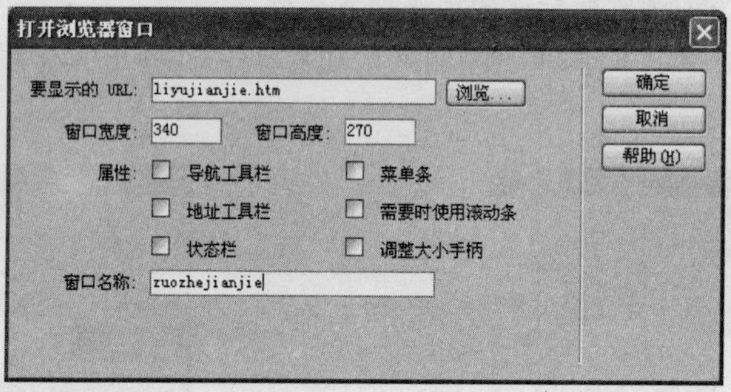

图　9.3

"打开浏览器窗口"对话框中的相关参数含义如下：

- 要显示的 URL。打开新窗口的网页地址。
- 窗口宽度。打开新窗口的宽度。
- 窗口高度。打开新窗口的高度。
- 属性。如果选中属性列表栏中的属性，打开新窗口出现对应的浏览器窗口组件。
- 窗口名称。当需要将该窗口用作链接的目标窗口，或者需要使用 JavaScript 对其进行控制时指定窗口的名称（不能使用空格或特殊字符）。

（8）"打开浏览器窗口"行为被应用到选中的超链接，默认事件是 onClick（单击）。按Ctrl＋S 快捷键保存文件。

以下制作 liyujianjie.htm 页面，当用户单击文字超链接时即可在一个新窗口打开这个网页（在打开原来超链接目标文件 liyu.htm 的基础上）。

（1）选择"文件"→"新建"命令，新建一个名为 liyujianjie.htm 的文件，并将其保存到tangwudaici 文件夹中。

（2）在文档工具栏的"文档标题"文本框内输入文字"作者简介"。

（3）将两段文字录入到文档中，将第一段文字使用属性检查器设置为"标题 1"，如图 9.4所示。

（4）选择"窗口"→"CSS 样式"命令，打开"CSS 样式"面板。

（5）单击"新建 CSS 规则"按钮 ，打开"新建 CSS 规则"对话框。在"选择器"类型中选择"标签（重新定义特定标签的外观）"，在"标签"中选择 body，在"定义在"选项区域中选中"仅对该文档"复选框，单击"确定"按钮。

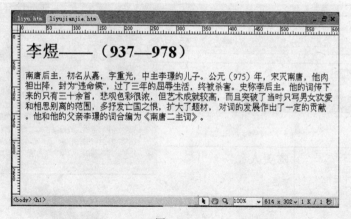

图　9.4

（6）打开"body 的 CSS 规则定义"对话框。单击左侧"分类"栏中的"背景"样式，在"背景颜色"框中选择颜色"♯00CC66"；单击左侧"分类"栏中的"方框"样式，确保选中"填充"列表中的"全部相同"选项，"填充"为 10px，将"边界"列表中的"全部相同"选项清除，设置上边界 10px、右边界 20px、下边界 10px、左边界 20px；单击左侧"分类"栏中的"边框"样式，确保选中"全部相同"选项，设置边框样式为"实线"，宽度为 2px，边框颜色为"♯CCFF99"；最后单击"确定"按钮。

（7）使用步骤（4）～（6）相同方法，新建一个重新定义特定标签外观的样式 h1，设置字体样式为"黑体"，大小为 16px，背景颜色为"♯009966"。

（8）新建一个重新定义特定标签外观的样式 p，设置字体样式为"宋体"，大小为 14px，行高为 150％，文字缩进为 2em。

（9）按 Ctrl＋S 快捷键保存文档。

在浏览器窗口中打开 liyu.htm 网页，单击文字超链接"李煜"时，弹出一个新的窗口，如图 9.5 所示。

9.2.2　弹出信息

"弹出信息"动作可以使指定的信息以 JavaScript 消息框的方式弹出，它只有一个参数，即消息框中的文字信息。一般情况下，"弹出信息"动作总是和 onLoad、onClick 等事件组合产生一些交互式效果。

以下继续用"唐诗宋词精选"网站为例说明在网页中应用弹出信息行为。

（1）打开 index.htm 文件（本章所有实例均在"唐诗宋词精选 9.2"网站中进行）。

（2）将光标定位到文字"©版权所有 2008"后，按 Shift＋Enter 组合键加入一个空行。

（3）输入文字"本网站由 www.zhaofengnian.com 设计"，然后为相应 URL 添加超链接 http://www.zhaofengnian.com。

（4）确保打开"行为"面板，选择文字链接 www.zhaofengnian.com。

（5）单击添加行为按钮 ，选择"弹出信息"命令，打开"弹出信息"对话框，在"消息"

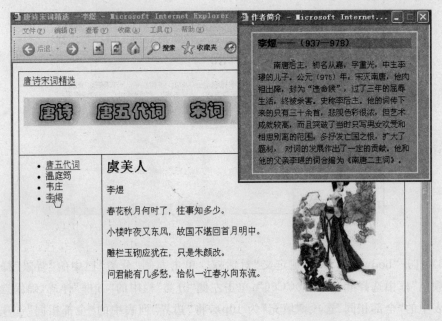

图 9.5

框内,输入文字"您已离开本网站,www.zhaofengnian.com 网站上的内容与本网站无关。",如图 9.6 所示,单击"确定"按钮。

图 9.6

(6)"弹出信息"行为被应用到选中文字超链接,默认事件是 onClick(单击),按 Ctrl＋S 快捷键保存文件,按 F12 键在浏览器窗口中预览网页。

(7)单击文字超链接时,弹出信息框如图 9.7 所示。

9.2.3 弹出式菜单

弹出式菜单是目前很多网站上应用广泛的一种界面导航元素,它可以让浏览者像使用应用程序一样通过菜单访问网站的内容。不过,"显示弹出式菜单"和"隐藏弹出式菜单"行为在新版本的 Dreamweaver 中已经弃用,如果要创建和编辑弹出式菜单,应使用"Spry 菜单栏构件"功能。

1. Spry 框架简介

Spry 框架是一个 JavaScript 库,网站设计人员使用它可以构建能够向站点访问者提

图　9.7

供更丰富体验的网页。有了 Spry，就可以使用 HTML、CSS 和极少量的 JavaScript 将 XML 数据合并到 HTML 文档中，创建构件（如折叠构件和菜单栏），向各种页面元素中添加不同种类的效果。在设计上，Spry 框架的标记非常简单且便于那些具有 HTML、CSS 和 JavaScript 基础知识的用户使用。

　　Spry 框架主要面向专业网站设计人员，但在 Dreamweaver 中可以方便的以所见即所得的方式创建 Spry 构件，而无须过多的专业知识。以下仅介绍如何用 Spry 技术创建菜单栏，其他相关知识请查阅联机帮助。

2. 创建 Spry 菜单

以下继续用"唐诗宋词精选"网站为例说明使用菜单栏构件实现弹出式菜单。

　　（1）在站点中打开 tangshi.htm 文件，选择"文件"→"另存为"命令将该文件另存为 tangshiSpry.htm。

　　（2）将光标定位到第 1 条水平线前，删除中间段落文字。

　　（3）单击插入栏 Spry 类别中的"Spry 菜单栏"按钮 ，打开"Spry 菜单栏"对话框，在"请选择所需的布局"选项区域中选择"水平"单选按钮，如图 9.8 所示。

　　（4）单击"确定"按钮，在文档中插入"Spry 菜单栏"，如图 9.9 所示

　　（5）单击浅蓝色"Spry 菜单栏：MenuBar1"标签，属性检查器如图 9.10 所示。

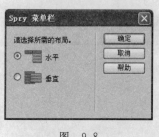

图　9.8

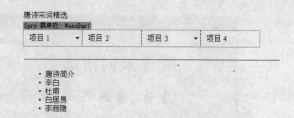

图　9.9

图　9.10

使用该属性检查器可以实现以下功能：为菜单添加或减少菜单项（默认时是 4 个菜单）、为每个菜单项设置链接、为菜单项设置子菜单（默认时第 1 个和第 3 个菜单各有 3 个子菜单）、为子菜单设置链接、移动菜单项或子菜单项在菜单中的顺序等。

（6）确保选择左侧列表中的"项目 1"，在右侧"文本"框中输入文本"唐诗"，链接设置为 tangshiSpry.htm。

（7）在第二个项目列表框中选择"项目 1.1"，在右侧"文本"框中输入文本"李白"，链接设置为 libai.htm。

（8）使用相同方法，将"项目 1.2"设置为"杜甫"，链接为 dufu.htm。

（9）使用相同方法，将"项目 1.3"设置为"白居易"，链接为 baijuyi.htm。

（10）在第二列项目框上方单击 ✚ ，添加一个项目，将其设置为"李商隐"，链接设置为 lishangyin.htm。

（11）使用相同方法，根据网站内容结构修改其他 3 个项目（对应的是"唐五代词"、"宋词"和"宋诗"），如图 9.11 所示。

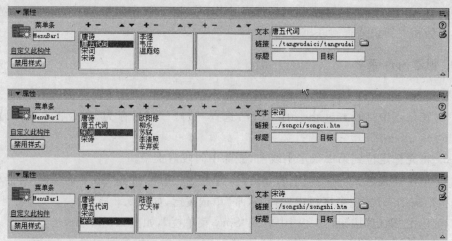

图　9.11

（12）将光标定位到水平线下方，将原先的文字列表删除，按 Ctrl＋S 快捷键保存文档，按 F12 键在浏览器窗口中预览网页，效果如图 9.12 所示。如果对菜单栏的显示效果不满意，可以通过修改菜单栏构件的 CSS 规则来实现特定效果，具体信息请参见联机帮助。

图　9.12

9.2.4　跳转菜单

跳转菜单是一种常见的交互式表单控件，其中每个菜单项都是一个超链接，使浏览者在选择某个选项后可以跳转到相应的页面。

以下继续用"唐诗宋词精选"网站为例说明使用跳转菜单行为。

（1）在站点中打开 index.htm 文件。

（2）光标定位到表格之后，单击插入栏"表单"类别中的"跳转菜单"按钮 ，打开"插入跳转菜单"对话框，如图 9.13 所示。

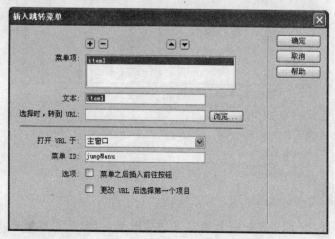

图　9.13

"插入跳转菜单"对话框中的相关参数含义如下：

- 加号和减号按钮。单击加号可添加项目；选择项目，然后单击减号可删除项目。
- 箭头按钮。选择一个项目后，单击箭头按钮即可在列表中上下移动它。
- 文本。输入未命名项目的名称，也就是菜单项的名称。如果菜单包含选择提示（如"选择其中一项"），应在此处输入该提示作为第一个菜单项（如果是这样，则必须选择底部的"更改 URL 后选择第一个项目"选项）。
- 选择时，转到 URL。要打开页面的 URL。
- 菜单 ID。跳转菜单的唯一标识。
- 菜单之后插入前往按钮。选中该选项将在菜单后插入"前往"按钮，从而只有在单击该按钮时才跳转。
- 更改 URL 后选择第一个项目。如果在第一项插入菜单选择提示（例如本示例），应选中此项，以便更改 URL 后再选中第一个项目。

（3）在"文本"框内输入文字"友情链接"，在"选择时，转到 URL"框中输入"♯"（表示不跳转）；单击对话框顶部的 ➕ 按钮，添加一个菜单项目，在"文本"框内输入文字 baidu，在"选择时，转到 URL"框中输入网页地址 http://www.baidu.com；单击对话框顶部的 ➕ 按钮，添加一个菜单项目，在"文本"框内输入文字 google，在"选择时，转到 URL"框中输入网页地址 http://www.google.com（此处为简便起见，直接使用了百度搜索和谷歌搜索，读者可以根据情况输入适当的友情链接）；选中"更改 URL 后选择第一个项目"选项。

（4）单击"确定"按钮，在文档中添加了一个表单和弹出菜单控件，如图 9.14 所示。

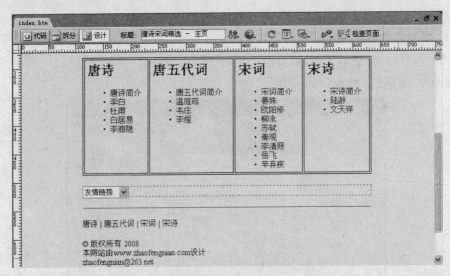

图 9.14

（5）保存网页，按 F12 键在浏览器窗口预览网页，当浏览者单击跳转菜单中的项目时，会在浏览器窗口中打开对应的网页。

9.2.5 显示-隐藏元素

"显示-隐藏元素"动作可以显示、隐藏一个或多个 AP Div 元素,或者还原其默认的可见性属性。它的作用是,当一个事件发生时,使一个显示或隐藏的 AP Div 元素隐藏或显示。例如,当鼠标移动到一个图像区域时,显示一些图像说明文本,当鼠标移出图像区域时,隐藏说明文本。这样不仅可以实现需要时显示,不需要时不显示,还可以节约页面空间。当用户和页面产生交互时,此动作对于显示信息非常有用。

一般情况下,"显示-隐藏元素"动作总是和 onMouseover、onMouseout、onMousedown 以及 onMouseup 等事件组合使用以产生一些交互式的效果。

以下继续用"唐诗宋词精选"网站为例说明使用显示-隐藏元素行为:

(1) 在站点中打开 tangshi.htm 文件,选择"文件"→"另存为"命令,将文件另存为 tangshisapdiv.htm。

(2) 将光标定位到第 1 条水平线前的段落,按 5 次回车键添加 5 个段落。

(3) 单击插入栏"布局"类别"绘制 AP Div"按钮 ,在文档中绘制一个 AP Div 元素,将属性检查器中的"左对齐"设置为 115,"上对齐"设置为 75,"宽度"设置为 115,"高度"设置为 30。

(4) 按住 Ctrl 键不放,单击"绘制 AP Div"按钮 ,在文档中连续绘制 3 个 AP Div 元素。

(5) 使用属性检查器分别将这 3 个 AP Div 的"上对齐"设置为 75,"宽度"设置为 115,"高度"设置为 30,如图 9.15 所示。

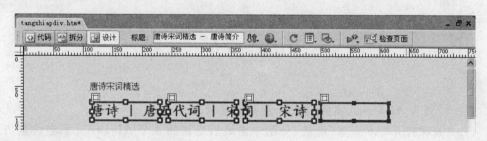

图　9.15

(6) 在这些 AP Div 中分别输入文字"唐诗"、"唐五代词"、"宋词"和"宋诗",然后选中 AP Div 下面文字将其删除,最后移动这些 AP Div,使其对齐,如图 9.16 所示。

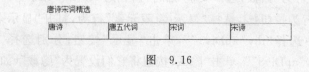

图　9.16

(7) 使用 CSS 面板,新建一个可应用于任何标签类样式".apdivbar",选择"仅对该文档"选项,设置字体为"黑体",大小为 18px,文本对齐为"居中",填充为"全部相同 5px"。

(8) 使用属性检查器为 AP Div 元素中的文本应用 CSS 样式。

(9) 使用属性检查器将这 4 个 AP Div 元素的高度修改为 20 并适当移动,使它们整齐排列。

（10）在文档中再绘制 4 个 AP Div 元素，然后调整它们的大小和位置，如图 9.17 所示。

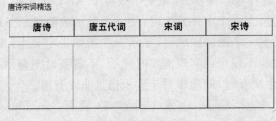

图　9.17

（11）分别在 AP Div 中添加对应文字列表，然后适当调整它们的大小和位置。

（12）将文档中第一条水平线和下面的文本列表删除，如图 9.18 所示。

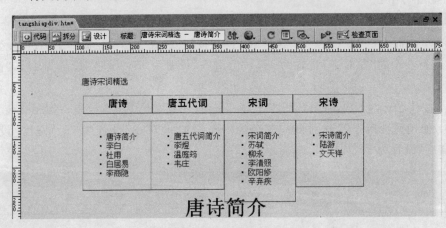

图　9.18

以下步骤为 AP Div 元素应用显示-隐藏元素行为。

（13）确保打开"AP 元素"面板，分别单击最后绘制的 4 个 AP Div 元素名称前方的"眼睛"按钮使其关闭，如图 9.19 所示。

注意："AP 元素"面板"名称"栏中的名称是按照绘制顺序由 Dreamweaver 自动命名的，下面用到"AP 元素"的名称时请注意区别。

（14）确保打开"行为"面板，选择文字"唐诗"所在的 AP Div 元素（即 apDiv1）。

（15）单击添加行为按钮，选择"显示-隐藏元素"行为，打开"显示-隐藏元素"对话框。在"元素"列表中选择"div"apDiv5""，单击"显示"按钮；分别选择"div"apDiv6""、"div"apDiv7""和"div"apDiv8""，单击"隐藏"按钮将它们设置为"隐藏"（如图 9.20 所示）；单击"确定"按钮。

（16）选择文字"宋词"所在的 AP Div 元素（即 apDiv2）。

（17）单击添加行为按钮，选择"显示-隐藏元素"行为，打开"显示-隐藏元素"对话框。在"元素"列表中选择"div"apDiv6""，单击"显示"按钮；分别选择"div"apDiv5""、"div"apDiv7""和"div"apDiv8""，单击"隐藏"按钮将它们设置为"隐藏"；单击"确定"按钮。

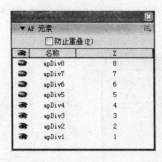

图 9.19

图 9.20

(18) 使用相同方法,为 apDiv3 和 apDiv4 分别应用"显示-隐藏元素"行为。

(19) 按 Ctrl+S 快捷键保存网页,按 F12 键在浏览器窗口预览网页,当鼠标移动到 "唐诗"等文字上时,显示出一个菜单,如图 9.21 所示,可以单击其中的选项;如果鼠标移动到其他文字如"宋词","唐诗"对应的菜单消失,显示"宋词"对应的菜单。

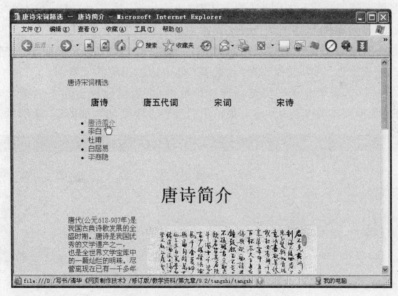

图 9.21

9.2.6 改变属性

"改变属性"行为可用于更改对象某个属性(例如 div 的背景颜色)的值。

以下继续用"唐诗宋词精选"网站为例说明使用改变属性行为:

(1) 打开在 9.2.5 节中制作的 tangshisapdiv.htm 文件。

(2) 选中"唐诗"所在的 AP Div 元素(apDiv1)。

(3) 单击添加行为按钮 ,从弹出菜单中选择"改变属性"命令,打开"改变属性"对话框。

(4) 在"元素 ID"选择框中选择"div"apDiv1"",确保选中"属性"选项中的"选择",然后在列表框中选择 backgroundColor，在"新的值："框中输入"♯CCFF66"，如图 9.22 所示，单击"确定"按钮。

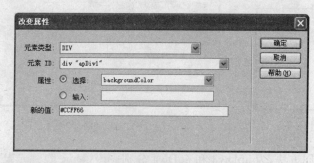

图 9.22

（5）默认时该行为对应的事件是 onClick，单击行为面板中对应的事件，将其更改为onMouseOver。

（6）重复步骤（2）～（5），用同样的方式对"唐五代词"对应的 apDiv2 应用"改变属性"命令，注意在"改变属性"对话框中要在"元素 ID"框中选中"div"apDiv2""。

（7）重复步骤（2）～（5），对"宋词"和"宋诗"所在的 AP Div 元素应用"改变属性"命令，注意在"改变属性"对话框中要在"元素 ID"框中选中相应的元素 ID。

（8）保存网页，按 F12 键在浏览器窗口预览网页，当鼠标移动到菜单项上时，不但显示菜单，而且菜单项本身变色（但移出菜单项后颜色并不变回），如图 9.23 所示。

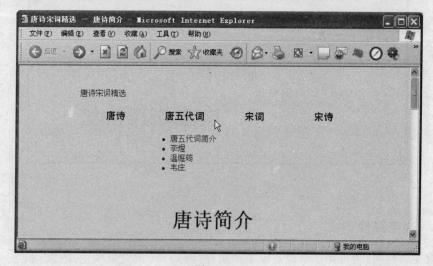

图 9.23

9.2.7　添加动态效果

使用 Dreamweaver 自带的行为还可以实现一些常用的动态效果，例如"增大/收缩"效果、"高亮颜色"效果等。

1. 增大/收缩效果

增大/收缩效果可以获得网页对象动态增大或缩小的效果，该效果适用于下列
HTML 对象：address、dd、div、dl、dt、form、p、ol、ul、applet、center、dir、menu 和 pre。

以下继续用"唐诗宋词精选"网站为例说明使用"效果-增大/收缩"行为。

（1）打开在 9.2.6 节中制作的 tangshisapdiv. htm 文件，将其另存为 tangshisap-
div2. htm。

（2）选中"唐诗"所在的 AP Div 元素。

（3）单击添加行为按钮 ，从弹出菜单中选择"效果"→"增大/收缩"命令，打开"增
大/收缩"对话框，进行如图 9.24 所示的设置。

图 9.24

各选项的含义如下：

- 目标元素。应用此效果的元素。如果要应用于已经选中的元素，选择"＜当前选
  定内容＞"选项即可；否则可以从列表中选择元素。
- 效果持续时间。定义出现此效果所需的时间，用毫秒表示。
- 效果。"增大"或"收缩"。
- 增大自/收缩自。定义对象在效果开始时的大小，该值为百分比大小或像素值。
- 增大到/收缩到。定义对象在效果结束时的大小，该值为百分比大小或像素值。
- 宽/高。如果为"增大自/收缩自"或"增大到/收缩到"框选择像素值，"宽/高"域就
  会可见。元素将根据用户选择的选项相应地增大或收缩。
- 增大自/收缩到。选择希望元素增大或收缩到页面的左上角还是页面的中心。
- 切换效果。如果希望该效果是可逆的（即连续单击即可增大或收缩），应选中此项。

（4）单击"确定"按钮，"增大/收缩"行为应用到选中的 AP Div 元素上，默认事件是
onClick。

（5）为其他作为菜单项的 AP Div 元素应用类似的"增大/收缩"行为。

（6）保存网页，按 F12 键在浏览器窗口预览网页。单击菜单项时，相应的框和文字会
出现动态的放大效果。如果对效果不满意，可以双击行为面板中的行为打开"增大/收缩"
对话框进行设置（例如可以把"效果持续时间"更改为 500 毫秒，以便加快动态效果）。

2. 高亮颜色效果

高亮颜色效果可以为网页对象添加高亮颜色,该效果适用于除了 applet、body、frame、frameset 和 noframes 以外的所有 HTML 对象。

以下继续用"唐诗宋词精选"网站为例说明使用"效果-高亮颜色"行为。

(1) 打开刚才制作的 tangshisapdiv2. htm 文件。

(2) 选中"唐诗"所在的 AP Div 元素。

(3) 单击添加行为按钮 ▣,从弹出菜单中选择"效果"→"高亮颜色"命令,打开"高亮颜色"对话框,进行如图 9.25 所示的设置。

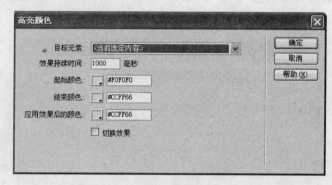

图 9.25

各选项的含义如下:

- 目标元素。应用此效果的元素。如果要应用于已经选中的元素,选择"<当前选定内容>"选项即可;否则可以从列表中选择元素。
- 效果持续时间。定义出现此效果所需的时间,用毫秒表示。
- 起始颜色。选择希望以哪种颜色开始高亮显示。
- 结束颜色。选择希望以哪种颜色结束高亮显示。
- 应用效果后的颜色。选择该对象在完成高亮显示之后的颜色。
- 切换效果。如果希望该效果是可逆的,即通过连续单击来循环使用高亮颜色,应选择此项。

(4) 单击"确定"按钮,将行为应用到选中的 AP Div 元素上,默认事件是 onClick。

(5) 在行为面板中单击 onClick 事件,在列表中选择 onMouseOver 事件。

(6) 删除原先设置的"改变属性"行为。

(7) 为其他作为菜单项的 AP Div 元素应用类似的"高亮颜色"行为,并删除"改变属性"行为。

(8) 保存网页,按 F12 键在浏览器窗口预览网页,当鼠标移动到菜单项上时,会出现动态的颜色变化效果。

9.2.8 检查表单

虽然表单一般都是提交给服务器处理,但如果能在提交之前对用户填写的信息进行简单检查,则可以减少服务器的负担。例如,可以检查用户是否在必填字段中填写了信息,用户是否填写了正确格式的数据(比如,电子邮件地址中应该有@符号)等。Dreamweaver 提供了"检查表单"行为可以执行这样的功能。

"检查表单"行为可以检查表单中指定文本字段的内容,以确保用户已经输入或输入了正确的数据类型。如果使用 onBlur 事件将此动作附加到单个文本字段上,则用户在填写表单时就可以对该字段进行检查;如果使用 onSubmit 事件将其附加到整个表单,则在用户单击"提交"按钮时同时对多个文本字段进行检查。这样设置之后,就可以确保表单提交到服务器后指定的文本字段中不包含无效的数据。

以下继续用"唐诗宋词精选"网站为例说明使用检查表单行为:

(1) 使用资源管理器将 8.3 节中制作的网页 survey.htm 复制到本站点的根目录中。

(2) 打开 survey.htm 文件,选择 username 文本域(即"姓名"对应的文本框)。

(3) 确保打开行为面板,单击添加行为按钮,从弹出菜单中选择"检查表单"命令,打开"检查表单"对话框,如图 9.26 所示。

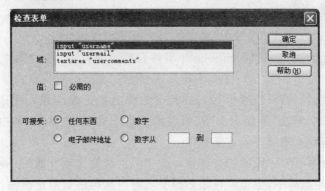

图　9.26

检查表单对话框中的参数含义如下:

· 域。检查表单文本域列表。

· 值。如果选中了"必需的"复选框,则填写表单时必须设置该选项。

· 可接受。如果字段是必需但不需要包含任何特定种类数据,则选中"任何东西"单选按钮;使用"电子邮件地址"单选按钮检查该字段是否包含一个@符号;使用"数字"单选按钮检查该字段是否只包含数字;使用"数字从…到…"单选按钮检查该字段是否包含指定范围内的数字。

(4) 选中"input"username"",选中"必需的"复选框,然后从以下"可接受"选项区域中选中"任何东西"单选按钮。

(5) 单击"确定"按钮。

(6) 默认事件是 onBlur,表示当用户从字段中移开时,这个事件会触发"检查表单"动作。onBlur 事件不管用户是否在该字段中输入内容都会发生检查表单动作。保存文档,按 F12 键在浏览器窗口中预览,如果将光标定位到"姓名"框中,但没有输入内容,当移出该框时,会显示如图 9.27 所示的对话框进行提示。

图　9.27

注意：如果读者熟悉 JavaScript，可以切换到代码视图修改相应程序，以便提示对话框中显示中文提示（本书提供的源代码中进行了相应修改）。

（7）选择 usermail 文本域（即"电子邮件"对应的文本框），为其添加"检查表单"行为，在"检查表单"对话框中选中"input"usermail""，选中"必需的"复选框，然后从以下"可接受"选项区域中选中"电子邮件地址"单选按钮，单击"确定"按钮，默认事件是 onBlur。保存文档，按 F12 键在浏览器窗口中预览，如果将光标定位到"电子邮件"框中，如果没有输入内容或者输入内容中不包含"@"符号时，当移出该框时会显示相应提示对话框。

（8）保存文档，在浏览器中预览，可以看到在填写表单的过程中，如果没有填写必填的项目或者填写项目不符合格式，系统都会进行提示。

除了对单个表单项进行即时检查以外，还可以在用户提交表单时同时检查多个文本字段，步骤如下（仍以 survey.htm 为例）：

（1）在文档窗口左下角的标记符选择器中单击<form>标记符。

（2）添加"检查表单"行为，在"检查表单"对话框中，将"input"username""设置为"必需的"，将"input"usermail""设置为"必需的"和"电子邮件地址"。

（3）单击"确定"按钮，此时 onSubmit 事件自动出现在行为的"事件"栏中，表示表单提交时执行此行为。

通过这样的设置，就可以确保用户在提交表单之前正确的填写了表单。例如，对于 survey.htm，如果在单击"提交表单"按钮之前没有正确填写"姓名"和"电子邮件"，则系统会反复提示，直到正确填写后才能提交。

显然，结合使用单个字段的检查和整个表单的检查是比较有效的一种做法，这样既可以在用户填写时动态提示，也可以在最后提交之前再次确保数据正确输入。

注意：使用"检查表单"行为所能提供的表单检查功能仅限于该对话框提供的选项，如果要设置更复杂的表单检查功能，应手工编写 JavaScript 程序。

习题

1. 举例说明什么是行为。
2. 如果想实现当鼠标移动到某对象上时，状态栏中显示特定文字，应如何指定？
3. 在指定"检查表单"行为时，使用 onBlur 事件和 onSubmit 事件有什么区别？

上机实验

1. 按照本章中介绍的内容，制作并完善"唐诗宋词精选"网站，要求至少使用 3 种行为。

2. 继续第 8 章中的上机实验第 2 题，完善自己的网站，要求至少使用 3 种行为，其中包括表单网页的"检查表单"功能。

第10章

使用模板和库

模板和库都是用于创建风格一致网页的工具，能大大简化网站的开发和维护。本章将分别介绍模板和库的概念，然后通过具体实例说明如何使用模板和库提高网站开发和维护的效率。

10.1　使用模板

本节主要介绍模板的概念和基本操作。

10.1.1　什么是模板

模板是指具有一定共性的文档样板，用于简化常规文档的创建工作。例如，在 Word 中就可用模板创建"个人简历"之类的通用文档。对于网页制作，同样也有模板的概念。在 Dreamweaver 中可利用模板生成具有相似结构和外观的网页，从而大幅度提高网页制作效率，并简化烦琐的网页编辑和维护工作。

当希望站点中的网页共享某种特性，例如相同的布局结构，相似的导航栏等内容，模板是非常有用的。例如，如图 10.1 所示的页面就是一个网站中的模板，在这个模板中保持了相同的页面布局与相似的导航栏，在制作相似的其他页面时可利用该模板直接制作，从而不必再进行页面布局和设置超链接等工作。

在模板中包括可编辑区域和不可编辑区域，前者对于由模板产生的网页而言，可以是不同的内容，因为它们在文档创建过程中是可编辑的；后者在模板窗口中可以编辑，而在文档窗口中不能进行编辑，所以在网页创建过程中内容是固定的。因此，所有应用模板制作出来的网页，只是模板中的可编辑区域发生了变化，而不可编辑区域的内容都相同。

在图 10.1 中，上框、左框和下框都是不可编辑区域，只有中间大框中的内容可以进行编辑。利用该模板制作出的页面如图 10.2 所示，唯一需要做的工作就是对中间的内容部分进行编辑，而其他页面部分都由模板提供。如果需要对页面的整体效果（例如字体、导航等）进行修改，只要直接修改模板，之后所有由该模板创作的网页都会自动更新。通过这种方式，可以大大提高网页制作和维护的效率。

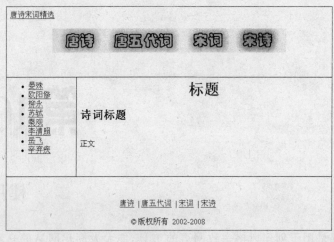

图 10.1

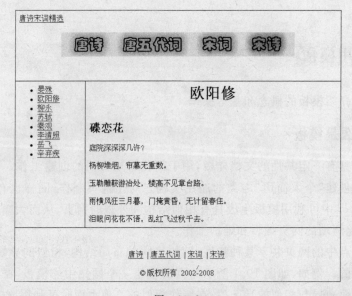

图 10.2

10.1.2 创建模板

以下继续用"唐诗宋词精选"网站为例说明如何创建模板,如何利用模板制作页面,以及如何更新模板等内容。

1. 创建模板

创建模板的具体步骤如下:

(1) 在资源管理器中建立 7.3 节中的站点文件夹的副本,将其重命名为"10.1"。

(2) 使用 2.2.1 节中介绍的方法将其指定为"唐诗宋词精选 10.1"网站。

(3) 在站点中打开 liyu.htm 网页。

（4）切换到代码视图，按 Ctrl＋A 快捷键全选，按 Ctrl＋C 快捷键复制。

（5）新建一个空白文档，切换到代码视图，按 Ctrl＋A 快捷键全选，按 Ctrl＋V 快捷键粘贴。

（6）切换到设计视图，将文档中间部分左侧列表中的文字删除，将文档中间部分右侧的 4 个单元格合并然后将其中内容删除，修改完成后效果如图 10.3 所示。

图　10.3

（7）选择"文件"→"另存为模板"命令，打开"另存模板"对话框，如图 10.4 所示。

（8）在"站点"下拉列表框确保选中"唐诗宋词精选 10.1"，在"描述"文本框中输入文字"宋词模板"，在"另存为"文本框中输入模板名称 songci，单击"保存"按钮。

（9）系统弹出更新链接的提示对话框，如图 10.5 所示，单击"是"按钮。此时文档窗口标题栏出现［＜＜模板＞＞songci. dwt(XHTML)］字样，说明该页面已经保存为模板，并且系统自动将该模板保存在专门用于放置模板的 Templates 文件夹中。

图　10.4

图　10.5

2. 编辑模板

编辑模板也就是定义可编辑区域与不可编辑区域（确定了可编辑区域后，其余的部分就是不可编辑区域，所以不可编辑区域不需要定义）。

以下继续前面的实例进行模板编辑，步骤如下：

（1）将光标定位到模板中间左侧单元格内添加文字列表，如图 10.6 所示。

（2）将光标定位到模板中间右侧单元格内，将第 1 行设置为"标题 1"，文字居中对齐，选择"插入记录"→"模板对象"→"可编辑区域"命令，打开"新建可编辑区域"对话框，在"名称"文本框中输入"标题"，如图 10.7 所示。

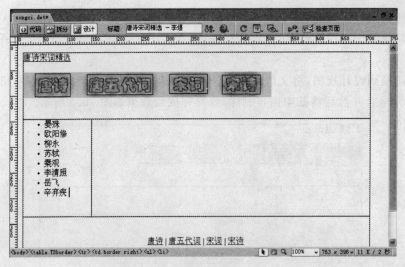

图 10.6

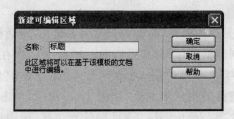

图 10.7

（3）单击"确定"按钮，在模板中添加了可编辑区域。

（4）按回车键添加一个段落并且取消属性检查器中的对齐方式，选择"插入记录"→"模板对象"→"可编辑区域"命令，打开"新建可编辑区域"对话框，在"名称"文本框中输入"正文"，单击"确定"按钮，在模板中添加了新的可编辑区域，此时页面如图10.8所示。

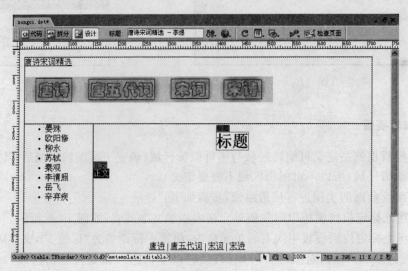

图 10.8

（5）按 Ctrl＋S 快捷键保存模板，系统弹出提示对话框如图 10.9 所示，单击"确定"按钮。

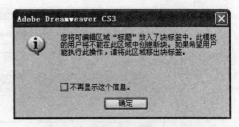

图 10.9

10.1.3 使用模板新建网页

在网站中创建了模板后，就可以使用该模板来制作风格一致的网页，从而大大提高网站开发的效率。

以下继续上节的实例，使用模板来制作网页，步骤如下：

（1）在文档窗口选择"文件"命令，打开"新建文档"对话框，选择左侧"模板中的页"确保选中刚制作好的模板 songci，如图 10.10 所示。

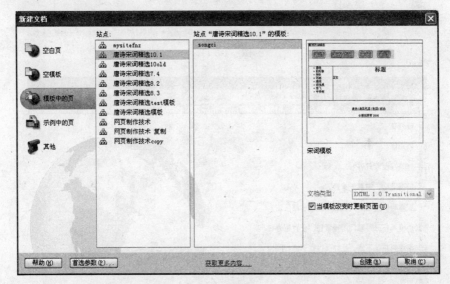

图 10.10

（2）单击"创建"按钮，在文档窗口"标题"栏内输入"唐诗宋词精选—晏殊"。

（3）将光标定位于模板的"标题"可编辑区域，输入文字"晏殊"。

（4）将光标定位到"正文"可编辑区域，添加段落输入诗词文字，然后使用属性检查器适当修饰文字，如图 10.11 所示。

（5）保存文档，然后在浏览器中查看网页效果。

10.1.4 对现有网页应用模板

如果有事先已经制作好的网页，也可以对它们应用模板。但需要注意的是：要对现有网页应用模板，现有网页应与模板网页的结构相似（或是能够套用到模板中，具体请参见下面的实例）。

以下继续之前的实例，对现有网页应用模板，步骤如下：

（1）在站点中打开 ouyangxiu.htm 文件，将网页的标题修改为"唐诗宋词精选—欧阳修"，在文档中添加段落并输入诗词文字部分，如图 10.12 所示。

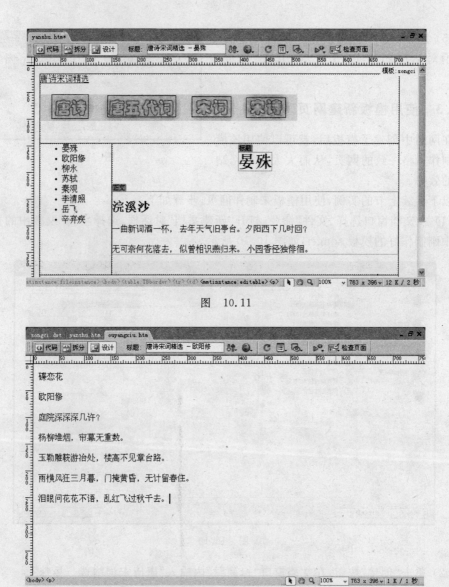

图 10.11

图 10.12

（2）选择"修改"→"模板"→"应用模板到页"命令，打开"选择模板"对话框，如图 10.13 所示。

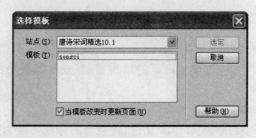

图 10.13

（3）选中"模板"列表框中的 songci，单击"选定"按钮。

（4）打开"不一致的区域名称"对话框，如图 10.14 所示。

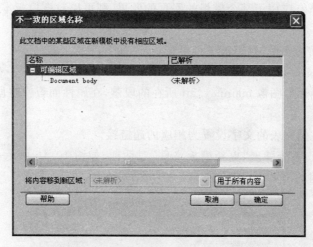

图　10.14

（5）在"名称"列表框中选中 Document body 选项，在"将内容移到新区域"下拉列表框中选择"正文"，单击"确定"按钮。

（6）将标题栏中的文字"李煜"修改为"欧阳修"，将"正文"可编辑区域中的文字"欧阳修"移动到"标题"可编辑区域中，按 Ctrl＋S 快捷键保存文档，按 F12 键在浏览器中预览，网页效果如图 10.15 所示。

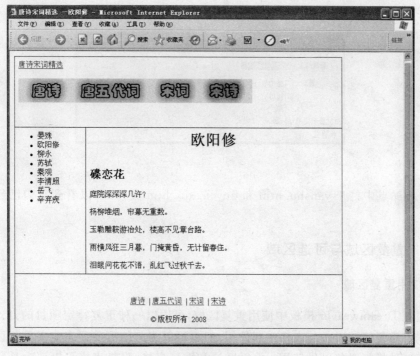

图　10.15

10.1.5　更新模板

如果要更改所有应用了某个模板的网页的效果,则可以对该模板本身进行修改,然后网页会自动更新。

以下继续之前的实例,对模板进行更新,步骤如下:

(1) 打开 songci. dwt 文件。

(2) 选中文档顶部图像 mainnav. gif 所在的段落,在属性面板中将段落的对齐方式修改为"居中对齐"。

(3) 将文档左侧列表的文字设置为相应的超链接。

(4) 保存模板,系统弹出"更新模板文件"对话框,如图 10.16 所示,提示是否更新所有使用此模板创建的网页。

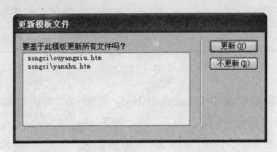

图　10.16

(5) 单击"更新"按钮,更新结束后,系统弹出"更新页面"对话框,如图 10.17 所示,单击"关闭"按钮。

图　10.17

(6) 在站点中打开 yanshu. htm 和 ouyangxiu. htm 文件,可以看到它们已经自动更新了。

10.1.6　重复区域与可选区域

1. 使用重复区域

通过在 Dreamweaver 模板中使用重复区域,可以以一种重复特定项目的方式来控制页面布局。重复区域通常与表格一起使用,但也可以为其他页面元素定义重复区域。有两种重复区域模板对象可供使用:重复区域和重复表格,重复表格可以认为是一种特殊的重复区域。

以下是重复区域在本章实例中的应用,步骤如下:

(1) 打开 songci.dwt 文件。

(2) 将光标定位到可编辑区域"标题"之后,按回车键添加段落,将段落属性检查器中的"居中对齐"取消。

(3) 选择"插入记录"→"模板对象"→"重复表格"命令,打开"插入重复表格"对话框。

(4) 在"行数"文本框中输入 1,在"列数"文本框中输入 2,在"单元格边距"和"单元格间距"文本框中输入 0,在"宽度"文本框中输入 100,选择单位为"百分比",在"边框"文本框中输入 0,在"区域名称"文本框中输入"重复表格",其他保持不变,单击"确定"按钮,如图 10.18 所示。

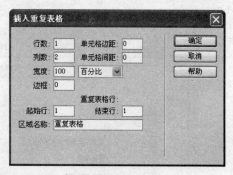

图 10.18

(5) 此时光标位置插入了一个重复表格。单击相应标签选中左边的可编辑区域(EditRegion5),在属性面板的"名称"文本框中将可编辑区域的名称修改为"诗词标题",单击可编辑区域中的内容,在属性面板中将"格式"设置为"标题 2"。

(6) 将光标移动到左边的可编辑区域之后,按回车键插入一行,然后选择"插入记录"→"模板对象"→"可编辑区域"命令,新添加一个可编辑区域"诗词内容"。

(7) 选中右边的可编辑区域(EditRegion6),在属性面板的"名称"文本框中,将可编辑区域的名称修改为"图像"。

(8) 按 Ctrl+S 快捷键保存文件,系统弹出"更新模板文件"和"更新页面"对话框,分别单击"更新"和"关闭"按钮,此时模板文档如图 10.19 所示。

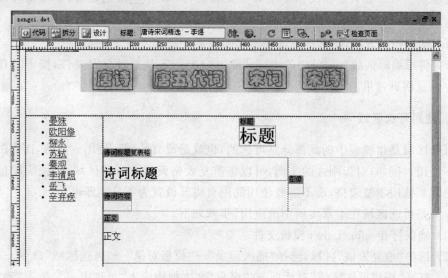

图 10.19

以下实例使用模板制作网页,请注意体会模板中重复区域的功能,步骤如下:

(1) 打开空白的 liqingzhao. htm 文件。

(2) 选择"修改"→"模板"→"应用模板到页"命令,应用 songci. dwt 模板。

(3) 在可编辑区域"标题",将文字"标题"删除,输入文字"李清照"。

(4) 在可编辑区域"诗词标题",将"诗词标题"文字删除,输入文字"醉花阴";在可编辑区域"诗词内容"处输入诗词的内容;在可编辑区域"图像"处插入图像,如图 10.20所示。

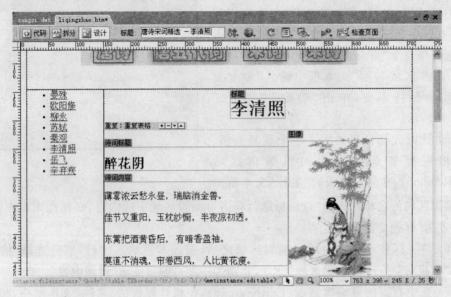

图　10.20

(5) 在重复表格区域单击➕按钮,在文档添加重复区域,将另一首诗词内容和图像添加到可编辑区域。如果要在文档中删除重复表格行,单击➖按钮即可;如果要修改重复表格行的顺序,单击▼或▲按钮即可。

(6) 使用相同方法,将其他诗词内容和图像部分完成。

(7) 将可编辑区域"正文"中的内容清除,按 Ctrl+S 快捷键保存文件,按 F12 键在浏览器中预览网页效果。

2. 使用可选区域

可选区域是指模板中的此部分是可选的,也就是说有的网页使用该部分,而有的网页可以不使用。例如,对于刚才的实例,可以将重复表格设置为可选区域,以便需要使用该效果的网页使用重复表格,而不需要使用的网页将其设置为不显示即可。

以下是可选区域在本章实例中的应用,步骤如下:

(1) 确保打开 songci. dwt 模板文件。

(2) 选中"重复表格"区域,选择"插入记录"→"模板对象"→"可选区域"命令。

(3) 打开"新建可选区域"对话框,在"名称"文本框中输入"可选内容",单击"确定"按钮,如图 10.21 所示。

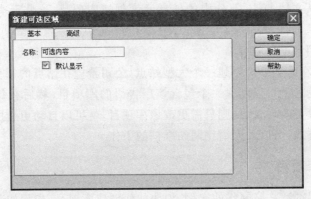

图　10.21

（4）保存模板,更新模板,更新页面。

（5）打开不需要使用重复表格的网页,例如 ouyangxiu. htm 文件,选择"修改"→"模板属性"命令,打开"模板属性"对话框,将"显示 可选内容"选项取消选中,如图 10.22 所示。

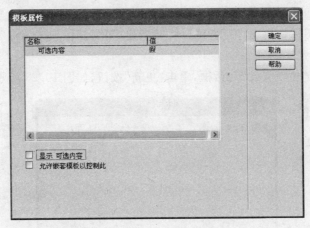

图　10.22

（6）单击"确定"按钮。

（7）保存文档,按 F12 键在浏览器中对比修改前后的效果。

10.2　使用库

本节主要介绍库的概念和基本操作。

10.2.1　什么是库

库是一种特殊的 Dreamweaver 文件,其中包含可放置到网页中的资源。库中的这些资源称为库项目,Dreamweaver 将库项目存储在每个站点的本地根文件夹下的 Library 文件夹中。可以从文档 body 部分中的任意元素创建库项目,这些元素包括文本、表格、表单、Java 小程序、插件、ActiveX 元素、导航条和图像等。每当编辑某个库项目时,可以自动更新所有使用该项目的页面。

例如,假设正在为某公司创建一个大型站点,公司希望在站点的每个页面上显示一个广告语。网站开发者就可以创建一个包含该广告语的库项目,然后在每个页面上使用该库项目。如果需要更改广告语,则只需更改该库项目,就可以自动更新所有使用该项目的页面。通过这种方式,可以大大简化网站维护的工作。

10.2.2 创建库项目

以下继续使用本章之前制作的实例,说明如何创建库项目,步骤如下:

(1) 打开 songci. dwt 模板文件。也可以在不是模板的网页中使用库项目,但在模板中使用库项目可以更好地发挥库项目的作用。

(2) 选择文档最底部包含版权信息的段落。

(3) 按"窗口"→"资源"命令打开"资源"面板,该面板用于管理当前站点中的各种资源(左上的一列图标用于选择不同类型的资源,例如,单击 图标可以显示站点中的模板,可以在模板上单击右键执行相关操作)。

(4) 单击 图标切换到"库"资源,单击"新建库项目"按钮 ,将资源面板中的库项目名称修改为 copyright。

(5) 系统弹出"更新文件"对话框,单击"更新"按钮,如图 10.23 所示。

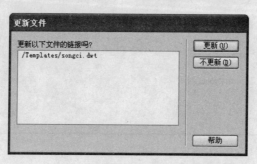

图　10.23

(6) 按 Ctrl＋S 快捷键保存模板,更新模板文件,更新页面。

10.2.3 修改库项目

以下继续使用本章之前制作的实例,说明如何修改库项目,步骤如下:

(1) 在资源面板中选中要修改的库项目,单击"编辑"按钮 。

(2) 打开库中项目,在窗口中修改版权信息,如图 10.24 所示。

(3) 按 Ctrl＋S 快捷键保存文件,打开"更新库项目"对话框,如图 10.25 所示。

(4) 单击"更新"按钮,则所有应用到库项目的文件被自动更新。

(5) 打开应用了模板的文档,查看库项目更新情况。

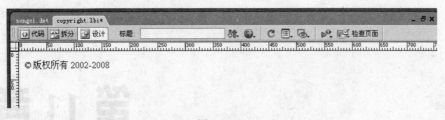

图 10.24

图 10.25

习题

1. 什么是模板？在 Dreamweaver 中如何使用模板？
2. 什么是库？库与模板有什么不同？

上机实验

1. 按照本章中介绍的内容，制作并完善"唐诗宋词精选"网站，要求某栏目中的所有网页都使用模板，并且模板中包含重复区域和可选区域。
2. 继续第 9 章中的上机实验第 2 题，完善自己的网站，要求用到模板和库。

第11章

网站开发实例

通过本书前 10 章的学习,读者已经基本掌握了网站开发的相关技术,本章将"唐诗宋词精选"网站全部重新设计开发,以使读者进一步巩固相关知识与技能。

11.1 网站规划

网站规划(请参见本书 1.4.1 节)通常包括以下内容:确定目标、用户分析与需求分析、确定网站风格、考虑技术因素等。"唐诗宋词精选"网站的规划部分如表 11-1 所示。

表 11-1 网站规划

项 目	内 容
网站目标	弘扬中国传统文化
用户分析与需求分析	用户为对中国古代诗词文化感兴趣的访问者。用户希望能够以轻松简便的方式访问到经典的诗词。为达到这个目的,一方面需要精选用户可能感兴趣的诗词,另一方面需要以容易访问的方式展示给访问者
网站风格	风格尽量简明,同时使用中国传统美术效果增加古典和传统的韵味
技术因素	考虑到访问者的主要目的是欣赏诗词,因此应使网页较小,从而保证较快的下载速度。浏览器以 IE6 为目标,兼顾 IE7 和 Firefox。页面设计时针对的分辨率为 1024×768,兼顾 800×600 和 1280×1024

11.2 网站设计

本节介绍网站内容结构的设计和页面效果的设计。

11.2.1 内容结构

对于"唐诗宋词精选"网站,按照历史时代和诗词类别进行分类比较适合,而之下可以按照作者进行分类,作者也是按照时间排序,请参见图 1.19。

站点的主体链接结构如图 11.1 所示。

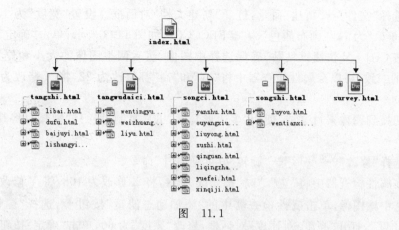

图 11.1

11.2.2 页面设计

页面设计包括 Logo 设计、首页设计和二级页面设计。网站中的颜色设计和字体设计体现在具体的页面设计中,不再赘述。

1. Logo 设计

Logo 也称为网站徽标或网站标志,它是网站形象的主要代表之一,通常位于页面的左上角,并且在非主页的页面上作为返回主页的链接。

以下是使用 Fireworks 制作"唐诗宋词精选"标志图案的步骤:

(1)启动 Fireworks,打开准备好的 Logo 图像素材,将缩放比例设置为 800%,以便进行精确的处理。

(2)在工具栏中单击"多边形套索"工具按钮,沿着需要选取的部分依次单击,选中图像中的一只"蝴蝶",按 Ctrl+C 快捷键复制,如图 11.2 所示。

图 11.2

(3) 选择"文件"→"新建"命令,打开"新建文档"对话框。设置"宽度"为150,"高度"为80,"分辨率"为72,"画布颜色"为"#FFCCCC",如图11.3所示,单击"确定"按钮。

(4) 按Ctrl+V快捷键粘贴,确保选择中图像,然后调整图像的大小和位置(如要与作者绘制的一致,可以在属性检查器中将"宽"和"高"都修改为22,将X修改为126,将Y修改为10)。

(5) 切换到图像素材文档,使用"多边形套索"工具复制另一只"蝴蝶",将其粘贴到新建文档中。

(6) 选择"修改"→"变形"→"旋转90度逆时针"命令。

(7) 在属性检查器中将"宽"、"高"都修改为14,将X修改为108,将Y修改为7。

(8) 选中该图像,单击属性检查器中的"添加动态滤镜"按钮 ,选择"调整颜色"→"亮度/对比度",打开"亮度/对比度"对话框,修改"亮度"为60,单击"确定"按钮。

(9) 单击工具栏中的"文本"工具按钮 A,在属性检查器中修改"字体"、"字号"、"颜色"值,在文档中输入文本"唐",然后调整其位置。

(10) 使用同样方法添加文本"诗"、"宋"、"词"、"精选",可以将它们设置成为不同的"字体"、"字号"、"颜色"和"位置",如图11.4所示。

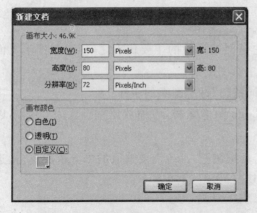

图 11.3

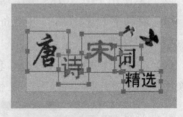

图 11.4

(11) 选择"文件"→"保存"命令将文档保存。

(12) 选择"窗口"→"优化"命令打开"优化"面板,在"保存的设置"框中选择"GIF网页216",其他选项保持不变(确保透明选项设置为No Transparency(无透明色))。

(13) 选择"文件"→"导出"命令,将文档导出为logo.gif。

2. 首页设计

首页作为网站的门户,是网站中最重要的页面,在网页设计阶段需要对它进行单独设计。通常页面设计的过程是:首先在白纸上绘制出大致的框图,基本明确各元素(例如导航、正文、图片等)的位置,然后使用图像处理软件绘制出较为精确的设计图。

"唐诗宋词精选"首页效果图如图11.5所示,以下是使用Fireworks制作的步骤。

(1) 选择"文件"→"新建"命令,打开"新建文档"对话框,设置"宽度"为800,"高度"为

图 11.5

600，"分辨率"为 72，"画布颜色"为"白色"，单击"确定"按钮。

（2）选择"文件"→"导入"命令，将背景图案 bg.jpg 导入到文档中，修改属性检查器中的"宽"为 800，"高"为 600，将位置调整到充满画布。

（3）在工具栏中单击"矩形"工具按钮口，在文档中绘制一个矩形区域，修改属性检查器中的"填充颜色"为"无色"，"描边颜色"为"♯000000"，"笔尖大小"为 1，然后在画布上绘制一个宽度为 700、高度适当的矩形（该高度可以根据实际绘制时的情况调整），并调整其位置（X 为 50，Y 为 20）。此矩形将作为包含网页主体内容的容器。

（4）选择"文件"→"导入"命令，将刚才制作的 logo.gif 导入，将其放置到刚绘制矩形的左上角。

（5）在工具栏中单击"矩形"工具按钮口，在文档中绘制一个矩形区域，修改属性检查器中的"填充颜色"为"♯FFCC99"，"描边颜色"为"无"，"宽"为 548，"高"为 80，X 为 201，Y 为 21，如图 11.6 所示。

图 11.6

（6）单击"矩形"工具按钮口，绘制一个"矩形"，修改属性检查器中的"填充颜色"为"无色"，"描边颜色"为"♯FF6600"，"宽"为 400，"高"为 50，X 为 230，Y 为 35。

（7）绘制一个"矩形"，修改属性检查器中的"填充颜色"为"♯993300"，"描边颜色"为"无"，"宽"为 70，"高"为 30，X 为 240，Y 为 45。

（8）单击"文本"工具按钮**A**，在属性检查器中将"字体"修改为"黑体"，"字号"为 16，"颜色"为"白色"。在刚才绘制的"小矩形"正中输入文本"首页"，然后调整文本的位置，使其在"小矩形"的正中间。

（9）选择刚才绘制的"小矩形"，按 Ctrl＋C 快捷键和 Ctrl＋V 快捷键执行复制粘贴操作，复制出 4 个小的"矩形"按键盘上的向右方向键，调整它们的位置，使其有间距并且垂直对齐，然后将它们的"填充颜色"修改为"♯FF6600"。

（10）使用"文本"工具在这些"小矩形"中分别添加文本："唐诗"、"唐五代词"、"宋词"、"宋诗"，将这些文本的位置调整到"小矩形"的正中间，如图 11.7 所示。

图　11.7

（11）绘制"矩形"，修改属性检查器中的"填充颜色"为"♯FFFFFF"，"描边颜色"为"无色"，"宽"为 698，"高"为 405，X 为 51，Y 为 101，按回车键。

（12）导入图像 pipaxing.jpg，然后在下边输入一段文字，适当调整它们的位置使其居中对齐。

（13）绘制一个"矩形"，修改属性检查器中的"填充颜色"为"♯FFF0E6"，"描边颜色"为"无色"，"宽"为 698，"高"为 30，X 为 51，Y 为 504，按回车键。

（14）单击"文本"工具按钮**A**，在属性检查器中将"字体"修改为"黑体"，"字号"为 18，"颜色"为"♯000000"。在这个矩形中输入文字"参与调查"并将其移动到右侧。

（15）单击"文本"工具按钮**A**，在属性检查器中将"字体"修改为 Arial Black，"字号"为 14，"颜色"为"♯000000"，在文档底部输入两段文字 Copyright 2008 和 Designed by www.zhaofengnian.com，将它们移动到文档中间的位置，效果如图 11.5 所示。

（16）选择"文件"→"保存"命令，将文档保存为 homepage.png。

3. 二级页面设计

二级页面与首页的布局类似，不同的是在中间部分的左侧多了一个二级导航条，并且单元格内容不同，效果如图 11.8 所示。

以下是制作该二级页面效果图的步骤：

（1）选择"文件"→"另存为"命令，将 homepage.png 另存为 page.png。

（2）选择文档中间（白色填充）的"矩形"，在属性检查器中修改"宽"为 548，X 为 201，其他保持不变。

（3）将该"矩形"中的内容删除，然后加入新的文字。

（4）绘制"矩形"，修改属性检查器中的"填充颜色"为"♯66FF99"，"描边颜色"为"无色"，"宽"为 150，"高"为 403，X 为 51，Y 为 101。

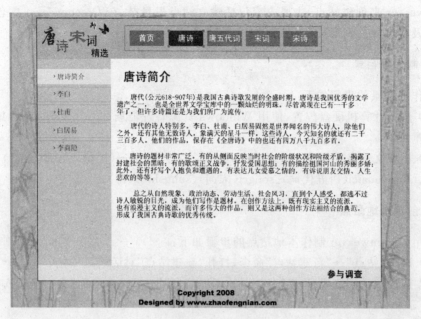

唐诗简介

唐代(公元618-907年)是我国古典诗歌发展的全盛时期。唐诗是我国优秀的文学遗产之一，也是全世界文学宝库中的一颗灿烂的明珠。尽管离现在已有一千多年了，但许多诗篇还是为我们所广为流传。

唐代的诗人特别多，李白、杜甫、白居易固然是世界闻名的伟大诗人，除他们之外，还有其他无数诗人，象满天的星斗一样。这些诗人，今天知名的就还有二千三百余人。他们的作品，保存在《全唐诗》中的也还有四万八千九百多首。

唐诗的题材非常广泛，有的从侧面反映当时社会的阶级状况和阶级矛盾，揭露了封建社会的黑暗；有的歌颂正义战争，抒发爱国思想；有的描绘祖国河山的秀丽多姣；此外，还有抒写个人抱负和遭遇的，有表达儿女爱慕之情的，有诉说朋友交情、人生悲欢的等等。

总之从自然现象、政治动态、劳动生活、社会风习，直到个人感受，都逃不过诗人敏锐的目光，成为他们写作的题材。在创作方法上，既有现实主义的流派，也有浪漫主义的流派，而许多伟大的作品，则又是这两种创作方法相结合的典范，形成了我国古典诗歌的优秀传统。

参与调查

图 11.8

(5) 绘制"矩形"，修改属性检查器中的"填充颜色"为"♯CCFFEE"，"描边颜色"为"无色"，"宽"为 150，"高"为 30，X 为 51，Y 为 120。

(6) 使用"文本"工具，修改属性检查器中的"字体"为"宋体"，"字号"为 14，"颜色"为"♯474F49"，在该矩形区域中输入文本"唐诗简介"。

(7) 在文本前导入图像 bullet. gif，然后适当调整图像和文本的间距以及它们在"矩形"中的位置。

(8) 选择刚才绘制的矩形，执行复制操作，修改属性检查器中的"填充颜色"为"♯CCFFEE"，"描边颜色"为"♯CED2B6"，X 为 51，Y 为 155。

(9) 执行复制操作，复制 3 个刚才绘制的矩形，并适当调整它们的位置，使其排列整齐。

(10) 重复步骤(6)～(7)，在其中添加文本和图像。

(11) 将顶部文字"首页"和"唐诗"所在的矩形区域的"填充颜色"对调，最后效果如图 11.8 所示。

11.3 网页制作

本节介绍具体的网页制作过程，包括站点的创建、CSS 样式的制作、主页的制作和二级页面的制作。

11.3.1 创建站点

通过前面的介绍我们对"唐诗宋词精选"网站的内容结构已经比较了解，以下使用

Dreamweaver 来创建站点，主要内容包括建立站点根目录、在 Dreamweaver 中创建本地站点以及将资源放到根目录。

1. 制作根目录

制作根目录的步骤如下：

（1）选择计算机硬盘位置，使用 Windows 资源管理器新建一个文件夹，将其命名为"第 11 章"。

（2）在该文件夹中新建 6 个文件夹，分别命名为 images（图像）、text（文本）、tangshi（唐诗）、tangwudaici（唐五代词）、songci（宋词）、songshi（宋诗）。

2. 创建本地站点

使用 Dreamweaver 制作本地站点的步骤如下：

（1）选择"站点"→"新建站点"命令，打开"新建站点"对话框。

（2）选择"高级"选项卡，在"分类"栏"本地信息"中的"站点名称"文本框输入"唐诗宋词精选"。

（3）单击"本地根文件夹"按钮🗀，定位到新建立的"第 11 章"文件夹。

（4）单击"默认图像文件夹"按钮🗀，定位到新建立的 images 文件夹，保持其他默认选项，单击"确定"按钮。

3. 搜集整理资源

搜集整理资源步骤如下：

（1）将要使用的文本素材文件复制到 text 文件夹中。

（2）将前面制作的 homepage.png 和 page.png 以及要使用的其他图像文件复制到 images 文件夹中。

11.3.2 制作 CSS 样式

本节介绍本站点中使用的 CSS 是如何设计和创建的。

1. CSS 样式结构

根据上一节中设计的页面效果和之前学习的网页布局知识，可以考虑使用表格进行页面的整体布局，然后使用 CSS ID 样式对页面局部进行修饰，网页中的各部分对应的 CSS 样式如图 11.9 和图 11.10 所示。

2. CSS 样式文件

在站点根目录中创建一个 mycss.css 文件，其内容如下（请注意其中的注释部分）：

@charset"utf-8";

/*一般样式*/

图 11.9

图 11.10

```
body {                                    /*总体效果*/
    font-size: 14px;                      /*字体大小*/
    background-image: url(images/bg.jpg); /*背景图案*/
    margin:20px;                          /*边距*/
}
```

```
h1 {                                              /*标题*/
    font-size: 24px;
    font-family: "楷体_gb2312";                     /*字体*/
    color: #68887C;                               /*文字颜色*/
    margin-bottom: 20px;                          /*下边距*/
    font-weight: bold;                            /*粗体*/
}
h2 {
    font-size: 16px;
    font-weight: bold;
    color: #949D87;
    border-left: 11px  solid  #D7DACE;    /*通过使用左边框实现标题左边的块效果*/
    padding-left: 7px;                            /*块与文字之间的距离*/
    margin-top: 3em;                              /*上边距*/
}


/* 布局样式*/
#tableLayout {                                    /*整个布局的外框表格 */
    background-color: #FFFFFF;                     /*背景颜色*/
    border: solid  #636363  1px;                  /*边框效果*/
}
#tableLayout  #tdNav {         /*主导航单元格,使用上下文样式能显示出样式的逻辑关系*/
    font-family: "黑体";
    font-size: 16px;
    color: #FF6600;
    background-color: #FFCC99;
    text-align: left;                             /*文本对齐方式*/
    font-weight: bold;
}
#tableLayout  #homePageContent  {                /*首页中间内容*/
    width: 420px;                                 /*首页中间块的宽度*/
    margin-top: 20px;
    margin-bottom: 20px;
    padding: 20px;                                /*填充*/
    margin: auto;                   /*将 margin 设置为 auto 实现块居中的效果*/
}
#tableLayout  #homePageContent  p {              /*首页中间内容段落*/
    font-size: 12px;
    line-height: 1.5em;                           /*行高*/
    text-indent: 2em;                             /*首行缩进*/
}
#tableLayout  #tdContent {                        /*二级页面内容单元格*/
    vertical-align: top;                          /*单元格垂直对齐方式*/
    padding: 20px;
```

```
}
#tableLayout #tdContent p {                    /*二级页面内容单元格段落*/
    font-size: 14px;
    line-height: 1.5em;
    text-indent: 2em;
}
#tableLayout #tdSurvey {                        /*底部"参与调查"链接所在单元格*/
    padding: 8px;
    text-align: right;
    background-color: #FFF0E6;
    font-size: 16px;
    font-family: "黑体";
    padding-right: 30px;
}


/*主导航*/
#mainNav {                                      /*主导航外框*/
    background-color: #FFCF9C;
    height: 32px;
    width: 390px;
    margin-left: 20px;
    border: 1px orange solid;
    padding-bottom: 3px;
}
#mainNav li {                                   /*主导航列表项*/
    float: left;                                /*浮动属性设置为左浮动*/
    padding: 0;
    background-color: #FF6600;
    list-style-type: none;                      /*列表项目符号*/
    width: 70px;
    text-align: center;
    margin-top: 0;
    margin-right: 3px;
    margin-bottom: 0;
    margin-left: 3px;
}
#mainNav li.select {                            /*当前选中的项*/
    background-color: #993300;
}
#mainNav li a {                                 /*导航按钮*/
    font-family: "宋体";
    font-size: 14px;
    font-weight: bold;
    color: #ffffff;
```

```css
    text-decoration: none;                      /*文本修饰*/
    padding-top: 5px;
    padding-bottom:4px;
    width: 70px;
    display: block;           /*显示属性 display 设置为 block 将把超链接作为块进行处理*/
}
#mainNav  li  a:hover {                          /*悬停导航按钮*/
    background-color: #CC6633;
    color: #FFF0E6;
}
#mainNav  ul {                                   /*导航条*/
    margin: 5px;
    padding: 0px;
}


/*二级导航样式*/
#tableLayout  #tdSidebar {                       /*二级导航条单元格*/
    background-color: #66FF99;
    vertical-align: top;
    padding-top: 50px;
}
#tableLayout  #tdSidebar  a {                    /*二级导航条*/
    padding: 8px;
    border-top: 1px  solid  #CED2B6;
    border-bottom: 1px solid #CED2B6;
    display: block;
    margin-bottom: 10px;
    text-decoration: none;
}
#tableLayout  #tdSidebar  a.current {            /*当前选中项*/
    background-color: #CCFFEE;
}
#tableLayout  #tdSidebar  a:link,
#tableLayout  #tdSidebar  a:visited,
#tableLayout  #tdSidebar  a:active
{                      /*除了悬停态以外的 3 种超链接状态：未访问、已访问、活动*/
    color: #474F49;
}
#tdSidebar  a:hover {                    /*悬停态*/
    background-color: #CCFFFF;
}
a  img  {                                 /*所有位于超链接中的图像均不显示边框*/
    border: none;
}
```

3. 创建 body 样式

如果读者对 CSS 技术还不够熟悉,也可以用以下方式进行样式创建(以 body. 和 ♯tableLayout ♯tdNav 为例,其他样式做法类似,不再赘述)。

(1) 选择"文件"→"新建"命令,打开"新建文档"对话框,选择"空白页"在"页面类型"选择"CSS"项目,单击"创建"按钮。

(2) 单击"新建 CSS 规则"按钮 ,打开"新建 CSS 规则"对话框,在"选择器类型"选项中选择"标签(重新定义特定标签的外观)"。

(3) 在"标签"框中选择 body,选择"定义在"选项的"新建样式表文件",单击"确定"按钮。

(4) 打开"保存样式表文件"对话框,确保在新建站点根目录下,在"文件名"文本框中输入 mycss,单击"保存"按钮。

(5) 系统打开提示对话框,单击"确定"按钮。

(6) 打开"body 的 CSS 样式规则定义(在 myCSS. CSS 中)"对话框,在"分类"栏选择"类型",在"大小"框中选择 14,单位选择"像素(px)"。

(7) 在"分类"栏选择"背景",在"背景图像"栏单击"浏览"按钮 浏览... ,打开"选择图像源文件"对话框,定位到 images 文件夹中选择 bg. jpg,单击"确定"按钮。

(8) 在"分类"栏选择"方框",确保选中"边界"的"全部相同"选项,在"上"文本框中输入 20,单位选择"像素(px)",单击"确定"按钮。

4. 创建 ♯tableLayout ♯tdNav 样式

以下是样式"♯tableLayout ♯tdNav"的 CSS 规则定义的步骤:

(1) 单击"新建 CSS 规则"按钮 ,打开"新建 CSS 规则"对话框,在"选择器类型"选项中,选择"高级(ID、伪类选择器等)"。

(2) 在"选择器"框中输入"♯tableLayout ♯tdNav",单击"确定"按钮。

(3) 打开"♯tableLayout ♯tdNav 的 CSS 规则定义"对话框,在"分类"栏选择"类型",在"字体"框中选择"黑体",在"大小"框中选择 16,单位选择"像素(px)",在"颜色"框中选择"♯FF9900",在"粗细"框中选择"粗体"。

(4) 在"分类"栏选择"背景",在"背景颜色"选择颜色"♯FFCC99"。

(5) 在"分类"栏选择"区块",在"文本对齐"框中选择"左对齐",单击"确定"按钮。

注意:CSS 样式表中的注释部分需要手工添加。

11.3.3 制作首页

以下是站点首页的制作步骤:

(1) 选择"文件"→"新建"命令,打开"新建文档"对话框,在左侧栏中选择"空白页",在"页面类型"中选择 HTML,单击"创建"按钮。

(2) 在文档工具栏中的"标题"框中输入"唐诗宋词精选——首页"。

(3) 按 Ctrl+S 快捷键将文档保存在站点根目录下,将其命名为 index. html。

（4）单击 CSS 样式面板中的"附加样式表"按钮 ，打开"链接外部样式表"对话框，单击"浏览"按钮 浏览… ，打开"选择样式表"对话框，选择新建的 mycss.css，单击"确定"按钮。

（5）在"链接外部样式表"对话框中的"添加为"选择"链接"选项，单击"确定"按钮。

（6）单击属性检查器中的"页面属性"按钮 页面属性… ，打开"页面属性"对话框，在"分类"栏选择"跟踪图像"，单击"浏览"按钮 浏览(B)… ，打开"选择图像源文件"对话框，选择上节中绘制的 homepage.png，单击"确定"按钮。

（7）回到"页面属性"对话框，移动"透明度"滑块，将其设置为 30%，单击"确定"按钮。

（8）单击"插入"栏"常用"类别中的"插入表格"按钮 ，插入一个 3 行 2 列，表格宽度为 700px 的表格。

（9）在表格属性检查器中的"表格 ID"选择框中选择 tableLayout。

注意：此时已将该 CSS 样式定义在 CSS 样式表文件中，如果没有定义该样式则此处不可选择。

（10）单击第 1 个单元格，单击"插入"栏"常用"类别中的"插入图像"按钮 ，插入图像 logo.gif。

（11）单击第 2 个单元格，右键单击状态栏中的 HTML 标签选择器上的＜td＞，选择"设置 ID"→tdNav 选项，在属性检查器中将表格单元格宽度设置为 550。

（12）单击"插入"栏"常用"类别中的"插入 DIV 标签"按钮 ，打开"插入 DIV 标签"对话框，在 ID 框中选择 mainNav，单击"确定"按钮，此时的文档窗口如图 11.11 所示。

图 11.11

（13）将光标处的文本删除，单击属性检查器上的"项目列表"按钮 ，输入文本"首页"，确保选中输入的文字，在属性检查器中的"链接"框中输入 index.html，在状态栏中的 HTML 标签选择器上单击标签＜li＞，在属性检查器中将"样式"设置为 select。

（14）按回车键添加文字列表项目，在光标处输入文本"唐诗"，选中该文本，在属性检查器中的"链接"框中输入 tangshi/tangshi.html,在状态栏中的 HTML 标签选择器上单击标签<li.select>,在属性检查器中将"样式"设置为"无"。

(15) 按回车键添加文字列表项目,在光标处输入文本"唐五代词",选中该文本在属性检查器中的"链接"框中输入 wudaici/wudaici.html。

(16) 重复步骤(15),添加 2 个文本列表项目,分别是"宋词"和"宋诗",对应的超链接设置为 songci/songci.html 和 songshi/songshi.html,此时的文档窗口如图 11.12 所示。

图　11.12

(17) 选中表格第 2 行,单击属性检查器上的"合并单元格"按钮□,在该单元格中单击"插入"栏"常用"类别中的"插入 DIV 标签"按钮□,打开"插入 DIV 标签"对话框,在 ID 框中选择 homePageContent,单击"确定"按钮。

(18) 将文本删除,添加图像"pipaxing.jpg",按回车键添加段落,然后输入一段文本。

(19) 选中表格第 3 行,单击属性检查器上的"合并单元格"按钮□,输入文本"参与调查",选中该文本在属性检查器中的"链接"框中输入 survey.html。

(20) 在"参与调查"单元格定位光标,右击状态栏中的 HTML 标签选择器上的<td>,选择"设置 ID"→tdSurvey 选项。

(21) 单击表格四周的边框选中整个表格,在属性检查器中将"对齐方式"设置为"居中对齐"。

(22) 在表格之外单击鼠标,按回车键添加段落,然后输入文本 Copyright 2008,按 Ctrl+Enter 组合键,再输入文本 Designed by www.zhaofengnian.com,在属性检查器上将段落对齐方式设置为"居中对齐"。

(23) 按 Ctrl+S 快捷键保存文档,按 F12 键预览网页效果,如图 11.13 所示。

说明:现在首页中的超链接还无法跳转,等页面制作完成后再进行尝试。

图　11.13

11.3.4　制作二级页面

二级页面的制作是网站页面制作的主体，可以先制作出一个示例页面，然后使用模板技术进行批量生产。

1. 制作第1个二级页面

以下是制作 tangshi. html 网页的步骤：

（1）在"文件"面板 tangshi 文件夹上右击，在弹出的快捷菜单中选择"新建文件"命令，创建文件 tangshi. html。

（2）双击 tangshi. html 文件名，打开该文件，将文档标题设置为"唐诗宋词精选——唐诗简介"。

（3）单击"页面属性"按钮 页面属性... ，打开"页面属性"对话框，在"分类"栏选择"跟踪图像"，单击"浏览"按钮 浏览 (B) ... ，打开"选择图像源文件"对话框，选择上节绘制的 page. png，单击"确定"按钮。返回到"页面属性"对话框移动"透明度"滑块，将其设置为 30%，单击"确定"按钮。

（4）确保打开 index. html，单击状态栏 HTML 标签选择器上的＜body＞，按 Ctrl＋C 快捷键执行复制操作，切换到 tangshi. html 文档，按 Ctrl＋V 快捷键粘贴。

（5）单击第1个单元格中的图像，使用属性检查器重新定位"源文件"。

（6）在状态栏中的 HTML 选择器上单击"＜div♯homePageContent＞"，将其选中，然后按 Delete 键。

（7）单击"拆分单元格"按钮 ，将其拆分成2列。

（8）单击第 2 行第 1 个单元格，使用"插入图像"按钮，添加图像 bullet. gif，然后输入文本"唐诗简介"。

（9）添加图像 bullet. gif，然后输入文本"李白"。

（10）重复该步骤再添加 3 个图像和文本，对应文本是"杜甫"、"白居易"和"李商隐"。

（11）分别选中图像和诗人名，在属性检查器"链接"框中输入对应的超链接地址，它们依次是：tangshi. html、libai. html、dufu. html、baijuyi. html、lishangyin. html。

（12）单击第 2 行第 2 个单元格，输入文本"唐诗简介"，然后在属性检查器中将文本设置为"标题 1"，最后按回车键。在之后的段落中复制"唐诗简介"内容文本，此时文档窗口如图 11.14 所示。

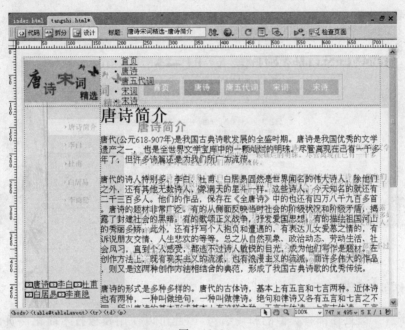

图 11.14

（13）确保打开 CSS 样式面板，单击"附加样式表"按钮将 mycss. css 链接到文档中。

（14）单击表格第 2 行左侧单元格，右击状态栏中的 HTML 标签选择器上的＜td＞，选择"设置 ID"→tdSidebar 选项。

（15）单击表格第 2 行右侧单元格，右击状态栏中的 HTML 标签选择器上的＜td＞，选择"设置 ID"→tdContent 选项。

（16）选中主导航条上的列表文本"首页"，在属性检查器"链接"框中输入".. /index. html"。

（17）选中主导航条上的列表文本"首页"，在状态栏中的 HTML 选择器上单击"＜li. select＞"将属性检查器中的样式修改为"无"。

（18）选中主导航条上的文本"唐诗"，将属性检查器中的"样式"修改为 select，将链接修改为".. /tangshi/tangshi. html"。

（19）选中主导航条上的文本"唐五代词"，在属性检查器中将链接修改为".. /

tangwudaici/tangwudaici. html"。选中主导航条上的文本"宋词",在属性检查器中将链接修改为"../songci/songci. html"。选中主导航条上的文本"宋诗",在属性检查器中将链接修改为"../songshi/songshi. html"。

（20）选中左边导航条上的文本"唐诗简介",将属性检查器中的"样式"修改为current。

（21）选择表格底部单元格中的文本"参与调查",在属性检查器的"链接"文本框中输入"../survey. html"。

（22）按 Ctrl＋S 快捷键保存文档,按 F12 键预览网页效果,如图 11.15 所示。

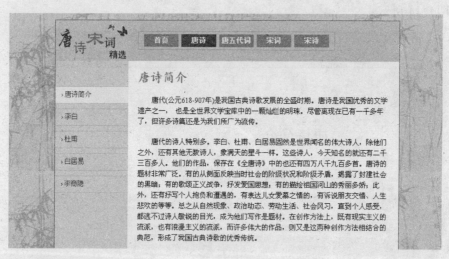

图　11.15

2. 制作其他唐诗页面

由于所有二级页面都有类似的布局结构,因此可以使用模板技术简化网页的创建和维护,步骤如下:

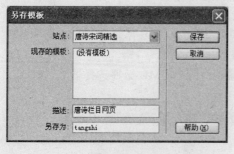

图　11.16

（1）打开 tangshi. html 文件,选择"文件"→"另存为模板"命令,打开"另存模板"对话框,进行如图 11.16 所示的设置,单击"保存"按钮。

（2）在弹出的提示对话框中,单击"是"按钮。

（3）将光标定位到左边导航所在的单元格,单击状态栏中的 HTML 标签选择器上的＜td＃tdSidebar＞,选中左边的单元格。

（4）选择"插入记录"→"模板对象"→"可编辑区域"命令,新建一个"左导航"可编辑区域。

（5）单击左导航条上的文本"唐诗简介",将属性检查器中的"样式"修改为"无"。

（6）选中右边单元格中的"唐诗"，选择"插入记录"→"模板对象"→"可编辑区域"命令，新建一个"标题"可编辑区域。

（7）选中右边单元格中的所有正文内容，选择"插入记录"→"模板对象"→"可编辑区域"命令，新建一个"正文"可编辑区域，此时的模板文件如图 11.17 所示。

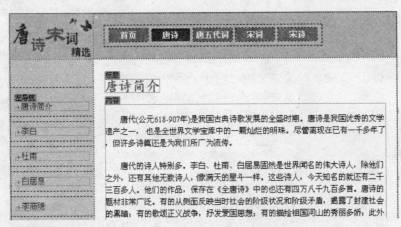

图　11.17

（8）打开"资源"面板，将页面底部的版权信息制作为库项目。

（9）在"资源"面板中切换到"模板"页，在 tangshi 模板上右击，在弹出的快捷菜单中选择"从模板新建"命令。

（10）将新建的文档保存到 tangshi 目录，命名为 libai.html。

（11）将光标定位到左边导航条的"李白"，将属性检查器中的"样式"修改为 current。

（12）在右边的"标题"可编辑区域中删除原来的文字，输入文本"李白"。

（13）将光标定位到右边的"正文"可编辑区域中，按 Ctrl＋A 快捷键全选其中的文本。

（14）从文本素材文件中复制相应的文字，然后按 Ctrl＋V 快捷键粘贴到"正文"可编辑区域中。

（15）进行一定的段落调整，并将所有的诗歌名称设置为"标题 2"格式，最后网页的效果如图 11.18 所示。

（16）重复步骤（9）～（15），制作 dufu.html、baijuyi.html 和 lishangyin.html。

（17）删除 tangshi.html 文件，然后使用模板重新制作该文件。

3．制作网站其他栏目

其他栏目的页面与"唐诗"栏目类似，因此也可以用模板来创建，步骤如下：

（1）打开模板 tangshi.dwt，选择"文件"→"另存为模板"命令，将其另存为 tangwudaici.dwt 模板。

（2）单击主导航中的"唐诗"，在标签选择器中单击"＜li.select＞"，在属性检查器中将"样式"修改为"无"。

（3）单击主导航中的"唐五代词"，在标签选择器中单击"＜li＞"，在属性检查器中将"样式"设置为 select。

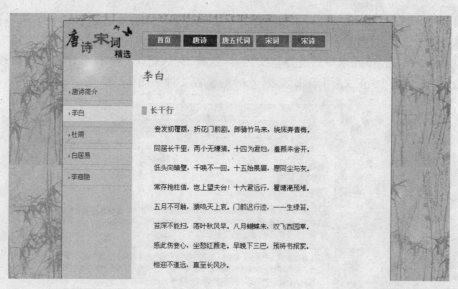

图 11.18

（4）将左导航的第 1 行链接文字改为"唐五代词简介"，对应链接的目标文件改为"../tangwudaici/tangwudaici.html"。

（5）将左导航的其他链接都作相应修改，"温庭筠"、"韦庄"和"李煜"对应的链接文件为"../tangwudaici/wentingyun.html"、"../tangwudaici/weizhuang.html"和"../tangwudaici/liyu.html"。

（6）选中"李商隐"所在的<a>标记，将其删除。

（7）在右边的可编辑区域中用唐五代词相关的内容进行替换，此时的模板如图 11.19 所示。

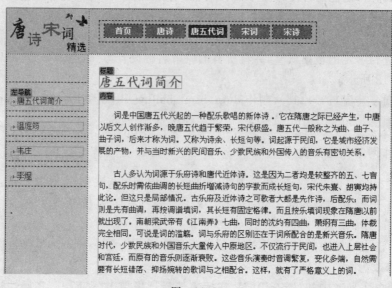

图 11.19

（8）参考前面的介绍，使用该模板创建所有 4 个"唐五代词"页面。

（9）使用类似方法，制作"宋词"和"宋诗"中的所有页面。

（10）将首页中诗词佳句链接到相应网页。

（11）参照第 8 章和本章的做法，制作 survey. html 网页。

11.4　网站测试与发布

本节介绍网站开发流程中的测试与发布过程。

11.4.1　网站测试

网站测试包括两方面：一是测试在不同平台（例如，操作系统、浏览器、分辨率和连接速度等）下网站是否正确有效地显示；二是测试网站是否能正确完成相应的功能。

1. 平台测试

对于"唐诗宋词精选"网站的用户来说，最常见的平台差异是浏览器和分辨率。设计者应在各种主流的浏览器平台和分辨率（浏览器以 IE6 为目标，兼顾 IE7 和 Firefox；分辨率为 1024×768，兼顾 800×600 和 1280×1024）进行测试，以查看网站是否能正常显示（因为由于浏览器兼容性的问题，可能在不同平台显示效果有很大差异）。

例如，本章所制作网站在 Fireworks 3.0.1（英文版）和 800×600 分辨率下的显示如图 11.20 所示。

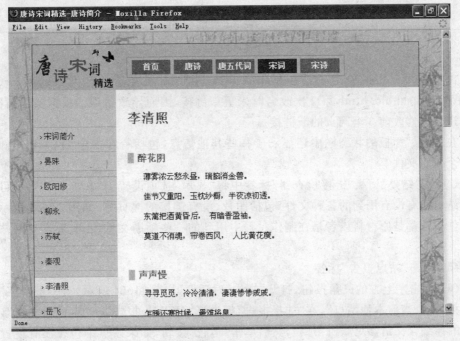

图　11.20

2. 功能测试

静态网站的功能测试主要包括超链接是否能正确跳转,通过链接文件方式显示的内容(例如图片、媒体信息等)能否正确显示,网页标题是否正确设置等。

可以使用以下步骤进行相应测试:

(1)选择"窗口"→"结果"命令,打开"结果"面板。

(2)单击"链接检查器"标签,在"显示"列表中选择"断掉的链接",单击左边的三角按钮,选择"检查整个当前本地站点的链接"选项,如图11.21所示。

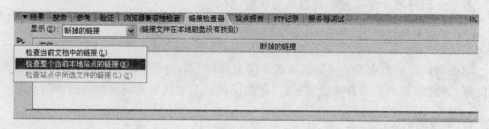

图 11.21

(3)检查的结果会很快在"结果"面板中显示,如图11.22所示。

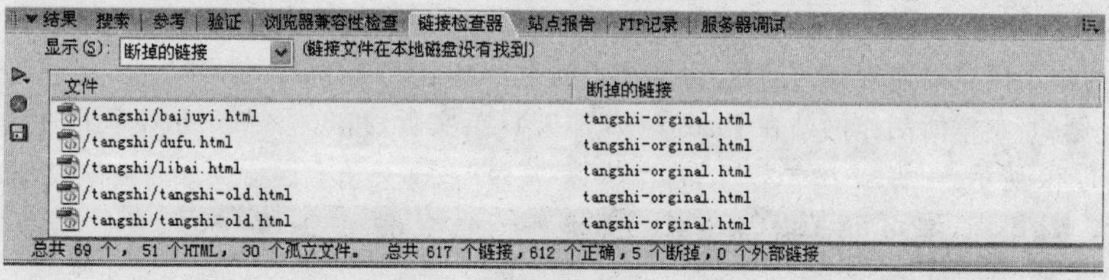

图 11.22

出现图中错误的原因是最初制作的tangshi. html被先后改名为tangshi-orginal. html和tangshi-old. html,第2次改名时未更新链接,因而导致错误。根据实际情况,我们知道仅需修改前3个网页的断链接。

在"结果"面板的状态栏中还显示了一些其他信息,包括有多少个HTML文件以及多少个孤立文件等。

(4)在"结果"面板"链接检查器"标签中将"显示"选项设置为"孤立文件",则可以看到网站中所有没有用到的各种文件,包括图片、没有链接的网页等,如图11.23所示。这些文件通常都是原材料或者是在制作过程中用到的一些辅助文件,在实际发布网站时应删除。

(5)单击"站点报告"标签。

(6)单击左上方的三角按钮,打开"报告"对话框,如图11.24所示。在"报告在"列表中选择"整个当前本地站点",在"选择报告"框选择"HTML报告"→"无标题文档"(其他选项的详细含义请参见联机帮助),然后单击"运行"按钮,如果站点中包含没有设置标题的文档(网站开发过程中最常见的问题),则会在"结果"面板中显示出来。

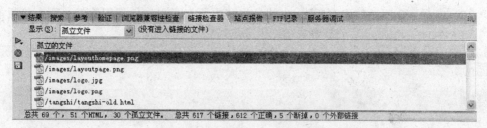

图　11.23

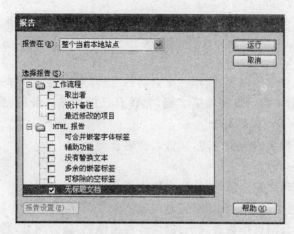

图　11.24

（7）除了以上介绍的一些自动化办法以外，还必须在各种浏览器和分辨率下对网站进行全面的测试，至少包括以下方面：

- 查看网页的内容是否正确（例如有无错别字等）。
- 确保每个超链接都正确跳转（"链接检查器"只能检查超链接是否都能工作，但无法智能识别是否跳转到正确的页面。例如，如果单击"李白"链接时跳转到"杜甫"页面，"链接检查器"是无法查出这样的错误的）。
- 确保每个网页的标题正确（用模板生成页面时经常会忘记更改标题）。
- 确保所有设计的页面效果和功能都能正确运行（一些自定义的代码可能会出现兼容性问题，只能通过测试来发现）。

注意：网站测试是个极容易忽视的环节，但只有通过不断的测试，才能杜绝各种问题。另外需要明确的是，测试是一项周期性的工作，是贯穿于整个网站开发过程的。通常情况下，越早发现问题，解决问题的代价就越小，因此要养成经常测试的习惯。

11.4.2　网站发布

网站开发完成后，就可以将其发布到 Internet 上，以便让用户远程访问。有关网站发布的具体细节请参见本书 2.4 节，以下说明简要步骤：

（1）再次反复测试网站，确保无误。

（2）申请网站空间，获得相应的用户名、密码和域名。

（3）建立一个网站的发布版本，也就是将其中所有孤立文件都删除的一个上传版本。

（4）在 Dreamweaver 中设置远程站点。

（5）上传网站。

习题

详述网站开发的流程，并列举注意事项。

上机实验

1. 参照本章中介绍的内容，制作一个全新的"唐诗宋词精选"网站。

2. 继续第 10 章中的上机实验第 2 题，完善自己的网站。最后完成的网站应符合以下要求：

- 文件和文件目录的组织合理，文件名命名合理。
- 文本的修饰合理。
- 图像的使用和修饰合理（图像的文件大小合理，效果合理）。
- 内容充实，至少包含具有相对完整内容的 8 页（其中要有一个"表单"网页）。
- 内容组织适合网页作为表现形式（内容可读性强，适合浏览，避免大段难以阅读的文本）。
- CSS 技术使用合理且正确（合理使用外部 CSS 文件修饰整个网站的风格，合理使用 class 样式、虚类样式和 ID 样式）。
- 网页布局合理（合理使用表格和 CSS 技术），导航结构清楚有效。
- 网站风格一致，符合站点需求。

参 考 文 献

1. 赵丰年. 网页制作教程(第三版). 北京：人民邮电出版社,2006

2. [美]Jakob Nielsen 等. 专业主页设计技术——50 佳站点赏析. 北京：人民邮电出版社,2002

3. [美]Paul S. Wang 等. Web 设计与编程导论(影印版). 北京：高等教育出版社,2004

4. [美]Jeffrey Zeldman. 网站重构——应用 Web 标准进行设计. 傅捷等译. 北京：电子工业出版社,2004

5. [美]Jennifer Niederst Robbins. Web 设计技术手册(影印版). 南京：东南大学出版社,2006

6. 严晨编著. WWW 个性与设计. 北京：人民邮电出版社,2001

7. [美]Jack Davis 等著. 网页设计创意与精品赏析. 王国春等译. 北京：清华大学出版社,2001

8. [美]Thomas A. Powell 著. Web 设计大全. 詹剑锋等译. 北京：机械工业出版社,2001

读者意见反馈

亲爱的读者：

感谢您一直以来对清华版计算机教材的支持和爱护。为了今后为您提供更优秀的教材，请您抽出宝贵的时间来填写下面的意见反馈表，以便我们更好地对本教材做进一步改进。同时如果您在使用本教材的过程中遇到了什么问题，或者有什么好的建议，也请您来信告诉我们。

地址：北京市海淀区双清路学研大厦 A 座 602　　　计算机与信息分社营销室　收

邮编：100084　　　　　　　　　　　　电子邮件：jsjjc@tup.tsinghua.edu.cn

电话：010-62770175-4608/4409　　　　邮购电话：010-62786544

教材名称：网页制作技术（第 2 版）

ISBN：978-7-302-19354-8

个人资料

姓名：＿＿＿＿＿＿＿　　年龄：＿＿＿＿＿　所在院校/专业：＿＿＿＿＿＿＿＿＿＿＿

文化程度：＿＿＿＿＿＿　通信地址：＿＿＿＿＿＿＿＿＿＿＿＿＿＿＿＿＿＿＿＿＿＿

联系电话：＿＿＿＿＿＿　电子信箱：＿＿＿＿＿＿＿＿＿＿＿＿＿＿＿＿＿＿＿＿＿＿

您使用本书是作为： □指定教材 □选用教材 □辅导教材 □自学教材

您对本书封面设计的满意度：

□很满意 □满意 □一般 □不满意　改进建议＿＿＿＿＿＿＿＿＿＿＿＿＿＿＿＿＿

您对本书印刷质量的满意度：

□很满意 □满意 □一般 □不满意　改进建议＿＿＿＿＿＿＿＿＿＿＿＿＿＿＿＿＿

您对本书的总体满意度：

从语言质量角度看 □很满意 □满意 □一般 □不满意

从科技含量角度看 □很满意 □满意 □一般 □不满意

本书最令您满意的是：

□指导明确 □内容充实 □讲解详尽 □实例丰富

您认为本书在哪些地方应进行修改？（可附页）

＿＿

＿＿

您希望本书在哪些方面进行改进？（可附页）

＿＿

＿＿

电子教案支持

敬爱的教师：

为了配合本课程的教学需要，本教材配有配套的电子教案（素材），有需求的教师可以与我们联系，我们将向使用本教材进行教学的教师免费赠送电子教案（素材），希望有助于教学活动的开展。相关信息请拨打电话 010-62776969 或发送电子邮件至 jsjjc@tup.tsinghua.edu.cn 咨询，也可以到清华大学出版社主页（http://www.tup.com.cn 或 http://www.tup.tsinghua.edu.cn）上查询。

高等院校计算机应用技术规划教材书目

基础教材系列

计算机基础知识与基本操作（第 3 版）
实用文书写作（第 2 版）
最新常用软件的使用——Office 2000
计算机办公软件实用教程——Office XP 中文版
计算机英语

应用型教材系列

QBASIC 语言程序设计
QBASIC 语言程序设计题解与上机指导
C 语言程序设计（第 2 版）
C 语言程序设计（第 2 版）学习辅导
C++程序设计
C++程序设计例题解析与项目实践
Visual Basic 程序设计（第 2 版）
Visual Basic 程序设计学习辅导（第 2 版）
Visual Basic 程序设计例题汇编
Java 语言程序设计（第 3 版）
Java 语言程序设计题解与上机指导（第 2 版）
Visual FoxPro 使用与开发技术（第 2 版）
Visual FoxPro 实验指导与习题集
Access 数据库技术与应用
Internet 应用教程（第 3 版）
计算机网络技术与应用
网络互连设备实用技术教程
网络管理基础（第 2 版）
电子商务概论（第 2 版）
电子商务实验
商务网站规划设计与管理
网络营销
电子商务应用基础与实训
网页编程技术（第 2 版）
网页制作技术（第 2 版）
实用数据结构
多媒体技术及应用
计算机辅助设计与应用
3ds max 动画制作技术（第 2 版）
计算机安全技术
计算机组成原理
计算机组成原理例题分析与习题解答
计算机组成原理实验指导

微机原理与接口技术
MCS—51 单片机应用教程
应用软件开发技术
Web 数据库设计与开发
平面广告设计（第 2 版）
现代广告创意设计
网页设计与制作
图形图像制作技术
三维图形设计与制作

实训教材系列

常用办公软件综合实训教程（第 2 版）
C 程序设计实训教程
Visual Basic 程序设计实训教程
Access 数据库技术实训教程
SQL Server 2000 数据库实训教程
Windows 2000 网络系统实训教程
网页设计实训教程（第 2 版）
小型网站建设实训教程
网络技术实训教程
Web 应用系统设计与开发实训教程
图形图像制作实训教程

实用技术教材系列

Internet 技术与应用（第 2 版）
C 语言程序设计实用教程
C++程序设计实用教程
Visual Basic 程序设计实用教程
Visual Basic.NET 程序设计实用教程
Java 语言实用教程
应用软件开发技术实用教程
数据结构实用教程
Access 数据库技术实用教程
网站编程技术实用教程（第 2 版）
网络管理基础实用教程
Internet 应用技术实用教程
多媒体应用技术实用教程
软件课程群组建设——毕业设计实例教程
软件工程实用教程
三维图形制作实用教程